U0675482

中国当代文学
研究与批评书系

我们看到了宇宙的光亮与秩序

刘慈欣科幻小说论

杜学文 著

作家出版社

杜学文

长期从事文艺批评及文化理论、文明史研究，已发表研究成果三百多万字。出版有文艺评论著作《寂寞的爱心》《人民作家西戎》《追思文化大师》《生命因你而美丽》《艺术的精神》《中国审美与中国精神》，文明史研究著作《我们的文明》《被遮蔽的文明》《融合与创新》《何以直根》等。

主编的作品有《聚焦山西电影》《世界反法西斯战争中的山西抗战文学》《刘慈欣现象观察》《“晋军崛起”论》《新时代中华审美的创造性转化与创新性发展》《山西历史文化读本》《三晋史话·综合卷》《山西历史举要》《开放与融合》《与大学生谈心》等。

先后获中国文联文艺评论奖、中国金鹰电视艺术节电视艺术论文奖、中国当代文学研究优秀成果奖、《长江文艺》双年奖、《文学报·新批评》优秀评论奖等。

出版说明

当代中国的文学史，是当代中国社会史的重要组成部分。当代中国文学的发展从来都是与文学批评紧密相连的。自中国改革开放以来的 30 年间，中国作家们创造了一个具有中国特色的社会主义文学的新历史辉煌，这中间文学批评发挥了应有的特殊作用。

文学批评的繁荣与批评的质量，既受时代和社会环境的影响，又取决于批评家队伍的集体力量和批评家个人的独特思想与水平。在当代文学批评家队伍里，有一批非常优秀的、能真诚和负责任地表达自己观点，并能让作家和读者信服与敬佩的批评大家，他们的独立思想与独立人格，形成了他们的批评风格，取得了相当的研究成果，是我们当代文学史的宝贵财富。在文学批评中，遵循文学批评的自身特点和规律，既是这门学科的内在需要，又是繁荣文学和促进文学朝着正确的方向发展的关键所在。郭沫若先生说过："文艺是发明的事业，批评是发现的事业。文艺是在无之中创造，批评是在砂中寻出金。"

今年是中华人民共和国建国六十周年，值此，为了回顾和总结中国当代文学批评家的理论研究与批评的历程，以及他们为中国当代文学所作的贡献，也为了进一步推动我国的文学事业，我社特别组织编辑出版了这套"中国当代文学研究与批评书系"，选择了有代表性的当代十余位评论家的作品，这些集子都是他们在自己文学研究与批评作品中挑选出来的。无疑，这套规模相当的文学研究与批评丛书，不仅仅是这些批评家自己的成果，也代表了当今文坛批评界的最高水准，同时它又以不同的个人风格闪烁着这些批评家们独立的睿智光芒。相信本丛书的出版，既是中国当代文学史的一个里程碑，更是广大作家和文学爱好者的一次精神盛宴，也是从事当代文学研究者必不可少的参考资料。

由于时间紧迫，本丛书难免挂一漏万，在此，我只能向那些被遗漏的优秀批评家和读者朋友深表遗憾，并致衷心的感谢。

作家出版社社长　何建明

2009 年 1 月 1 日

前　言

在中国当代文学的整体格局中，刘慈欣是一个独特的存在。这并不仅仅因为他是创作科幻文学的作家。更重要的是，他为我们提供了很多思考与感受的空间，产生了深远而广泛的国内外影响，并且，已经成为一种文化现象。从某种意义讲，如果说刘慈欣是一位科幻文学作家，他应该也是一位思想家。或者说，他是一位以科幻文学为载体来思考宇宙人类终极问题的思想家。他以科幻提升了文学的品格，用文学表达了这个时代人类的忧思。

首先一个问题是，宇宙是什么？其中也包括宇宙是怎样形成的，是什么形态，其最终目的或结局是什么，等等。这当然是人类思考的终极问题。关于宇宙的形成及其形态，人类进行了长期的探寻，在不同时期均有重要的成果。但是，由于人类的认知受到各个方面的限制——个人修养的、技术条件的、文化观念的、方法论的等，这种探求还只是一个后人在前人的基础上不断修正、突破、深化的过程，并没有最终的结论。人类对宇宙及其现象认知的突破往往会引发社会文化的变革与进步。最典型的就是“日心说”的出现。尽管今天来看这些研究还充满了局限，但在特定的历史条件下确是一种极为重要的革命——无论是科学的，还是文化的、社会的。

在人类探求宇宙奥秘的进程中，中国古典天文学一直占有极为重要的地位，在很多方面走在了前列。据传说，至少在黄帝时期已经有了比较系统的天文学研究机制，应该是非常早的研究现象。在尧舜时期已经有了比较成熟的探究体系、机制与成果，其中一些在人类天文学史上具有奠基性意义，至今仍发挥着极为重要的作用。至春秋战国时期，中国古典天文学的研究出现了大量的重要成果。

如对星宿与星象的研究，对彗星等现象的记录，尸子关于“天地四方曰宇，往古来今曰宙”的论断等均是当时极为重要的贡献。而老子《道德经》更是一部以宇宙自然存在与运行法则为主要研究对象的著作。很难说刘慈欣对这些研究成果进行了多么深入系统的再研究，但他的描写确实是建立在人类研究成果基础之上的。在他的作品中，虽然并不是刻意地，但却是多方面地描绘了宇宙的形态、运动，以及宇宙内部各种现象的相互作用，宇宙与人类的关系等。作为“文学”，他可以不太考虑科学意义上的准确与真实程度，但作为“科幻”，其想象却是建立在科学研究之上的。

另一个极为重要的问题是人类——人类的诞生、人类的文明、人类的精神品格，以及人类的未来，等等。刘慈欣显然注意到了人类与宇宙之间的关系。智慧生物可能在宇宙生成之后的若干时间内都存在，其中也包括人类。但是，人类的出现需要相应的自然条件。这在其小说中多有表现。人类的文明是刘慈欣小说关注的重心。是给文明以岁月，还是给岁月以文明，可能是他着力表现的内容。不同的智慧生物创造了不同的“文明”。这些文明在某种特定条件下生成，但由于条件的改变使文明改变或消亡。刘慈欣也注意到不同文明之间的交流与碰撞，注意到了新的文明与旧的文明之间的关系。他构建了从宇宙的宏观整体到微观存在的不同处境、现象、遭遇，以及不同层级文明之间的关系，力图表达文明之间相互依存的规律性，以及人类需要警醒的问题、应该选择的方向，使人类及其文明拥有更强的生命活力与创造力。

人类是不同时期不同个人的集合体。每一个体都应该负有人类的责任。尽管人与人之间存在很大的差异，但作为“人”的存在是共同的。刘慈欣在其作品中塑造了各不相同的“人”的形象。他们的种种行为体现了现实中人的选择。总体来看，刘慈欣更强调人的奉献精神、集体意识、责任感、信仰，以及相互之间的团结、互助、共进。当然也有许多地方描写了人的贪婪、自私、愚妄，以及由此给人类与文明带来的灾难、毁灭。无论宇宙或者人类遭遇什么样的挑战，乃至毁灭性的挑战，刘慈欣总是寄予未来以希望。哪怕是这种希望如浩瀚宇宙之中的一粒种子，也赋予其生的可能。

就人类的境遇而言，危机时时刻刻存在。如何应对危机、化危为机，有各种各样的可能。作为科幻文学作家，刘慈欣对科技充满了巨大兴趣。他描绘了现实中并不一定存在的各种宇宙形态，以及人类应对危机采取的一系列措施。这些无不与科学技术有着不可分割的关系。甚至，他希望人类能够发展出最先进的技术，以解决可能出现的危机。但是，在刘慈欣的小说中，技术并不是最具意义的，艺术才是最具魅力的。在他的笔下，宇宙本身就是一件充满审美魅力的艺术品，体现了最高的美。而技术也是美的体现者。那些最具攻击性、杀伤力的“技术”，恰恰是艺术之美的承载者。即使是人类生死存亡之际的太空黑暗之战，似乎也是一种艺术形态的呈现。可以说，他赋予艺术以最高的意义。就个人而言，人格中的艺术特质具有使人更加完美的意义。而对宇宙终极美的追求是文明存在的唯一寄托。这种存在的艺术性，乃是宇宙秩序的体现。对于人类而言，宇宙就是一件充满魅力的艺术品。

因此，这就有一个宇宙自然与人类的关系问题。毫无疑问，宇宙有自身独立存在的秩序。这一秩序并不由人或者哪种超验的力量决定，而是由宇宙自身的根本性形成。同样，作为宇宙存在物的人类，其存在也不是由人类自身决定的，而是由宇宙的秩序决定的。当一定的条件形成后，人就出现了。人只是宇宙整体存在的一个部分，一种过程。人类必须顺应或者服从宇宙的存在法则。如果破坏了这一法则，人类就会消亡。但是，人类又是具有自觉性的一种存在。人类时刻要体现、表达自己的能量，希望在改变自然的同时改变自己，使自己更具“人”的而不是自然与宇宙的特性。这在一定程度上应该是可以的，是体现人性的。但如果突破某一限度，就会给人类带来伤害，甚至导致人类与文明的毁灭。或者可以说，刘慈欣的全部作品就是在描写这样的可能性。除其卷帙浩繁的长篇小说外，那些中短篇小说亦从比较微小的角度来描绘这一现象。他希望人类能够具有把握这种尺度的理性自觉，不再放纵自身的欲望、愚蛮，而是依靠理性自觉形成一种“自给自足的、内省的、多种生命共生的文明”。也许，这种期待不一定会成为人类终极的存在现实，但至少他希望这是一种终极的现实。刘慈欣以自己的睿智与情感向人类发出了警示。

问题是理想与现实之间存在着极大的落差。从现实出发达至理想，是一个漫长而艰难的过程。在这一过程中，人类将应对各种挑战、危机，付出巨大的努力、代价。更严重的问题是，这些挑战与危机并不是针对某个人或某些人的，甚至也可能并不是针对某一个星球、星系的。它是属于宇宙的，是宇宙存在需要面对的。虽然我们不能忽略个人的作用，但仅仅依靠某个人或某一群人来解决遇到的问题是困难的，或者说是不可能的。这就需要组织动员全人类的力量形成一致的目标、共同的力量、严谨的组织，才有可能取得成功。用我们常说的话就是需要结成人类命运共同体。或者从某种意义上讲，要结成宇宙与人类的命运共同体。刘慈欣在小说中不断地讲述人类整体与宇宙力量之间的博弈。在这样的过程中，宇宙发生了重大的改变，甚至也遭遇了几近覆灭的危机。但是，由于人类的理性、良知、光芒与智慧，仍然为宇宙的存在与人类的重生保留了可能。在这样的挑战中，人类摒弃了地域、国家、种族、宗教、性别等差异，结成了休戚相关的共同体，为自己的命运而努力。事实上，人类命运共同体不仅是一个现实的存在，也是一个必然的存在。如果人类不能把自己的未来与宇宙自然之法则、超越具体利益诉求的共同目标统一起来，自身的毁灭就是必然的。刘慈欣在小说中，对这种“毁灭”有生动的描绘。这是对人类的一种寓言式警示。同时，他也以充满哲理意味的描写启示人类更好地把握宇宙自然与人类自身之间的关系，使这种关系更协调、更有序、更具价值。

这种价值更主要的应该是人类自身承担的责任。在面对生死存亡的考验时，人类应该如何？个体的人应该进行怎样的选择？刘慈欣描写了不同的人之间由于利益、认知的差异形成的矛盾，甚至对抗。但是，他所希望的仍然是人类应该表现出更具根本性的品格。他生动地塑造了一系列独具个性的形象。总体来看，这些形成人类主体力量的人的品格主要是以下几个方面。首先是爱心，是人类构成细胞的“个人”对他人的爱、对人类的爱、对宇宙自然的爱。在刘慈欣这里，爱是人类理性行为的基础。其次是责任。每一个人都应该为人类的命运负责，应该具有承担责任的主动性、自觉性。即使是对人生表现出消极散淡态度者，在特定的历史机遇中也应奋起。再次是奉献。为了人类的命运与终极目标，个人应该奉献自己的智慧、才华、能力，甚至生命。最后是智慧。这种智慧的含义是多重的。但主要表现在洞察力方面，对事物的发展趋向、态势有清醒的认知、判断，并知道应该采取什么样的措施。相应的是能力，就是为应对危机所采取的行动。这种行动不仅要化解危机，而且要达成目标。即使在绝望的时刻也要为人类的未来留下希望，保留种子。总体来看，刘慈欣极力表达的是他对人类的希望、期待，以期唤醒人类的理性与良知。

但是，什么样的人才能承担这样的使命？在刘慈欣的小说中，毫无疑问是接受东方文化与理念的群体。这并不仅仅因为刘慈欣是一个东方人，是一个在东方学习生活并接受教育的人，也并不仅仅是出于爱国主义的道义选择。刘慈欣并不是一个保守封闭、带有偏执意味的作家。他的创作与选择是基于对宇宙自然、人类社会的深刻分析与深切体察之上进行的。宇宙自然的运行法则并不是一种主观的抉择，而是一种客观的存在。人类的未来必须顺应宇宙自然之法则。这个关乎人类终极意义的结论并不仅仅是一种文化观念，而是一种现实教训。尽管在数千年之前，人类的智者已经觉悟到了人类与自然之间的关系，但也只有在现代化成为潮流之后，更多的人才体悟到这种关系的必然性。这是由人类的发展历史决定的，也是由东方的历史文化表现出来的智慧形成的。同时，这种选择也并不仅仅是刘慈欣的，而是众多的参透历史与人生奥秘的东西方智者共同做出的。或者我们也可以这样说，是刘慈欣在自己的参悟中认可了这些智者的选择，并把这种选择作为自己的选择。刘慈欣的思想资源，洋溢着浓郁的现代意味，但其根本仍然是东方智慧。

这种表达对作家来说是一种考验。这就是要把许多看似矛盾的东西统一起来，形成完整的艺术体。东方与西方，在很多时候被人们认为是矛盾的，或者说是存在巨大差异的。但是刘慈欣自然地使其中有益的元素有机结合，构成了能够帮助人类走出困境的统一体。技术与艺术可能是抵牾的，但在刘慈欣的笔下，却是一体的、统一的。他天马行空、竭尽所能地描绘技术的宏大时，实际上在为我们构造一个艺术的世界。他为我们详细地刻画某一人物的正面时，却为我们指向了他的背面。他为我们叙述一个事件的不可能时，却把我们引向了这个事件的可能。这使他的小说呈现出独特的叙述魅力与人格的丰富性、思想的深邃性。尽管刘慈欣说，自己只是为了讲好一个故事，但在“讲好故事”的背后却是关于现实与未来的充满审美魅力的深刻体悟。

这就需要一种极为非凡的想象力。艺术是想象力的产儿。而刘慈欣正为我们提供了中国人在这个时代最具恢宏气势的、超出一般意义的、具有建设品格的想象世界。他为我们描绘了宇宙的各种形态，以及人存在于其中的活动形态——星系、星云，奇点、黑洞，二维、四维与更多维存在，以及时间的改变，等等。在这样的想象中，我们感受到了一个日常生活中难以感受到的世界。刘慈欣也为我们描绘了人类凭借科技发展产生的新技术——各种宇宙战舰与飞船，能够与外太空相连的“天梯”，人类创造的拟太空，以及智能生活等。他还为我们设想了不同于现实但很可能成为日常的“未来”生活状态——生活在树上或地底城市中的人们，已经荒芜了的曾经的都市与田野，用化学技术制作的食品，以及寓言化的人物与事件。他也为我们描绘了更加微观的存在世界——地心中的文明，微观化的新人类，人体内部结构与宇宙之间的统一性状态等等。这些想象创造了一个非同日常、超出认知的宇宙形态与人类形态。在这样的超级科技与超级想象中，人的情感世界、伦理关系、社会组织、意识形态等都发生了巨大的甚至是本质性的改变。这些想象触目惊心、精骛八极，宏阔辽远、细致入微，在自由中充满了限制，在限制中显现着自由。可以说，他小说描写的形象、事件，很多都是现实中不可能存在的，不具备现实性的。但是，他的细节、思想、精神却又多是现实中存在的，是极具现实意义的，有充分的现实针对性与现实启迪价值的。

由此，刘慈欣的描写就超越了文学的界限。它不再是一个文学现象，而成为一种文化现象——人类关于自身与宇宙的认知，关于现实与未来的思考，关于价值体系与思想观念的审视与重建等。同时，他在小说中，也描绘了人类面临的现实问题，以及解决这些问题的方法、文化，乃至于社会组织、政治结构，甚至技术手段等。这样，刘慈欣的小说就演化为一种文化现象，一种文明形态。而这样的文化与文明，尽管是属于全人类的，但仍然是植根于东方之历史与文化的，是体现了中华文化品格的。这不仅对我们重新认识人类具有重要的意义，对我们进一步认识中华文明也具有极为重要的意义。同时，其作品产生了巨大的国际影响，亦成为世界性的文化现象，成为人类思考宇宙自然、自身与未来的重要成果。这也促使人们重新认识中国，认识中国文化，并从中汲取前行的智慧与力量。

刘慈欣认为，科幻文学的创作与人类科学技术的发展有着极为密切的关系。当科幻文学在英国出现的时候，正是这个引发工业革命的日不落帝国兴盛强大的时期。随着英国的衰落与美国的兴盛，科幻文学的重镇发生了改变，从英国转移到了美国。今天，尽管美国的科幻文学已不如从前，但仍然是世界科幻文学的引领者。而中国，在经过了一百多年的努力，掀起了数次科幻文学的热潮之后，再一次引发世界性的关注，其根本的原因是中国国家实力的增强。这是民族复兴进程中的重要现象。由此，刘慈欣把科幻文学的发展兴盛与国家民族的命运紧密联系起来。这也使我们相信，中华民族复兴的历史进程不可逆转地出现时，亦将迎来中国科幻文学的进一步繁荣。

目　录

第一章　只是要讲好一个故事

——刘慈欣小说的叙述

刘慈欣的小说已经成为一种市场现象。这并不是贬损其艺术价值，而是说，其销售的态势非常好。不论哪一家书店，都可以看到刘慈欣的各种作品被摆放在显眼的位置上。他的作品也被翻译成十几种语言，他成为最具国际影响力的中国作家。这种现象的背后，隐含着一个艺术表达的问题——那就是，他的小说是如何吸引读者的？为什么人们喜欢看他的作品？除了科幻小说的种种新变，涉及宇宙与人类命运的终极性，现实与未来的价值等重大问题外，还有一个同样重要的问题就是，他的小说是怎样叙述的？如何展示故事的发展进程才能够达到这样的阅读效果？这可能是我们了解刘慈欣作品的一个“结”。

已经有很多人对他的创作进行了深入的分析研究。其中也有很多文章涉及刘慈欣的叙述策略。如罗亦男在《虚幻宇宙中的深情——刘慈欣作品的人文惯性分析》中特别提到了其叙事视角的“随意流动”。认为不加点缀的跳跃，事实上是刘慈欣刻意使用的。“当我们开始关注某一具体的局部时，作者的叙事焦点骤然转移，强行调度读者的视线”。[①]吴言在《刘慈欣和新古典主义小说》一文中用比较多的篇幅讨论了刘慈欣小说的叙事特点，认为刘慈欣继承了古典主义科幻小说中节奏紧张、情节生动的特征。但是，他并不是古典主义的模仿者，而是在承袭古典的同时，又走出了古典，做出了相当

① 杜学文、杨占平主编《刘慈欣现象观察：为什么是刘慈欣》，北岳文艺出版社，2016年1月第1版，第15页。

独特的探索。吴言认为，就叙事而言，刘慈欣的这种探索有两个特点。一是“密集叙事”，即无限加快叙事的步伐，使读者的思维无法超越作者的思维。二是“时间跳跃”，在叙事的过程中留下大量的时间空缺，故事直接进入遥远的未来。①这些讨论对刘慈欣的叙述而言，概括得非常准确。不过，他们只是在讨论其他问题时涉及了小说的叙述问题，没有充分地展开。这里，我们希望就其叙述策略进行集中的讨论。大体而言，我以为有以下几个方面。

第一节　易象结构

在传统典籍中，易象是古代易学的重要组成部分，主要是通过对天、地、人、物等形状的模拟来象征自然变化与人事运转的规律，从而推求与印证某一现象与结论的方法论体系。在很多时候，易象仅仅是《周易》的另一种称谓。不过，我们这里所谈的“易象”并不是这种含义，而是强调在超越实体性与具象性的理解之后，从创化天地万物、自然运行规律的层面来讨论的方法。所谓易者，象也。象也者，像也。古人通过对自然万物运行变化的体察感悟、远比近拟，从具体的自然现象当中发现、把握万物运行的规律。这种规律最基本的特征即为阴阳相互作用而发生变化。万物存在最基本的特征就是变化。但在这样的变化中又具有某种稳定性。这就是说，在变的过程中还存在着不变的状态。当这种“不变”的变发展到一定程度之后，就会发生实质性的变，形成与已有存在相对应，同时又有继承性的新的存在状态。这种易象理念被人们形象化为“太极图”，即在圆形的阴阳鱼互纠图外设定了相对应的八卦或六十四卦相统一的图案。

尽管对太极图是什么时候形成的，人们的说法还不统一，但其含义却是基本一致的。这就是它被理解为事物存在与运动的至高抽

---

① 杜学文、杨占平主编《刘慈欣现象观察：为什么是刘慈欣》，北岳文艺出版社，2016年1月，第9页。

象表达。所谓太极，是对宇宙存在最高形态的表达。同时，“太极”并不是静止的、固定的，而是不断地运动的。这种运动状态遵循一定的法则，所以又是稳健的、有序的，而不是紊乱的、随意的、不可捉摸的。所谓太极生两仪，阴阳化合而生万物，就是说，在“太极”这种至高的宇宙存在中，可以抽象出影响事物运动的两个方面，即两仪。这个“两仪”被人们概括为阴阳两个相互依存又各有区别，相互独立又相互作用的方面。它们在这样的联系中遵循自然法则，不断地运动变化，生成了“万物”。所谓一生二，二生三，三生万物。这样的理念揭示了宇宙自然存在运动的“易象”状态。

太极图中的阴阳鱼，代表了事物存在与运动的基本状态。黑白两个方面相互之间是不同的，有区别的，但又是相互依存、相互作用的。失去了一方，另一方也失去了意义，将不存在。它们的运动方向是从“非己”中脱胎，或者说从并不是自己的事物中滋生，然后由弱小而向强壮发展。但是这种所谓的“强壮”态势同样也不是恒定的，在达到一定程度的时候，“强”的态势就会缩小减弱，并转变为新的事物，演化为新质，进入一种“新己”的状态。所谓“新己”，一方面与曾经的“己”有联系，是在这样的基础上发展变化的。另一方面，它又是“非己”的。就是说其中已经有了许多过去并不存在的东西。它们共同作用形成了新的存在与发展状态。这种变化并不是毫无规则的，而是按照自然法则逐渐演变的。在“异质”中就已经包含了能够演化成“己质”的因子。这也是两个阴阳鱼中均包含了一个异质点的含义所在。而所有这些存在与运动又统一在一个圆——宇宙之中。所以，这一图像是按照易学原理高度抽象之后的带有形象感的具象表达。说它是具象的，因为它是通过具体的形象来体现宇宙存在的状态。说它是抽象的，是因为它对事物运动的法则进行了高度的概括，并从万事万物的存在与运动中提炼出最基本的规律。而刘慈欣小说的叙述在总体上体现了这样的特点，并影响了作品的基本结构与叙述方向。

我们可以举一些例子来说明。比较典型、情节也相对清晰的是《吞食者》。在宇宙中，存在着地球文明与吞食者文明。我们可以把这二者视为相互作用的两个方面。就吞食者而言，是在宇宙中运行的一个天体。它需要“吞食”适宜的天体来生成自己的能量，以保持自己的运行。但是，这种吞食并不是随便的，遇到什么算什么，而是需要研究确认的。只有那些拥有相应能量物质的天体才能满足吞食者的需要。这样来看，吞食者显然对宜吞食的天体形成了威胁。但当吞食者找不到合适的吞食天体时，其能量就不能维持，存在状态将改变，吞食者将毁灭。所以，即使吞食者具有相当大的能量，可以吞食其他的天体，这个过程也并不容易。当它在浩瀚的宇宙中发现了地球这个宜吞食的天体之后，一个最迫切的愿望即是完成对地球的吞食。否则，吞食者将不可能运行到吞食另一个宜吞食天体的时候。

相应地，地球是宇宙中另一个生成了辉煌文明的天体。当然，这种“辉煌”只是相对于人类而言的。因为对于更多的天体而言，所谓“辉煌的文明”并没有意义，甚至就不存在。当吞食者就要吞食地球时，发生了两个天体之间的博弈之战。人类为了自身的生存，与吞食者谈判，争取到了在月球建立移民点的机会，并在月球的推进面埋设了大量的核弹，让月球冲撞吞食者，以毁灭吞食者来拯救地球。这样，我们就会发现，两个相互依存作用的天体类似于太极中的“两仪”。它们在一种特定的联系中证明自己。事件的发展是人类的撞击计划没有完全实现，吞食者只是被撞开了一条裂缝。这大大地影响了吞食者的吞食功能，导致其不能尽快完全吞食尽地球，使地球有了重新孕育生命、形成文明的机会。另一方面，吞食者仍然获得了地球的能量，能够向宇宙深处飞行。当然，在刘慈欣另一篇小说《诗云》中，吞食者被能量更大的“神”天体毁灭。在《吞食者》设定的世界里，吞食者与地球构成了相互证明的两个方面。失去一方，另一方也没有意义。地球文明似乎处于一个高度发展的状态之中，能够利用核弹制造月球推进器，可见其科技水平还是比较高的。也正因为这种努力，地球失去了其他的可能，被吞食者吞食。但是，也正因为吞食者要吞食地球，激发了地球抵抗的必然性，使吞食者失去了完备的吞食功能，不能全部吞食地球，而是把更多的地球物质存留下来，使地球具备了文明重生的可能。这时，地球已经不再是原来的地球，但地球仍然存在；吞食者与过去的吞食者也不一样了，但吞食者还将向宇宙深处运动。它们在运动中完成了从“己”向“新己”演变的全过程。它们的存在意义是相互依存的，它们的运动方向是相互作用的，它们的蜕变结果也是在相互对立的联系中生成的。

刘慈欣最重要的作品《三体》也表现出这种典型的“易象结构”形态。由于其内容恢宏，我们在这里难以细说，但总体来看，《三体》描写的小说世界中形成了三体与地球相互依存作用的两个方面。由于地球的存在，三体发现更适宜于自己生存发展的天体，企图夺取地球，占领地球。也正因此，地球开始了漫长的自救。它们相互证明了自己存在的价值。三体具有远比地球发达的文明，其科技水平远非地球文明所及。但因攻击地球而被地球人类公布了其在宇宙中的位置，最后被宇宙中更具能量与更高文明程度的智慧生物清理。地球人类进行了浩大的艰苦卓绝的反击，亦因此而被“歌者”二维化。在地球人类与三体文明漫长的博弈中，彼此都发生了巨大的变化。这种变化不断演进、强化，直至原来的“己”消亡。不过，刘慈欣的超人之处在于，他并没有以三体与地球的消亡来完结自己的叙述，简单地结束关于三体的故事，而是在此之后进一步描写了三体文明的新变，以及地球人类的努力。就是说，不论是三体还是地球，并没有彻底地在宇宙中消失。他们仍然保有自己的文明，并形成“新己”，最后成为维护宇宙能量的积极力量。这时的三体亦与曾经的三体不同，地球也不再是过去的地球。它们演化形成的“新己”继续在宇宙中存在、运动。

“易象结构”的出现使刘慈欣的叙述表现出特别的魅力。一方面，它延续了故事的情节长度，使小说的情节发展呈现出出人意料的效果。另一方面，它升华了作品的思想含量。这些作品并不是要简单地叙述一个完整的故事，而是借助情节表达出超越了一般故事的思想内涵，使作品的思想含量从一般的故事构架中得到丰富升华。人们并不是简单地得到了一个故事，而是通过故事的基础性构架感悟到了更为深远的思想内涵。更主要的是，这种叙述也改变了小说的结构——由单纯地讲述故事来完成其思想情感的承载转化到提升故事的思想含量，使小说表现出更为复杂的情感意义与思想深度。这种叙述模式打破了简单的故事中心结构，使故事成为叙述的基础，并在此基础上触发人更深更远的体验与思考。

第二节　极致逆转

从刘慈欣的叙述策略来看，“易象结构”具有极为重要的意义。甚至可以说形成了他在叙述方式上最重要、最突出的贡献。他的大部分作品都具有这样的特点，或者说在不同程度上体现了这样的倾向。除了上面所举的几个例子外，如《白垩纪往事》《全频带阻塞干扰》《天使时代》等都体现出这样的手法。与之相应，另一些手法也非常明显。这些手法虽然不能说是由“易象结构”来决定的，也不是与之绝对相伴随的，但也不能忽略其影响，如“极致逆转”。

在刘慈欣的小说中，“逆转”或“反转”是一个非常普遍的现象。但并不是所有的反转都可以归入“极致逆转”当中。如《微观尽头》，人类正在进行一项重要的研究——构成物质的最小单位夸克是不是还可以进一步细分，以至于无限细分下去。当人类击破夸克时，世界出现了反转——从微观尽头反转到了宏观世界。这种反转是单线条的逆转，而不是我们所说的“极致逆转”——当事物发展到最高限度之后的逆转。再如《时间移民》，当人类在时间尺度上实现了向几百年、几千年，乃至一万多年之后的移民后，并没有进入想象中的更发达的时代，而是返回了没有生成文明的蛮荒时期。这种逆转与前面所举的逆转是一样的，就是说，只是一种单线条的逆转，不存在相互对应或矛盾的双方之间的纠葛，以及这种矛盾状态达到极致之后的反转。

与此不同，我们这里所说的“极致”是指，叙述的事件由对应或矛盾的双方相互作用形成。作品的情节是顺应着某一方面的期待发展的。从叙述来看，似乎作者一直在讲述某一对应方推进事件的种种努力。在这样的努力中，一方似乎处于下风，而另一方即将成功，使情节达到了“极致”。但是，就在这样的情况下，故事发生了“逆转”，开始向相反的方向发展。在整个过程中，作者一直在营造某一方的努力即将成功的氛围。读者也被作者的叙述所迷惑，以为其成功是必然的。直至故事发展到某一刻，其失败出乎意料地开始了，事件在即将结束的时刻发生了“逆转”。而这种“失败”的基础又恰恰是其努力的必然。或者也可以说，当某一方为实现自己的某种目的，不断努力，并不断地取得成功时，表象上的成功实际上是为实质上的失败准备的。我们可以《魔鬼积木》为例来说明。

《魔鬼积木》是一部篇幅不算大的长篇小说。其主人公奥拉博士是一位曾获诺贝尔科学奖提名的非洲裔基因工程科学家。他的祖国是作者虚构的非洲桑比亚——一个极度贫困的国家。那里的经济起飞正在以破坏环境与资源为代价。少数富人狂奢极侈，占大多数的穷人却面临着饿死的危险。奥拉在十五年前与父亲一起移民到了美国——这个世界上最发达的国家，并在麻省理工学院从事生物研究。他的理想是利用生物技术改进农作物，同时也改进人的功能，如消化功能，以使诸如桑比亚的穷人能够消化更为粗糙的食物来减少饥饿。事实上奥拉已经开始了自己的研究。他把这个研究项目称为“淘金者”。与此同时，美国正在重新启动“创世”工程，目的是通过生物技术对人与动物基因的嫁接，培育一批具有猎豹般敏捷、狮子般凶猛、毒蛇般冷酷、狐狸般狡猾、猎狗般忠诚的士兵。这两个不同的人——奥拉与菲利克斯——一个在基因工程领域的研究达到了最先进的水平；一个代表某种国家利益拥有资金及相关的研究资源——在研究基因技术的嫁接方面达成了一致。但是，他们都面临着巨大的考验——道德的与伦理的、发展观念的、个人价值与世界观的等等。更重要的是，如果这样的研究成功的话，将用于哪一个领域，来实现谁的目标。

无论如何，在菲利克斯的支持下，奥拉的研究得到了比较顺利的进展。在经过十几年的努力后，奥拉与他的研究基地培育出百分之九十九接近人类的不同动物组合体。这似乎是菲利克斯的成功。

但是，逆转开始了。由于二号基地组合体的暴乱，这一研究行为公开化。这对人类社会而言是极大的挑战。而在这个过程中，奥拉已经与桑比亚政府合作，偷偷将一批约三万个基因组合体运回了桑比亚。尽管菲利克斯们还不知道这种组合体是什么，但他们将对桑比亚发起一次毁灭性的打击，以此来掩盖真实的目的。他们出动了航母战斗群，以及数量众多的巡洋舰、驱逐舰、护卫舰、补给舰、攻击潜艇，对桑比亚进行了几乎是毁灭性的轰炸。在这样的打击下，桑比亚似乎已经失去了一切战斗力。但是，在海岸线上突然出现了三万多长着翅膀的人鸽组合体士兵。它们冒着舰队导弹的密集射击，不断地降落到美军的甲板上。强大的海军舰队终于陷落了。奥拉不仅实现了自己的愿望，而且“终于找到了人类与其他物种基因的最优组合”。这种组合“甚至在美学方面也完全可以接受。更重要的是，当人能够飞行后，……将深刻地改变世界的面貌，而更深刻的是人类的精神”[①]。这无疑是一个革命性的设想。它不仅是对现实问题的一种解决办法，而且是有关人类价值的一次想象性飞跃。就如同人类从爬行到直立行走一样，不仅将改变人类自身，也将改变世界。

我们注意到，单纯从小说的叙述而言，刘慈欣设计了两条线。一条是以奥拉为代表的非洲落后贫困国家，一条是以菲利克斯为代表的发达国家。他们的利益不同，出发点不同，目的也不同。但在开展基因研究，改善人的功能这种“工具性”手段方面却是一致的。小说叙述了奥拉的研究进程，表面上是适应菲利克斯的要求的。而且这一研究也几乎要取得成功。也就是说，研究达到了“极致”。但在这样的时刻，“逆转”开始了。事件的演变并没有向菲利克斯设定的方向发展，而是向他的相反方向蜕变。表面上似乎是菲利克斯在不断地取得进展，实质上是奥拉正在一步步地走向自己的成功。

《三体》也非常典型地表现出这样的极致逆转叙述策略。由于其体例庞大，我们在这里不方便叙述其具体的情节，但仍然可以简

---

① 刘慈欣著《魔鬼积木·白垩纪往事》，长江文艺出版社，2008年11月第1版，第203页。

略地进行分析。在《三体》中，相互对应的双方是三体文明与地球文明。由于三体拥有更高级的文明，在小说中一直处于强势。三体不仅消灭了人类的太空舰队，而且也占领了地球，开始了逆文明的地球人类大迁移，把人们都集中到设想中的澳大利亚。几乎可以说，三体控制并占领地球的目的基本实现了。就地球人类而言，当然一直在积极地应对三体的入侵。人类采用了很多办法，技术也得到了极大提高，以至于能够在太空中建立许多拟地球的城市，以保证地球一旦被三体占领后，人类仍然可以迁徙至太空城市生存，从而避免自己的毁灭。无论人类进行了怎样的努力，实际上地球人类一直处于被动的局面。但是，就在三体即将取得彻底胜利的时刻，也就是其占领地球的目的将全面实现的时刻，情节开始了逆转。飞往远太空的人类广播了三体，向宇宙公布了三体，当然也包括地球自己在宇宙中的位置。根据宇宙间的“森林法则”，三体与地球极有可能，或者说肯定要被其他更先进的文明清理。事实上三体很快就被“歌者”的同行清理了。我们注意到，当三体开始了自己入侵地球的计划后，一方面它一直处于主动地位，另一方面，在这种表面的主动中隐含着实质上的自我毁灭。只不过，小说的叙述是沿着三体的不断胜利进行的。而地球人类在自己的应对中也不断地总结教训，发展自己。当事态发展到一定程度的时候，人类选择了“不得不”的方式使三体星系首先毁灭。情节发生了根本性逆转。

《三体》在整体的极致逆转叙述中还包含了很多阶段性的或局部性的极致逆转，使这部近百万字的小说表现出叙述的丰富性，以及阅读的意外感。刘慈欣不断地把出人意料的情节交给读者，不断地把读者带入了一个个意想不到却又在情理之内的“意外”之中。这使小说的魅力大大提升。如章北海，是一个具有坚定的意志、崇高的信仰的军人。他的血管中流淌着一支伟大军队的血液。他目光深邃、视野宏阔、行动果敢，富有韬略，一直以一个“胜利主义者”的形象出现。但是，在残酷的“末日之战”中，章北海命令“自然选择”号飞离战场，目的就是要为人类文明保留最后的希望。直至这时，小说才告诉我们，实际上，章北海从一开始就意识到这场人类与三体的决战一定会失败。他所做的一切，都是建立在必然失败的基础上进行的。不过，不同于一般失败主义者的表现，他的失败主义是积极的，是要通过自己的努力为人类保留文明血脉。从叙述的角度来看，在章北海作为一个“胜利主义者”面貌达到最极致的时刻，其形象出现了逆转。另一个人物罗辑，被选为第四位面壁者。但是罗辑并没有其他面壁者的社会地位、宏韬伟略、雄心大志。他不愿意承担这样的使命，而且也表现出十分明显的消极性。在经过一系列的关于罗辑消极行为的叙述后，三体开始攻击地球。而罗辑也终于解救了地球，成为真正能够威慑三体的执剑人与人类文明最后的守护者。这种逆转几乎体现在每一个人物身上，如叶文洁、大史、程心，四位面壁者，以及云天明与伊文斯、维德等等。同时，《三体》中也有许多局部性的叙述体现了这种极致逆转。如三体派出的水滴探测器。小说一直在描写其精致、优雅、完美，以及地球人类对它外形所带来的“非暴力”形态的和平臆想。但是，一旦“末日之战”爆发，这个小小的、外形看起来毫无攻击力的水滴却毫不费力地毁灭了人类集全部智慧与财力组建的拥有三千多艘战舰的太空舰队。这种逆转惊心动魄、匪夷所思。

英国戏剧理论家亚却认为，戏剧的本质是“激变”或“危机”。这与小说不同。他指出“戏剧是一种激变的艺术，就像小说是一种渐变的艺术一样”。亚却进一步比较了戏剧与小说“变”的不同。“如果小说家不利用他的形式所提供给他的、用增长或者衰退的方式来描绘渐变的方便，那么他就是放弃了他天生的权利。……他们把一个性格或者一种环境的变化阶段表现得那么委婉细致，……一直要等到我们过了一个相当长的阶段以后再回顾过去，才能衡量出这种变化。”[①]刘慈欣的小说正是非常典型地描绘了这种“渐变”的过程。正如亚却所言，我们只有在经过了一个相当长的阶段以后去回顾，才能发现其作品中存在着这种变化的必然性。而这个过程正是其叙述的情节达到“极致”的过程。一旦如此，将会“变”——发生根

① 王流等编《艺术特征论》，文化艺术出版社，1984年6月第1版，第460页。

本性的“逆转”。这种“变”不同于戏剧的在突然之间发生的，或者一开始就交给观众的变。戏剧是一种急遽惊人的变，而小说则需要表现这种变的缓慢过程。正是凭借其极致奇幻的想象力、情节的合理性、描写的细腻与生动，刘慈欣为读者建构了一个个扑朔迷离、意外迭出的故事。不断的节外生枝，不断的峰回路转，不断的出乎意料又合乎情理之中，使小说的情节曲折回环、静水深流，表象与内里在分离中统一，在背逻辑性中又合逻辑性，在不可能中出现了可能性。这样的叙述策略，就小说而言，即使在今天也是非常少见的。

第三节 悬疑带入

叙述是小说创作最基本的构成。其功用首先是讲述情节，完成故事。但是，不同的叙述方式有不同的美学效能。叙述至少还需要承担如何使读者对作品产生阅读兴趣的功能。在很多小说中，也许并不注重叙述，它们依靠描写来使读者产生阅读兴趣。但是就科幻小说而言，尽管读者对依据科技进行的虚构充满期待，有很大的阅读愿望，但也存在许多天然的隔膜。读者的科技素养不同，对小说的感悟、接受能力也不同。把科技概念转化为文学性表述，事实上存在很多困难。科技概念使阅读的陌生感、疏离感，甚至是不适感强化。科技所体现的具体形态在很多时候并不可能被人在日常生活中真切地感受到。最普通的如电流的传输。虽然人们的日常生活已经离不开电，但电是如何流动的，人们并没有具体的感受。人们感受到的只是电的功用。对日常生活中时刻需要的人们已经非常熟悉的电的理解，在文学中仍然是难以描述的。由此可知，人们对那些接触比较少的科技概念就更难形象地理解。但是，这并不能削弱科幻小说的魅力。需要处理好的问题是，怎样把读者尽快地带入小说设定的情景之中。

刘慈欣被视为“硬科幻”的代表。这就是说，他小说中的生活场景、故事脉络、描写特点具有更为突出的科技色彩、科技背景与科技细节。这与许多科幻小说只是设定一个“科幻背景”的写法大为不同。因此，解决好读者的带入就成为一个非常重要的问题。就刘慈欣而言，他往往设定一个“事件”，由这样的事件来激发读者的阅读兴趣。这种设定的方法，我称之为“悬疑”设定。他总是在开始的时候先向读者抛出一个充满悬念的事件话题，再进行自己的叙述。这种悬疑也可以分为不同的类型。一种是直接决定情节的发展，就是说这一悬疑性事件决定了后续情节的走向；一种是作为话题引发情节，但不决定情节的走向，甚至与主体情节之间也没有太大的联系。

在《命运》中，刘慈欣为我们虚构了一对新婚夫妇的太空旅行。小说一开始就说他们发现了一颗运行轨道与地球相交的小行星，将与地球相撞。为了拯救地球，他们决定用自己乘坐飞船的发动机撞击它，使之偏离原有的轨道。同时，他们也误入了时间蛀洞，返回了地球的白垩纪。当这对夫妇沿着原来的航道返回地球后，发现没有遭遇撞击的地球与“现在”的地球大为不同。主导地球的是恐龙。人类只是恐龙豢养的“宠物”。尽管刘慈欣并没有故弄玄虚地描写，但在这样的小说中仍然存在着吸引读者阅读下去的某种悬疑事件——小行星是否会与地球撞击？如果没有撞击的话，会发生什么？这一悬疑事件也决定了作品情节的走向，就是他们没有返回“现在”的地球，而是返回了“没有发生撞击”的地球。这时，地球虽然还是地球，却已与“今天”的地球大不相同。小行星的出现成为小说“悬疑带入”的事件，并且决定了情节的走向。

与此相类的如《吞食者》。小说一开始就描写人类布置在太空中的地球防护部队与波江座晶体的信使相遇。信使向人类发出警告，能吞食星球的吞食者天体将在一个世纪后到来。而随后，吞食者的使者“大牙”也降落到地球。人类正式与吞食者天体相遇。那么，在人类面对强大的吞食者天体时将怎么办？吞食者能不能像吞食波江座晶体一样吞食了地球？这样的开头引发了一系列相关的疑问，成为吸引读者阅读的悬疑事件。在《流浪地球》的开头，作者仅仅用了两句话就实现了这种“悬疑带入”。“我没见过黑夜，我没见过星星，我没见过春天、秋天和冬天。我出生在刹车时代结束的时候，那时地球刚刚停止转动。”[①]为什么“我”没有见过正常人都见过，或者不得不见的黑夜、星星与四季？为什么地球会停止转动？这都是使人疑惑的问题，也是诱发读者阅读欲望的问题。当然，这一问题也决定了小说情节的发展走向。事实上，刘慈欣并没有在写完这两句后结束自己的“悬疑带入”。他在之后的描写中不断地释放这种与人的正常生活方式不同的悬疑，以使读者产生更大的好奇。在之后的叙述中，作者逐步告诉读者地球遭遇的问题——太阳系将会毁灭，而人类正在努力把地球家园推出太阳系，以寻找新的栖息地。

在另一些作品中，这种“悬疑带入”似乎“带入”的功能更突出。它像一场大戏的序幕，仅仅点划一下相关的事件。其功能是引发真正的主体事件，而不是决定情节的发展走向。在《山》的开头，作者的第一句话就是，“我今天一定要搞清楚你这个怪癖：你为什么从不上岸？”[②]尽管仅仅是一句话，已经从本质上完成了我们所说的“悬疑带入”。但作者还是在接下来的叙述中为我们介绍了主人公冯帆——一位曾经的登山爱好者，以及现在的海洋考察工程师的遭遇。在攀登珠穆朗玛峰时发生的队友遇难的经历使冯帆的精神受到严重打击，决心不再登上陆地。但是，他却在大海中遭遇了“海山”，并在这样的“攀登”中对人生产生了新的体悟。小说情节的主体是冯帆与大海中形成的海山的博弈，与其为什么不上岸并没有直接的联系，这个问题也不决定情节的走向。但小说开篇的介绍仍然使读者了解了冯帆的过去，以及冯帆人生态度转变的意义。

“悬疑带入”最具典型意义的仍然是《三体》。从整部小说来看，存在一个服从于整体结构的带入。从其三部不同的故事来看，也存在着各部的带入。简单来看，《三体》为我们叙述的是地球文明与三体文明之间的生死博弈。其第一部《三体：地球往事》讲述的是三体背景下拥有不同价值观的人的博弈；第二部《三体Ⅱ·黑暗森林》讲

---

① 刘慈欣著《流浪地球：刘慈欣获奖作品》，长江文艺出版社，2008年11月第1版，第111页。

② 刘慈欣著《时间移民》，江苏凤凰文艺出版社，2014年12月第1版，第119页。

述的是地球文明与三体文明之间的直接对抗；第三部《三体Ⅲ·死神永生》讲述的是宇宙环境中三体与地球博弈中的共同命运。第一部的开头如何带入，意义重大。因为这部分将承担第一部的带入以及整体的带入。作者在讲述这个极为宏大的故事时，并没有直接为我们介绍故事的缘起，而是设计了一个十分普通的刑事案件调查。这就是大史，即基本贯穿三部小说的警官史强，带着警察与身份非常特殊的军人，来到研究纳米材料的科学家汪淼家进行“调查”——了解许多具有“科学边界”组织背景的科学家先后自杀的情况。不过，叙述的情节进展并不顺利，因为汪淼不愿意配合。这使本来具有悬疑意味的故事显现出更为复杂的“悬疑”。而当汪淼知道了这一问题之后，也陷入了悬疑之中。他并不知道有这么多的科学家自杀，更不知道不久前还见过的杨冬也自杀了。实际上，在叙述中，作者设计了多重悬疑。大史等对汪淼的“疑”，汪淼对大史以及开会的常伟思所在的“机构”的“疑”，对与“科学边界”组织有关科学家的“疑”，以及对科学边界组织的“疑”，甚至汪淼对一个有着北约组织军人参加的军事机构内互称“同志”，以及常伟思所说的目前处于“战争状态”的判断而产生的对自己所处时代的“疑”。实际上，小说中的汪淼，以及史强、常伟思等人的一系列“疑”强化了读者急于了解故事情节的愿望，把读者带入了作家设计的叙述情景之中。之后三部小说的展开，均与这样的“悬疑”有关。虽然这些“悬疑”只是起到了一个“带入”的作用，并不决定故事的走向，但却拉开了宇宙之战的序幕。

这种悬疑也存在于《三体》的第二部与第三部之中。《三体》的第二部《黑暗森林》叙述了三体与地球的大战。但是，其开头部分却异常平静，与之后太空中发生的一切形成了鲜明的对比。小说的叙述从对褐蚁生存状态的描写开始，引出叶文洁向罗辑传授“宇宙社会学”的公理，预示了地球人类在宇宙中的存在状态，以及宇宙间不同程度文明之间的关系决定的三体与地球之间的大战。这里的“悬疑”主要体现在褐蚁的意义上。从褐蚁自身的世界来看，其一切努力都是有价值的。但从人的层面来看，所有这一切均是无意义的。那么，从更宏阔高级的宇宙层面来看，人类的一切努力也可能会如同褐蚁一样，存在着意义的悬疑。因为它们将服从人类还没有深刻认知的“宇宙社会学”公理。而这些公理是否具有价值，也需经过不同层面的文明来验证，同样存在着悬疑。这些并不是小说的开始，而是提出的一个问题——“悬疑”，以此来把读者带入之后的故事之中。事实上，所谓的“宇宙社会学”似乎也是叙述的基础。一方面宇宙绝对不会遵循人类的社会学规则；另一方面，如果人们不知道宇宙的规则，叙述将会发生梗阻。因而，在小说的开始就通过叶文洁来向罗辑交代“宇宙社会学”的公理，既是“悬疑带入”的叙述手法，也是之后情节发展的基础。

在《三体》的第三部《死神永生》中，叙述开始的“悬疑”乃是一段寓言式的描写。借助东罗马与奥斯曼两个帝国之间的终极决战，引发出一个“魔法师”狄奥伦娜短暂的“魔法”时代。这里有两层含义。一是说明，狄奥伦娜的魔法乃是宇宙高维碎块接触了地球之后产生的。这些高维碎块离开地球后，魔法也就消失了。这就是说，在人类生活的三维世界之外，仍然存在着更复杂的多维世界，包括超越三维的高维世界。这种高维世界对相对低维的人类而言，具有难以理解的“法力”。另一层含义是，东罗马帝国的命运。即使君士坦丁堡的人们曾经以为自己的帝国多么永恒，也将在千年之后消失。这个带有寓言性质的故事实际上为读者设计了一个超越现实三维时空的“宇宙悬疑”。它是之后故事的提示、隐喻。虽然与小说的情节无关，但却与其表达的思想同理。在漫长的、用作者提示的时间来看近两千万年的时光中，宇宙已经发生了重要的变化。而人类，宇宙中微小的智慧生物，也随着这样的变化成为宇宙中文明的种子。

第四节　陌生呈现

小说叙述的审美效果往往存在着截然相反的两个方面。一方面，人们往往会因作者叙述或描写了自己熟悉的人和事而感到亲切，进而增强阅读的兴趣。所以人们往往希望作者对生活要熟悉，特别是其中的细节、心理等，能够与生活的本来状态无间隙地对接。另一方面，人们又常常对熟悉的事物产生疏离，认为这种描写或叙述缺少新鲜的感受，难以激发阅读的兴趣。这两种看似矛盾的现象，实际上不是对作者应该表现熟悉的东西还是陌生的东西的非此即彼的评判。其实质在于是否成功地完成了叙述或描写，是否能激发出读者对作品的阅读兴趣。这才是小说审美追求的核心。因为熟悉，尽管可能使读者感到亲切，但也可能使读者感到厌烦；陌生虽然可能使读者感到新鲜，但也可能因为与日常生活的疏离而感到不解或难以进入。就刘慈欣的小说而言，当然是一种科幻的"非现实"描写，但仍然有很多我们熟悉的"现实"。如对大自然的感受，对人物心理的描摹，许多细节、用语，以及人物的行为等等。如果他的小说中没有这些，人们确实是很难进入的。但是，在这里我们主要讨论他创造的艺术世界中，表现出来的人们并不太熟悉或者完全陌生的描写。正是这种陌生化的存在，以及由此表现出来的匪夷所思、奇幻玄妙的想象，为我们创造了充满新鲜感的、令人惊讶的、具有强大魅力的艺术世界，表现出中国文学所拥有的非凡想象力与创造力。

在刘慈欣的小说中，这种陌生化的表现有多种形态。他可能会创造一个现实中不会发生，但却具有现实意义的存在环境来完成其表达。比较典型的如《白垩纪往事》。小说叙述的是由恐龙与蚂蚁共同创造了一种"白垩纪文明"，但由于它们对利益的争夺使这种文明毁灭。从我们的现实生活来看，这种文明并不存在。存在的只是曾经的恐龙与仍然生活在现实中的蚂蚁。恐龙与蚂蚁是如何创造文明的？这似乎是一个人类认知之外的问题，或者说并不存在的问题，对读者来说当然是陌生的，甚至是稀奇的。我们很少去想象或者从来没有想象过人类之外的生物能够创造文明。但是，在小说中，刘慈欣把这一问题实现了。他为我们描绘出一个与人类文明不同的文明。其形成、发展与最后的消亡，都是我们所不熟悉的。因而也使我们充满了期待、好奇。不过，需要说明的是，在这种整体"陌生化"的表达中，仍然充满了熟悉的元素。这就是在大部分细节中，刘慈欣仍然用人的逻辑来建构艺术。或者也可以说，刘慈欣只不过是以“人的尺度”来创造性地虚构了一个“非人”的世界。活动在这个并非现实的文明中的恐龙与蚂蚁，仍然具有“人”的思维、价值与欲望。如它们会生病，要求温饱，对权力、利益充满渴望。不同的只是在行为方式上仍然表现了特定生物如恐龙与蚂蚁的生理特征。

另一部影响广泛的小说《流浪地球》也有同样的特点。作者为我们想象了一个现实中没有发生，或者说还未发生，但很难说未来是不是可能发生的事件——由于太阳氦闪爆炸，将吞没或炸毁所有太阳系适合居住的类地行星。地球将遭遇毁灭的灾难。人类为了求生，必须逃离太阳系，寻找临近的恒星来建立新的家园。与《白垩纪往事》一样，刘慈欣为我们设计了一个现实中并不存在的陌生的事件及其发生环境。在这样的背景中，所有的一切都发生了改变——包括人类自身。人们对自然的感觉不同了。比如人类并不惧怕太阳，但在这样的时代，人们把太阳与恐惧联系在一起。曾经，人们歌颂爱情，但现在人们对这样的情感已经非常淡漠。过去，人类生活在地球的表面，而现在需要生活在地球的深处等等。这种源于题材的设计，为读者创造了一个非常陌生的世界。但是，如果整篇小说都是这种“陌生化”的叙述，人们将难以接受。就是说，小说在这种陌生化的叙述当中，仍然保留着人们能够理解或者接受的熟悉元素。如人们恐惧太阳，但太阳仍然存在，人类仍然能够通过太阳的运动、变化来分析、推测地球的变化。家庭关系已经与人们习惯的模式不同，但人类依然需要家庭，需要延续生命，需要情感。“国家”的概念已经发生了变化，不再是一种政治实体，但仍然以地域的形式存在等等。小说仍然是以人的尺度来叙述的。

这种事件发生的整体环境的陌生化与情节发展叙述的熟悉性形成了一种让人感到非常新鲜的审美体验。陌生化使读者体验到了新的存在形态，而熟悉性又使读者能够较为方便地进入小说设计的情景之中，能够与小说中的人、事连通。但是，在刘慈欣的另一些作品当中，则使二者发生了分离。他可能会设计一种熟悉的事件环境，同时再设计一种陌生的事件环境，二者的情节并行推进，在某一点发生交汇。如《乡村教师》，一条线叙述的是偏远山区的教师与他的孩子们；另一条线叙述的是银河系正在发生的星际大战。在这样的宇宙时空中，地球以及地球生命，如乡村教师与他的学生，缺少生命价值的主动性。他们有自己的努力，但在更具能量的星空中，他们的能量显得极其微弱。但是，他们的努力并非没有意义，而是具备了拯救地球与人类的力量。我们可以进行简单的认定：乡村教师的生活是我们熟悉的，但银河系的星际大战却是我们陌生的。陌生为读者带来了审美的新鲜感，熟悉为读者的进入奠定了基础。与此类似的是《山》。一方面，小说描写的是现实中人的行为——冯帆在海上与海水高山的博弈。另一方面，小说描写了宇宙中另一天体“泡世界”探索“泡”外世界的探险努力。这样的“泡世界”显然是刘慈欣虚构的，是我们感到陌生的。这两条线虽然是各自独立存在的，却基本上是在一开始就形成了叙述线的交汇。现实中冯帆的遭遇是人们熟悉的，或者说可以想象的。虚构中的泡世界则是人们陌生的、难以预测的，在一般情况下想象不到的。

刘慈欣陌生化呈现最普遍的手法是对某种人类不熟悉、不关心或者基本上可以说还不知道的存在形态的描述。这种形态也可以进一步细分。一种是人类生活形态的叙述。如日常生活形态。在《流浪地球》《三体》中，刘慈欣描写了人类遭遇灾难时发生的变化。首先是社会结构的变化。人类在共同的命运面前空前地团结起来，组成了命运共同体，从属于统一的权力系统。家庭结构也在发生变化。如对爱情与家庭的态度已与之前明显不同，其关系不再是那么紧密。其次是生活方式也发生了变化。地面已经不再是人类居住与生活的首选，甚至已不再是选项。人们可能是生活在地底或地底的“树”上。各种房屋也不再是建在地面，而是悬挂在空中。人类的交通方式也发生了变化。主要是与外太空的联系更加紧密、频繁。从一个星球到另一个星球如同今天人们从一个城市到另一个城市一样方便。甚至在某些情况下，人们是生活在外太空的太空城市中的。人们利用发达的科技在宇宙星球中建立了能够满足人类生存的“城市”。人们的通信方式也发生了改变。智能技术极端普及，以至于人们随时可以点击任何一个平面，就可以搜索到自己希望了解的信息。等等。更重要的是人类的思维方式与视野发生了巨大的改变。人类对外太空、宇宙的感受更为具体自觉。这些今天看起来十分遥远的东西已经成为日常存在。人类的时间观念、空间感受均与现在大为不同。

在另一些作品中，刘慈欣为我们描绘了时空逆转之后的现实。如《时间移民》中人类回到了自己还不存在的时间中；在《命运》中，由于地球并没有被太空中的小行星撞击，曾经的恐龙也没有消失，而是仍然主导着地球，创造了属于恐龙的文明，人类则成了恐龙的"宠物"；在《西洋》中，刘慈欣虚构了郑和下西洋之后终于主宰了世界的"历史"，东方与西方的地位发生了转换，等等。这样的虚构为读者描绘了一幅与现实存在截然不同的生活图景，使"陌生化"达到了可能的境界。

另一种"陌生化"的叙述是作者为我们描写了人们很少涉及的宇宙存在形态。最典型的是《三体》中对三体探测器"水滴"的描写。这一代表了三体文明科技水平的航行器，其外表竟然完美到了极致，而其能量也强大到了极致。它并不是人类的产物，而是宇宙的存在。在《三体》中，刘慈欣还为我们描绘了四维空间的形态。这种形态不仅是存在于视觉中的，也是存在于人与四维的关系之中的。同样，他也为我们描绘了四维存在被二维化之后的形态。与四维状态下连续重叠的无限细节不同，二维之后的物体则被改变为绝对的平面化。刘慈欣也为我们描绘了不同光速中时间的变化，以及不同宇宙空间中人的生活状态。如云天明在宇宙中竟然能够开垦农田，并送了程心一个"小宇宙"。而程心为了看云天明送给她的行星，误入了时间蛀洞，与"现实"时间发生了错位。在《山》中，"泡世界"这种存在于宇宙的岩层空间或其他空间之中的由自然进化而来的"存在"仍然具有创造文明的能力，进行着探索"泡世界"之外浩大宇宙的努力。在《微纪元》中，作者虚构了未来的人类——曾经的消耗大量资源的"宏人"时代进化为只需要消耗很少资源的"微人"时代，并对此寄予了极大的希望。也许人类能够因这样的进化而保持自己的文明。

作为科幻小说，事实上难以脱离“陌生化”的叙述与描写。“陌生化”是其基本的特点。如果失去了这种特点，幻想就不会存在。而幻想本来就是对现实中并不存在的东西所做的超越平凡的想象。其实质就是能够想象出一般情况下人们不会去想象，或者说想象不到的存在。但问题并不在于作家是不是创造了现实中人们感到陌生的存在状态，而是这种创造对小说的表达产生了怎样的效果，进而对人们的审美产生了怎样的作用。它要求小说的叙述要遵循基本的规律。这种规律主要体现在这样几个方面。一是科技基础。就是说科幻想象应该符合科技的基本原理。如果人们对宇宙的认识仍然局限在神创造万物的时代，那么，宇宙的创造性就不会被表现出来。人类如果并不知道空间还存在着四维以上的维度的话，也难以对四维空间以及更多维空间进行想象。这就需要作家对科技的发展有起码的了解与把握。二是人性基础。也就是说，任何科技想象必须回归到人。并不是说要把科技也虚构成“人”，而是说，科幻小说仍然是小说，仍然是表现人的生活、本性的艺术。如果只有科技，就成为一种科学技术的介绍，而不是小说。因此，这种想象可能呈现了在特定科技条件下人的生活，但并不是违背人性的生活。三是艺术基础。也就是说，作为艺术的一种，科幻小说必须体现艺术的基本要求。如能够运用语言进行叙述与描写；能够对现实生活进行提炼升华；能够塑造具有个性的人物形象；能够设计吸引人的故事、情节；能够营造具有美感的意象氛围，等等。在这样的基础上，陌生化呈现才能够显现出艺术的感染力，使人的审美活动得到满足与提升。

在讨论叙述的问题时，有人认为要想讲好一个故事，就需要有一个好的设想，一个关于“为什么这个故事能行”的好想法。这也就是说，叙述，或者讲故事并不是绝对的、唯一的。为实现叙述的目的，叙述者要考虑怎么才能讲好故事。比如，“关于这个故事到底要讲什么、它跟人的生存状况有什么关系的好想法。它跟理念（ideas）有关，跟如何进行叙述有关，也跟到底怎么讲才算是把这个故事讲出来有关。简单说，你必须把你的故事跟某种更大的东西联系在一起”[①]。这就是说，尽管叙述是很重要的，但事实上如何完成叙述更重要。作家不能把自己的目标设定在如何完成上面，而应该使自己的叙述有超越故事的追求，应该在叙述中表现出故事之上的“更大的东西”，也就是涉及人的生存意义的东西。这样，叙述才能显现出自己的价值，才能使作品具备某种厚重宏大的品格。而刘慈欣的叙述，正是这种超越了故事的叙述。尽管他强调要讲好一个故事，但其价值却是在这样的故事之上才体现出来的。

① ［美］马克 · 克雷默，温迪 · 考尔编，王宇光等译《怎样讲好一个故事》，中国文史出版社，2015 年第 1 版，第 18 页。

第二章 我们都是太阳的孩子

——刘慈欣审美观分析

刘慈欣说，自己的任何设想都是为了完成一个合理的科幻故事。单纯从科幻的角度言，这是当然的。问题是他创作的是科幻文学，我们并不能仅仅了解一个关于科幻的故事，而是要关注具备科幻意义的文学——也就是说，作为文学的一种，他为我们创造的审美魅力在哪里？这种审美将对当下的文学产生什么影响？

第一节 美在哪里：宇宙、科技与人

艺术创造的美是什么？也许这是一个困扰人类的大命题。从影响深远的美是模仿，到风行一时的结构主义理论所言美是符号，对美的本质的探讨伴随了人类社会发展的整个历程，实际上也反映了不同社会条件下人类对美的需求的某种变化。刘慈欣为我们描写了宏大的宇宙世界，并由此显现出自己的审美追求。这既是时代变革的某种折射，也是刘慈欣个人价值观的外化。那么，在刘慈欣的作品当中，什么才是美？他倾心构建的科幻世界中最令人向往的美之境界是什么？大致而言，体现在以下几个方面。

首先，刘慈欣为我们描绘了宇宙存在的美。对于人类而言，宇宙是一个不可脱离的神秘存在。所谓不可脱离，是因为人类本身就是构成宇宙存在的一分子。尽管从宇宙的角度来看，人类极其微小，以至于可以忽略。但是从人类的角度来看，人类自身却是唯一的、独特的、无可替代的，有自己存在的独立价值。所谓神秘，乃是因为人类虽然一直在探索宇宙的奥秘，但时至今日，相对于浩瀚的宇宙而言，人类对宇宙的了解仍然微乎其微。尽管有很多研究成果，但其结论大多为推导式的，是人类分析得出的可能性结论，而不是被证实的必然性结论。因而，其真理性也就存在许多不确定的可能。一直以来，人类都在仰望天空，仰望无边无际、浩瀚辽阔的宇宙，希望得到真相。但是，至少在刘慈欣这里，人类以“仰望”来观察宇宙的视角发生了改变。刘慈欣是从宇宙出发来想象宇宙的。这种观察视角的改变，使人类真正成为宇宙构成的一分子，与其他我们仍然未知因而也倍感神秘的宇宙存在具有了同等的地位。同时，也使人类具备了认知宇宙的新方法。人类能够平等地看待宇宙及其复杂的存在，并使自己的想象力得到最大的自由发挥。

在这样的条件下，人类再一次感受到了自己生存的地球的美好。这并不是说人类曾经认为地球是丑陋的，而是说，人类在浩瀚的宇宙中更加深切地感受到了如果离开地球，将失去自己生存的“家园”。人类将在浩渺无际的宇宙之中飘荡，失去存在的依托与根基。所以刘慈欣不断地表达对地球的依恋、赞美。在《带上她的眼睛》中，刘慈欣细致入微地描写进入地心的女领航员对地球一花一草的向往赞美。“我们给这朵小花起个名字好吗？嗯……叫她梦梦吧。我们再看看那一朵好吗？她该叫什么呢？嗯，叫小雨吧。再到那一朵那儿去，啊，谢谢，看她的淡蓝色，她的名字应该是月光……”[①]这是一种无功利的喜爱，是一种发自生命本能的赞美。在很多时候，刘慈欣对人类追求现实利益破坏地球之美的行为表达了批判。他甚至想象人类通过时间移民返回荒蛮时代，重新开始文明的创建。“看这蓝天，这草地，这山脉，这森林，这整个重新创造的大自然，……看看这绿色的大地，这是我们的母亲！是我们力量的源泉！是我们存在的依据和永恒的归宿！以后人类还会犯错误，还会在苦难与失望的荒漠中跋涉，但只要我们的根不离开我们的大地母亲，我们就不会像他们那样消失。不管多么艰难，人类和生活将永远延续！”[②]所

---

① 刘慈欣著《带上她的眼睛》，长江文艺出版社，2017 年 3 月第 1 版，第 11 页。

② 刘慈欣著《时间移民》，江苏凤凰文艺出版社，2014 年 12 月第 1 版，第 169 页。

以，在《流浪地球》中，人类发现太阳系将要在未来的时刻因氦闪而毁灭时，不是逃离地球，而是要带着地球旅行，去寻找新的栖身之地。无论如何，人类的命运与地球须臾不可分离。

也许刘慈欣对地球之美的描写还不能使我们感到震撼。他对宇宙存在的描写才是其最奇绝的贡献。他的许多作品，生动地描绘了宇宙天空的景象，与宇宙天体的运行状态。而所有这一切，构成了他关于宇宙之美的绝美之境。在《思想者》中，刘慈欣为我们塑造了钟情于研究宇宙恒星闪烁的天文学家“她”与对恒星闪烁同样感兴趣的脑科学家“我”。“她”在观察中发现，宇宙恒星闪烁的曲线如同一幅水墨画中的留白线条。于是采集天文站的雨花石做成了一幅既富于传统意味又显现出现代抽象风格的绘画。这似乎是一种隐喻——宇宙之美与艺术之美具有同样的品格。所以，在天文学家“她”看来，“自己是在从事一项很美的事业，走进恒星世界，就像进入一个无限广阔的花园。这里的每一朵花都不相同”。[①]也正因此，他们都认为，“能从宇宙中感受到这样的美，真是难得，也很幸运”[②]。或者也可以这样说，正因为宇宙本身是“美”的，所以从事观察研究宇宙的工作也是“很美的事业”。在《朝闻道》中，刘慈欣甚至写道，“当生存问题完全解决，当爱情因个体的异化和融合而消失，当艺术因过分的精致和晦涩而最终死亡，对宇宙终极美的追求便成为文明存在的唯一寄托”[③]。因而，无论人类的生活呈现出什么样的状态，宇宙之美总是存在的，它是文明存在的理由与前提，甚至是唯一的理由与前提。在《梦之海》中，刘慈欣通过两名艺术家的讨论表达了这样的思考，人类借助科学技术来认识宇宙，是“婴儿文明”的表现。而人类对宇宙的探索进行到一定的程度，你会发现宇宙是那么简单，科学也没有存在的必要。但在这时，艺术仍然存在。因为“艺术是文明存在的唯一理由”[④]。在刘慈欣的描写中，

① 刘慈欣著《时间移民》，江苏凤凰文艺出版社，2014 年 12 月第 1 版，第 173 页。
② 刘慈欣著《时间移民》，江苏凤凰文艺出版社，2014 年 12 月第 1 版，第 174 页。
③ 刘慈欣著《时间移民》，江苏凤凰文艺出版社，2014 年 12 月第 1 版，第 97 页。
④ 刘慈欣著《时间移民》，江苏凤凰文艺出版社，2014 年 12 月第 1 版，第 289 页。

宇宙的终极之美基本上等同于宇宙的终极真理。因而他也写道，“对宇宙终极真理的追求，是文明的最终目标和归宿”[①]。除了对人类关于宇宙之美的感受想象之外，刘慈欣最突出的贡献是对宇宙世界的直接描绘。他极富想象力地为我们描述了宇宙存在及其运动的现实图景。这构成了他作品最闪光的部分。如他在《命运》中描写星球的撞击，“一道强光闪过后，从小行星上出现了一个火球，飞快膨胀，仿佛是前方太空中突然出现了一个向我们猛扑过来的太阳”[②]。在《全频带阻塞干扰》中，刘慈欣为我们描写了“近距离”观察中的太阳：“正前方，有一道巨大的美丽的日珥，那是从太阳表面盘旋而上的灼热的氢气气流，它像一条长长的轻纱，漂浮在太阳火的海洋上空，梦幻般地变幻着形状和姿态，它的两端都连着日球表面，形成了一座巨大的拱门。”[③]在宇宙中，不同的天体有其存在的独立性，但又与其他的天体相互联系作用，形成宇宙存在与运动的统一体，达成一种“宇宙的和谐”。就人类而言，每一个个体存在的时空均是有限的。在这种有限之中来探讨浩瀚的宇宙，当然是极为艰难的。但是，由于宇宙自身存在的秩序，以及不同天体相互联系作用形成的统一与和谐，就构成了宇宙之美，对人类而言具有无穷的魅力。“万物负阴而抱阳，冲气以为和”。在中国古典哲学的宇宙观中，极为深刻地揭示了宇宙运动的基本模式。这种“阴”与“阳”的相互作用，“构成有秩序的、有能力的、‘创造性’的过程的两个互补方面或者力矩”[④]。它们形成宇宙存在与运行的“道”。这种“道”具备了秩序、能力与创造性，因而也具备了属于宇宙的“美”。当人类的想象力被置放于极其辽远的宇宙世界时，便发生了“奇点”膨胀。它不再是站在地面的仰望，而是行动于宇宙之中的飞扬。这种想象力的解放本身就具备了美的特征，是美在文学中的奇异呈现。

① 刘慈欣著《时间移民》，江苏凤凰文艺出版社，2014 年 12 月第 1 版，第 100 页。

② 刘慈欣著《时间移民》，江苏凤凰文艺出版社，2014 年 12 月第 1 版，第 110 页。

③ 刘慈欣著《带上她的眼睛》，长江文艺出版社，2017 年 3 月第 1 版，第 135 页。

④ ［德］汉斯－格奥尔格·梅勒著，刘增光译《东西之道：〈道德经〉与西方哲学》，北京联合出版公司，2018 年 10 月第 1 版，第 49 页。

刘慈欣曾经说过，如果人类在遥远的未来能够延续生命的话，必须有高度发达的科技。这种观点在他的小说中有着极为充分的体现。尽管我们并不认为他是一个科技至上主义者，但不容否认的是，他绝对是一个对科技充满期待的人文主义者。他不仅为我们描绘出未来可能出现的高度发展的科技，也为我们描绘出科技之美。在《朝闻道》中，刘慈欣写道，“当你用想象力和数学把整个宇宙在手中捏成一团，使它变成你的一个心爱的玩具时，你才能看到这种美”。数学与想象力的结合，正是科技与美的统一。那条凭借最先进的科技建立起来，被称为“爱因斯坦赤道”的人类最大的粒子加速器正是数学与想象力的完美结合。这条直径五米的粒子加速器钢管长约三万公里，能够让人在六十小时中环绕地球一圈。物理学家们将借助它建立宇宙的大一统模型。刘慈欣为我们描绘了汽车在时速五百公里的“爱因斯坦赤道”中行驶时人的感受——“钢管笔直地伸向前方，小车像是一颗在无限长的枪管中正在射出的子弹，前方的洞口似乎固定在无限远处，看上去有针尖大小，一动不动。如果不是周围的管壁如湍急的流水飞快掠过，肯定觉察不出车的运动。而与此同时，人的想象力也在放飞：我们正在驶过蒙古国，看到大草原了吗？还有羊群……我们在经过日本，但只是擦过它的北角，看，朝阳照到了积雪的国后岛上了，那可是今天亚洲迎来的第一抹阳光……”[①]科技与审美就这样统一在一起。

最能表达这种科技美的描写是《三体Ⅱ·黑暗森林》中三体文明的水滴探测器。它具有充分体现人类想象力的外形设计——状如一滴水银。其呈完美的水滴形状，头部浑圆，尾部很尖，表面是极其光滑的全反射镜面。银河系在它的表面映成一片流畅的光纹，使得这滴水银看上去纯洁而唯美。它的滴液外形是那么栩栩如生，以至于观察者有时真以为它就是液态的，根本不可能有内部机械结构。水滴探测器这种唯美优雅的外观设计，使人类产生了倾向于和平的误解，以为三体人类有和平的意愿，将与地球人类进行谈判。“这东

① 刘慈欣著《时间移民》，江苏凤凰文艺出版社，2014年12月第1版，第82页。

西真是太美了，它的形状虽然简洁，但造型精美绝伦，曲面上的每一个点都恰到好处，使这滴水银充满着飘动的动感，仿佛每时每刻都在宇宙之夜中没有尽头地滴落着”，“即使人类艺术家把一个封闭曲面的所有可能形态平滑地全部试完，也找不出这样一个造型，……它是比直线更直的线，是比正圆更圆的圆，是梦之海中跃出的一只镜面海豚，是宇宙间所有爱的结晶”，“这颗晶莹流畅的固态液滴，用精致的唯美消弭了一切功能和技术的内涵，表现出哲学和艺术的轻逸和超脱”。事实上，在这极度完美的造型之内隐含着极强大的科技力量。除其造型所体现出的科技水平外，还有在如此小的水滴之中包含的科技功能——自动制冷系统、探测功能、经过二百多年跨越四光年的宇宙飞行能力，以及对人类星际太空舰队的绝杀攻击能力等等。这是刘慈欣为人类想象的完美地集科技与审美于一体的艺术品。是不是这也传达了刘慈欣的一种思想——科技的最高形态是科技功能的审美化?

当然，对宇宙之美、科技之美的描写并不是刘慈欣关于美的整体表达。美仅仅是属于人——一种智慧生命的感受。如果没有人，也就没有美。因为除了智慧生命之外，其他存在都缺乏或者没有感受的功能，因而也就不存在对美的判断。这些所谓的“美”就不可能有其对应物，就不可能有能够领会、欣赏其存在的存在。或者说，美对于这些存在是无意义的。因而，从另一方面来看，最主要的美是关于人类美好品格的呈现。所以，在刘慈欣庞大的宇宙世界中，最能够表现出美的部分仍然存在于人的禀赋与品格之中。

第二节　人文之美：信念、责任与智慧

尽管刘慈欣为我们描写了宇宙与科技之美，但从根本来看，他是一个人文主义者。他的所有描写，出发点均着眼于人的未来命运。即使是那些没有人活动的作品如《白垩纪往事》等也具有十分突出的现实意义，是对人类的关切。而在他关于美的塑造之中，不论是宇宙之美，抑或是科技之美，都是从人出发的——人对宇宙秩序及

其浩瀚和谐的感受，对科技呈现出来的创造能力与完美程度的表达。没有人，宇宙与科技的美就不存在。因为所有关于美的描写塑造都是以人的尺度为标准的。人只能塑造属于人类自己的美，而不能塑造不属于人类的其他存在的美。何况我们根本不知道宇宙中是否还存在其他智慧生命，更不知道这些智慧生命关于美的标准是什么。

不过，从人类对美的塑造而言，刘慈欣做出了极为特殊的贡献。现在，我还不能判断科幻文学整体对宇宙与科技之美的塑造做出了哪些努力，取得了什么成就。但可以肯定的是，刘慈欣并不是简单地把小说建立在具有科幻意味的背景之中，而是把科技以及基于科技的人类幻想直接写入了小说。在他的描写中，有大量关于宇宙存在细节的描写，有突出的关于科技效应的描写。这些均构成了他小说不可分离的内容，甚至是主要内容。他为我们的审美创造了另一重天地，极大地拓展了人类想象力的空间，激发了我们源自内心必然的创造力。除此之外，我们还要探讨的是，刘慈欣从人类未来命运出发所创造的人文之美——包括什么样的人才配享有未来，人类的命运与宇宙世界的关系，以及这种关系的审美构成。

刘慈欣的作品具有强烈的现实意义。尽管他只强调自己在构造适合科幻表达的故事，但这丝毫不能掩盖或否认他对人类命运及其未来的热切关注。刘慈欣作品的核心价值正在于此。在他的作品中，少有一般的“反派”形象。矛盾的形成基本是认知问题，而不是品格问题。即使是那些失败者，也往往闪耀着人性美好的光芒。如《全频带阻塞干扰》中面临全军覆灭的“北约”指挥官帕克将军，明知“北约”军队的失败已无可挽回，所有的努力都将是徒劳，但他仍然向全体士兵发出最后一道命令：上刺刀！其绝死的精神令人震撼。这种设计恰恰反映出刘慈欣对人类的看法——他希望在现代科技得到空前发展的时代，人类仍然能够拥有强健的精神世界，仍然能够在生死抉择时展现出人的高贵与尊严。这种精神品格正是人类有可能走向未来的内在保证。所以，他塑造了大量的具有理想与尊严的人物形象，构成了刘慈欣关于美的斑斓世界。

刘慈欣希望人类能够拥有积极的担当与强烈的责任感，以此确立人类未来的必然。人类的未来不能寄希望于宇宙的偶然性。尽管人类的出现，从宇宙的角度看可能是一种偶然。比如刘慈欣在《命运》中就描写了在太空结婚旅行的一对新人，他们偶然发现了即将撞击地球的星体后，用飞船发动机击碎了这颗星球。这一偶然事件虽然保证了地球的正常运行，但是如果人类仅仅依靠这种偶然性的话，未来是渺茫的。为了遥远的未来，人类应该具有深邃的思考能力与穿透现实的洞察能力，应该居安思危，未雨绸缪，积极承担使命。所以刘慈欣为我们描写了许多大跨度的时间与空间存在，如一万一千年的时间移民，四亿光年的空间飞行等等。从时空的层面说，这些遥远而广阔的存在与当下现实缺乏联系。但是从宇宙的角度来看，从人类面临的宇宙未来来看，其实是非常急迫的。当人类可能遭遇宇宙时空中存在的危险时，应该如何？有没有超越现实的预见与智慧？能不能为了遥远的未来做出奉献甚至牺牲？是否拥有了克服走向未来可能出现的挑战的能力？特别是是否具有战胜一切艰难险阻的精神力量与意志品格？毫无疑问，刘慈欣希望人类在沉溺于现代科技带来的便利与享受时仍然保有这种优秀的品格。

从宇宙的角度看，银河系很小，太阳系更小，地球与人类几乎不存在。换一句话来说，人类是否存在对宇宙的意义并不大。更何况，在浩瀚的宇宙之中，由于空间的不同，时速的差异，人类认知的有限，地球时空与宇宙时空并不统一。其间的差异非一般人的想象可比。在人类感觉到的时间之内，由于空间的不同，实际上的时间概念也是不一样的。所谓“天上一日，人间千年”正是对宇宙差异的形象描述。但是，即使如此，人类的存在并非没有意义。因为从宇宙的角度来看，正是无数的诸如地球人类物质的存在才构成了宇宙。从人类自身来看，其意义更为独特，甚至唯一。因为人类正是自己的全部，有自己存在的特殊价值。同时，人类也希望，个体生命在有可预见的局限性的同时，群体生命能够不断地延续下去。人类在珍惜自己存在生命的同时，应该更珍惜自己创造的文明，并为这一文明的延续、发展而努力。刘慈欣为我们描绘了这一人类品格——源于生命本体的人类之爱——对个人价值的尊重，对亲友的热爱，对人类文

明的珍惜，以及为这一切美好事物的努力与奉献。

在《朝闻道》中，献身天文事业的物理学家丁仪由于对人类事业的执着，只能把心中的位置“努力挤出一个小角落”留给自己的妻女。尽管他对此很痛苦，但“也实在是没办法”。这里，他的爱有两重含义。最基本的是对亲人的爱，但超越这种爱的是人类的未来事业。建立在这样的情感基础之上，人类才可能拥有面向未来的理性、力量与智慧。“对宇宙奥秘的探索欲望是所有智慧生命的本性”。丁仪与很多科学家、哲学家一起，为了知道宇宙的终极真理，不惜用个人的生命来交换。而像丁仪一样的人，并不是现在才有，也不是之后没有。小说极具意味地设计了丁仪的女儿文文，在丁仪等人献身之后，依然选择了父亲的事业。因为，“用生命来换取崇高的东西对人类来说并不陌生”[①]。或者也可以说，正因为人类具有这样的精神品格，才使其生命与文明得以延续。

在另一些作品中，刘慈欣对现实生活中的自私、骄横、憨蛮进行了批判。如《白垩纪往事》中虚构了恐龙与蚂蚁共生的文明形态。由于各自的生理特点，恐龙与蚂蚁需要共生互补才能维持它们共同构建的文明，并不断推动这种文明的进步。但是，由于二者在宗教认同上的纠纷，以及后来由于恐龙大量繁殖，对地球资源的无限消耗，引发了对地球统治权——地球资源控制权的争执，导致龙与恐龙之间，以及恐龙与蚂蚁之间的战争爆发，使它们共创的文明毁灭。这部作品中虽然没有人的形象出现，但对人类及其文明具有警示意义。实际上也可以说是对人类现实世界的表现。因为现实生活中的人类也正面临着同样的选择。极度的自私与自负，源于利益争夺而引发的对抗，丧失理性的抉择，对命运共同体的破坏，这些事关根本的问题同样是人类面临的问题。如果处理不好，也将步白垩纪的后尘，毁灭自己及自己创造的文明。

刘慈欣在他的小说中塑造了众多具有人文情怀的典型形象。《乡村教师》中的老师，《中国太阳》中的水娃，《思想者》中的女科学

---

① 刘慈欣著《时间移民》，江苏凤凰文艺出版社，2014 年 12 月第 1 版，第 97 页。

家，以及《带上她的眼睛》中的“她”等。这是作家对人类崇高品格的呼唤，是人类能够超越私利、走向未来的根基。但是，人类仅此还是不够的，必须有应对挑战的智慧、能力。特别是在面临生死存亡抉择的关键时刻。在恢宏的《三体》三部曲中，刘慈欣生动而摄人心魄地表现了人类的理性、智慧与能力。其中的人物，章北海与罗辑最具代表性。章北海是中国人民解放军海军的舰队政委。他的血液中有前辈的光荣，意志坚强，信念坚定，洞察力非凡。他对未来人类与三体文明的战争有清醒的认知，并展开积极的努力。为了保证未来人类具有坚强的战斗力，他呼吁要加强部队的思想政治工作，培养战士们精神气质上的斗志，建立胜利的信念，而“拥有胜利信念的军人是幸运的”“责任和荣誉高于一切”。为了未来的胜利，他主动要求冷冻两个世纪，使自己能够在两百年后参与战斗。而实际上，早在两个世纪之前，章北海已经认识到了人类失败的可能，并为在宇宙中保存人类文明的种子与希望而艰苦努力。他以“必胜”的信念与姿态为“必败”做着艰苦的准备。所以章北海也被人们称为是第五个“面壁者”。另一个人物形象是罗辑。在他身上，表现出人的复杂性、丰富性。他也许是个一事无成的普通人，却被选为第四位“面壁者”。他对这一选择是拒绝的。但由于“面壁者”需要伪装的特殊性，他处于一种“是”与“不是”的悖论之中。他所有的“不是”均可被理解为伪装了的“是”。在经过了长期的逍遥、躲避，甚至冷冻之后，罗辑终于遭遇了地球人类与三体人类的生死较量。在这生死之间，罗辑的责任感、使命意识被激发。他以非凡的智慧与胆识采用“威慑打击”拯救了人类，使三体对地球的攻击暂时停止，地球人类与三体人类达成了“威慑”中的和平。在这一系列惊心动魄的描写中，人类的智慧与能力得到了生动的表达，人类的希望与未来仍然在辽阔的宇宙之中闪闪发光。而他们——不论是执着于职守的乡村教师，还是献身于真理祭坛的科学家，乃至于像章北海、罗辑等充满了非凡智慧与担当精神的人们，所处的环境不同，面临的问题不同，遭遇的挑战不同——均有共同的品格，那就是为人类的未来希望而努力。他们身上，闪射出人性的光芒与人类的力量。他们构成了我们现实生活中最亮丽的风景、最具希望的可能、最能够激励人们奋进的精神性力量。

刘慈欣为我们塑造了这个时代属于中国人的精神品格、美学理想。他热衷的美是源自人类内心的崇高之美、阳刚之美、雄壮之美。据说古罗马时期，有一部由朗吉诺斯撰述的《论崇高》。他认为，崇高乃是人的伟大的灵魂对比更为伟大的对象的渴慕、追求和竞赛的结果。朗吉诺斯说，天之生人，不是要我们做卑鄙下流的动物；它带我们到生活中来，到森罗万象的宇宙中来，……要我们做造化万物的观光者，做追求荣誉的竞赛者，所以它一开始便在我们的心中植下一种不可抵抗的热情——对一切伟大的、比我们更神圣的事物的渴望。[①]尽管这一论述并不全面，但仍然揭示了崇高的本质。即使是将要经历从未遭遇过的艰难困苦，人类也必将筚路蓝缕，勇往直前。在刘慈欣的笔下，对于人而言，宇宙的浩瀚苍茫、神秘无际是美的；大自然的浑然天成、生机勃发是美的；人类的理性与信念、奋斗与牺牲、坚韧不拔的追求与永不磨灭的好奇心、想象力，对未来理想的信仰与爱是美的。它们完美地统一在宇宙世界之中，构成了宇宙的终极统一与和谐，显现出各自的价值与尊严，并闪射出美的光芒。虽然从宇宙的视角来看，正如《朝闻道》中宇宙排险者所言，地球生命从意识到宇宙的存在到建成“爱因斯坦赤道”用了四十万年之久，但宇宙生命认为这也仅仅几分钟的时间。宇宙的几分钟虽然短暂，人类的数十万年却极为漫长。在这漫长的岁月里，人类经受了多少考验，遭遇了多少几乎毁灭的可能，又有多少次挽回了文明的生长，已经催炼出自己的精神品格与智慧力量。但是，人类的道路依然漫长，面临的挑战也更为严峻。在现代化日益消泯人的个性与审美创造力，弱化人的创造本能与强健的精神气质的历史条件下，我们如何才能唤醒那种日见稀弱的“天行健，君子以自强不息”的精神品格？也许，从刘慈欣设计的这些关于宇宙与人类的终极挑战中，可以找到某种答案。

---

① 朱志荣著《西方文论史》，北京大学出版社，2007 年 11 月第 1 版，第 46 页。

事实上，刘慈欣内心更希冀的美是自然之美。在种种惊心动魄、曲折回环的宇宙故事中，刘慈欣往往情不自禁地流露出对自然原生状态的向往。他让想象中人类最先进的科学成果“爱因斯坦赤道”在一夜之间被宇宙排险者蒸发，而回送给人类的则是一条沿“爱因斯坦赤道”生长的绿色的草带。这草带在阳光之下、大地之上自然生长，不断扩展，显现出勃发的生机与魅力。这一虚构具有强烈的象征意义。科技并不是人类的目的，大自然的美才是人类的必然需求。在《三体Ⅱ·黑暗森林》中，面壁者罗辑首先不是去为严酷的终极之战运筹帷幄，而是要去一个“纯净的原生态”环境中隐居来“安度余生”。这一隐居地要能够幻想地球上“从来没有出现过人类”，要有雪山、湖、森林与草原，是亚热带气候。甚至他还要求“行星防御委员会”为他“配备”一名说不清楚的女孩。这个连国籍、姓名、住址都没有的女孩，在罗辑的潜意识中应该是，“她来到这个世界上，就像垃圾堆里长出了一朵百合花”，“那么的纯洁娇嫩，周围的一切都不可能污染她，但都是对她的伤害”，“你见到她的第一反应就是去保护她”，“让她免受这粗陋野蛮的现实的伤害”。[①]这种美，当然是一种“纯净原生态”的自然之美。书中借面壁者泰勒的感受描写了罗辑的妻与子。“她仍然是少女的样子，倒像是那个一周岁的孩子的姐姐”；“如果不是亲眼见到，他真不相信世界上有这么可爱的小生命。这孩子像一个美丽的干细胞，是所有美的萌芽状态”。[②]而这样的美在什么地方才有呢？刘慈欣的潜意识中是“东方”。这当然与他生活成长在“东方”的国度有关，但也与东方的历史文化有关。他在小说中反复描写东方。“东方的光轮迅速扩大，将光芒像金色的大网般洒向世界”（《三体Ⅱ·黑暗森林》）；“东方的天空越来越亮，群星开始隐没”（《思想者》）；“东方的天空中出现了一条笔直的分界线，这条线横贯整个天空”（《欢乐颂》）。连那位他想象中的女子，尽管说不清具体的国籍，却在模糊的潜意识中认为“她”

① 刘慈欣著《三体Ⅱ·黑暗森林》，重庆出版社，2008年5月第1版，第134页。

② 刘慈欣著《三体Ⅱ·黑暗森林》，重庆出版社，2008年5月第1版，第171页。

应该是东方人。即使罗辑最后的威慑，也与他对自己东方身份的妻子的爱不能分割。人与天的合一，人道遵循天道，以农耕为主的生产生活方式，对自然资源的可循环微消耗与相对发达的经济社会生活，重视亲情的伦理关系、人的相互依存及集体主义，以和平、和谐为特征的社会形态等等，均与工业化时代的规模化、标准化生产，对消费欲望的无限激发，对自然资源的极度消耗，以利益、欲望为目标的生存目的，弱肉强食、适者生存的社会法则等形成了鲜明对比。在很多情况下，刘慈欣对现代文明持审慎与批判的态度，虚构了人类返回荒蛮时代重启文明进程的情节，并以此表达他理想中的美。特别是在人类遭遇终极毁灭的考验面前，刘慈欣希望消除由于财富增长而出现的种族、国家、宗教等因素对人的区分，希望不同国度、不同种族、不同地区、不同宗教的人们结成命运共同体，齐心协力共同面对挑战，走向新生。

在刘慈欣的小说中，尽管洋溢着他对大自然的勃勃生机、对宇宙的浩瀚苍茫、对科技的进步与发展所显现出来的美的赞赏，但是，就人类而言，归根结底最具魅力的美还是人自身展现出来的精神品格——情怀、信念、智慧、能力，以及为了崇高目标所做出的奉献与牺牲。这种人文之美，正是人类能够走向未来的信心与可能。

第三节　美的意义：完善、超越与终极证明

就人的存在形态而言，美是最缺乏实用意义的。就是说，它不可能像社会生活中的其他领域那样，解决人的现实问题。但是，这并不等于美是无用的。其意义虽然并不直接作用于某种具体的现实需求，却又在看似无用之中对人及其社会产生隐性的作用。这种作用可能更根本、更深刻、更具现实意义。无用之用，是为大用。从刘慈欣的小说来看，艺术之美，正是实现人的本质的一种必然。

首先，美使人的精神世界更完善，更具力量。人的存在主要体现在两个方面。一是外在的物质的，一是内在的精神的。外在的物质存在提供人们生存的基本条件，满足的是人们的实用需求，解决

的是生理问题。如衣服可以保暖遮羞，食物可以御饥解渴等等。当这些存在超过了人们的基本需求之后，就造成了对社会与自然资源的浪费。一旦转变成一种精神性需求，就出现了人的异化——人不是为自身的价值而存在，而是为外在于自身的物质而存在。内在的精神存在提供人们超越现实的基本条件，满足的是人们的价值需求，解决的是灵魂问题。当人们的生存需求得到一定的满足之后，就会有对存在世界的体验、感受与想象，就会积极地思考与创造。在这样的实践当中，人的收获将使人得到巨大的满足，并激发人内在的创造力。其中，人对美的欣赏与感受将使人的心灵世界更丰富、更强壮，使人的品格更高贵、更完善，使人的活力得到前所未有的解放。一旦人们将这种内在的精神存在忽略或者转化为一种物质性需求，同样会形成人的异化——舍弃了人自身的独特性而追求动物的普遍性。在刘慈欣的小说中，非常生动地描写了美对人的存在所具有的意义。在《带上她的眼睛》中，具有超越现实功利品格的"落日六号"女领航员坚持被封闭在地心进行研究。她知道自己永远不可能走出地心，她的生命将终结在地底六千公里深处。使她能够在地心坚持的力量，除了对人类事业的执着奉献之外，还有一个更重要的原因就是对大自然美的领略。"我"带着她的"眼睛"来到辽阔的草原，感受草原上的每一朵野花，每一棵小草，以及草丛中跃动的每一缕阳光。"看着晚霞渐渐消失，夜幕慢慢降临森林，就像在听一首宇宙间最美的交响曲"。因为"她"的感受，这一切"有了异样的色彩"，显现出更为特殊的价值。而"她"认为，"这才像生活"[①]。什么是生活？生活不是对物质的获取占有，而是对美的欣赏与感受。在这样的内在世界里，人变得更加完善，更具有理性与力量。甚至，能够超越对外在物质的拥有或缺失产生的影响。它成为人之所以能够超越现实、走向未来的精神基础。

在《山》这部充满奇幻想象的小说中，作者为我们虚构出一处大自然最具震撼意义的"艺术品"——海山。生存在太空星球内部"泡

① 刘慈欣著《带上她的眼睛》，长江文艺出版社，2017年3月第1版，第13页。

世界”的飞船，其质量引力在太空中拉起了海水，在大海里形成一座高达九千一百米的比珠穆朗玛峰还高两百多米的“海山”。而海洋地质工程师冯帆正在这海洋中工作。出于对山的向往，他执意要在海洋中攀登这座“海山”。这是对人的意志力的挑战与考验。冯帆在海山的攀登中不断超越自己，蜕变为新的冯帆。他经历了空中巨球与地球引力的相互抵消；掌握了浪尖飞跃的技巧，从一个浪峰跃向另一个浪峰；他被近三十米高的薄浪送上半空，像一片羽毛一样被吹向空中；他在低重力下的气流中翻滚，在海水高山的顶峰盘旋，终于进入了风暴眼。他“首先看到的是周围无数缓缓飘落的美丽水球，……映射着空中巨球的蓝光，细看内部还分着许多球层，显得晶莹剔透”[①]。还有谁如此详细地描写过被太空星球引力形成的大海与人的关系吗？至少是很少的。在这宇宙空间、海水高山与人的相互作用中，人不仅发现了美、感受了美，而且成了美的创造者。在这美的创造过程中，人——冯帆与宇宙外星人进行了对话。由此，他不仅了解了“泡世界”外星文明，更了解了自己的地球文明。“山在那儿，总会有人去登的。”因为“登山是智慧文明的一个本性。他们都想站得更高些看得更远些”[②]。尽管这并不是生存的需要，而是智慧的需要——智慧文明要掌握更多的智慧，就需要思考、感受、探索，包括去研究、实验，去登山、审美，以使自己的智慧得到增长、强壮。而那些非智慧存在，只要能够满足维持生存的基本需求，就已经完成了存在的可能。完成生存的需要，与在实现生存需要基础之上的智慧需要是人这种智慧生命区别于其他生物性非智慧生命的地方。在这一过程中，冯帆不仅经受了来自宇宙对自己生理（体力的）与心理（精神的）考验，也使自己更趋完善——意志力的增强、智慧世界的拓展，以及自身心理世界疾病的治疗。“山的魅力是从两个方位感受到的：一是从平原上远远地看山，再就是站在山顶上。”[③]当人们从遥远的地方看山时，山就成为一种艺术品被人欣赏。而当人们

---

① 刘慈欣著《时间移民》，江苏凤凰文艺出版社，2014 年 12 月第 1 版，第 130 页。

② 刘慈欣著《时间移民》，江苏凤凰文艺出版社，2014 年 12 月第 1 版，第 149 页。

③ 刘慈欣著《时间移民》，江苏凤凰文艺出版社，2014 年 12 月第 1 版，第 120 页。

站在山顶上的时候，自己也成为这艺术品的一部分，与山共同构成了美。

艺术拥有其他存在不具备的力量——当它的美使人陶醉时，人会因此而超越现实的矛盾、纷争，精神与情感世界得以升华。所以，刘慈欣在《光荣与梦想》中虚构了一个“和平视窗计划”，用体育运动来代替即将爆发的战争。尽管这是一个失败的计划，但却透露出人类的某种愿望。人类大同的理想仍然遥远，但它的光辉已经照耀到了现代人们的身上。很美的马拉松运动是否也将成为不同理念、利益博弈的“象征性符号”？也许还需时日。但这种想象也为人类的茫然与执错提供了纠正的可能。不过，也许我们并不用悲观。刘慈欣在《欢乐颂》中为我们虚构了一次艺术的伟大成功。人类因对权力与利益的争夺使联合国的权威丧失。各国首脑齐聚一堂，准备为联合国举行一场隆重的葬礼。从此之后，联合国将进入历史。而在这时，流浪在太空中的“镜子”天体出现。它从今天来看已经毫无意义的时空中到来，要在太阳系举办一场音乐会，让整个宇宙倾听。其音乐家竟然是一位恒星演奏家，它将弹奏太阳。太阳的乐声让人感到整个宇宙变成了一个大宫殿。而“宇宙间通用的语言，除了数学可能就是音乐了”，它与宇宙合奏融为一体。人们终于认识到，人类的价值在于，我们明知命运不可抗拒，死亡必定是最后的胜利者，却仍然能够在有限的时间里专心致志地创造着美丽的生活。与未来将要避免的灾难相比，我们各自需要做出的让步和牺牲是微不足道的。而象征着人类大联合的联合国，也因此有了避免终结解散的可能。在利益的纷争博弈之中，由于音乐，人类仍然具有联合起来的愿望，并能够找到实现合作的通道。

艺术所具有的神奇力量，使人的生活变得更有意义。即使是宇宙也不能忽略其存在。在刘慈欣看来，艺术不仅在宇宙中普遍存在，而且宇宙本身就是一件艺术品。他常常感慨宇宙的美，宇宙浩渺博大、运动不止，而又和谐有序、协同万物。其色彩与光亮，宁静与爆发，无际之神秘与有限之斑斓，撼人心魄的力量与使人沉醉的品格，在一种无形而有序的大道之中统一起来，表现出自己的美。所

谓“乐者，天地之体，万物之性也”[①]。正是宇宙万物和谐统一的运动，构成了“乐”这一伟大的艺术，为我们创造了撼人心魄的美。“星光由白色变为宁静美丽的蓝色”（《坍缩》）；“走进恒星世界，就像进入一个无限广阔的花园，这里的每一朵花都不相同”，而人能够“从宇宙中感受到这样的美，真是难得，也很幸运”（《思想者》）；“宇宙又是那么简单，只是空间中散着一些小星星，……是百亿年前一次壮丽焰火的余烬”（《中国太阳》）；“我们这些孩子第一次看到了星空。天啊，那是怎样的景象啊，美得让我们心碎”（《流浪地球》）；“宇宙对他们来说，是希望和梦想的无限源泉。这真像一首来自太古时代的歌谣”（《乡村教师》）。因而，宇宙世界中，真正的艺术是难以超越的，而艺术却可以超越包括最先进的科技在内的一切。在《诗云》中，刘慈欣为我们描绘了艺术的至尊品格。具有超级能量的天体“神族”来到了太阳系。“神族”之“神”热爱宇宙中的各种艺术，尤其喜欢中国古典诗歌。他最崇拜的诗人是李白，也化名为“李白”，希望能够创作出超越李白的诗歌。因为“神”崇拜技术，相信技术的力量，认为技术才是创造一切的神。为此，“神”要制造一种超级量子计算机，以穷尽各种古汉语的组合。其中一定有能够超越李白诗歌的作品。而要制造这样的计算机，需要巨大的物质能量，正好是整个太阳系的物质总量。于是，“神”拆解了太阳系，用超级量子计算机开始了全部古汉语诗歌的排列组合。这种排列容量庞大，占据了整个太阳系的空间，使本来置放太阳系的宇宙空间成为安放古汉语诗歌的“星云”。但是，“神”并没有得到那首超越李白的诗。因为即使这样的诗歌是存在的，“神”却不能从庞大的“诗云”中检索到。技术崇拜者“神”终于感受到技术的局限性。尽管他拥有最发达的技术，可以轻易地毁灭太阳系，制造出能量非凡的计算机，但是，相对于艺术而言，再先进的技术也存在局限。用“神”的话来说，就是“看到了技术在艺术上的极限”，并且，“借助伟大的技

① 党圣元、夏静主编《中国古代文论读本》，北京大学出版社，2017 年 7 月第 1 版，第 140 页。

术，我写出了诗词的巅峰之作，却不可能把它们从诗云中检索出来”。[①]所以，智慧生命的精华与本质，是技术无法达到的。技术无论如何发达进步，能够制造宇宙奇迹，仍然难以超越艺术。而艺术，往往能够超越包括技术在内的现实存在，成为人类最高意义的追求，并因此而证明人的尊严与价值。

人的价值是什么？什么是所谓“美好”的生活？人类在漫长的实践中追求的最终目标就是创造最能够体现人的价值、最适宜人的天性的存在方式。人的这种天性，大概体现在两个方面。一方面是物质的，需要有相应的物质满足。而另一方面则是精神的，好奇心与想象力、创造力，希望与理想。完善的生活并不是以占据多少物质资源为标准的。即使在人类生活的早期，物质产品处于极为缺乏的时代，人类仍然能够表现出属于这一时代的“美好”——创造力得到激发并能够实现，对未来世界的探求不断地获得成效，使想象力放飞。人类超越现实物质条件的制约，在精神层面实现自我的主要通道是艺术。原始人用岩画来表达自己的生活理想，现代人则借助舞台、镜像、网络等创造艺术。而最具影响力的当然是不同民族用自己的文字创造的作品。当这些渗透着人类情感、意志、体验、感悟、想象力与创造力等仅仅属于人类而其他存在没有的存在方式——艺术出现时，人类完成了属于自己的超越——不同于宇宙中的天体物质以及暗物质，也不同于宇宙中的各种生物，包括植物、动物、微生物等。艺术仅仅属于人类，亦是人类区别于其他存在的重要属性。相对于人类而言，艺术的意义尤为重要，不可超越。刘慈欣反复在他的小说中提到，对宇宙终极美的追求是文明存在的唯一寄托（《朝闻道》）。在《梦之海》中，他借低温艺术家之口说道，“艺术是文明存在的唯一理由”。这些观点虽然有其具体的语境，但不能否认，它们具有某种真理性。人类尽管并不能只从事艺术创作，但毫无疑问，没有艺术的人类是蜕变为动物的所谓的“人类”。因为人对艺术的遗弃就是对自身特性的遗弃。艺术的存在，以及人类对

① 刘慈欣著《带上她的眼睛》，长江文艺出版社，2017年3月第1版，第206页。

艺术的追求，乃是人类保持旺盛的好奇心、想象力与创造力的体现，是人类对未来希望与理想的现实表达。这种观念，就刘慈欣而言，体现了他对现代文明的深刻反思。技术的加速度发展，一方面为人类生活提供了高度的支持帮助，另一方面，也对人类文明造成了伤害。对自然资源的极度消耗，对人的智慧与能力的弱化，对人类伦理与社会结构的改变，以及对人的个性的格式化均是人类面临的巨大考验。也许技术的发展可能会向艺术的方向迈进，使技术产品更具备艺术品格。但是，从技术的本质来说，它是反艺术的。正如《诗云》中所言，当你看到一个少女在舞蹈时，是美的。但是当你用技术的手段把她分解时，不仅美不存在了，而且让人感到血腥。在《三体Ⅱ·黑暗森林》中，三体水滴探测器被三体人类制造成为一个外形十分美丽的水滴。但是，这并不等于它就是水滴。实际上，它仍然是一个具有前所未有的杀伤力的武器。其技术的功能并没有因为艺术的呈现而改变。虽然从外形来看，借助技术的力量使其趋向于艺术，但它仍然是技术产品，而不是艺术品。

真正的艺术在哪里？当然是在人的创造力与想象力之中。但是，由于历史文化的不同，不同地区的人们对艺术的表达与呈现也不同。相对而言，欧美地区的文化更倾向于技术，而东方文化则更倾向于艺术。这主要表现在，生产方式——渔猎贸易与农耕为主的多样性的不同；思维方式——求真为主的辨析性与感悟为主的整体性的不同；生活方式——源于自然条件的恶劣而追求物质的丰富与源于自然条件的优裕而追求精神生活的充沛的不同等等。相对而言，传统中华文化是更能够体现艺术精神的文化，是一种更具备“自给自足的、内省的、多种生命共生的文明”（《吞食者》）。而这可能是刘慈欣所表达的人类文明的理想形态。

无论如何，人类是由众多存在形成的以人为主体的文明。这一文明的形成、存在与发展，固然是人类的课题，但人类并不是由某一种人构成的，而是由不同地区、种族、年龄、性别，以及其历史文化构成的人的历史性集合体。而人类的生存，也并非仅仅是人类自己的事情，而是与其他生命——生物的、动物的、微生物的，以及相应的自然资源、宇宙存在共生的。当人希望实现自己的某种目的时，不能以牺牲或损坏其他存在为前提。因为，即使不是从道义的角度言，只是从个体利益的层面来讨论，相关存在的毁损与消亡也将不同程度地影响人类自身的生存发展。所谓“人法地，地法天，天法道，道法自然”。在宇宙天地自然秩序的运动之中，人并没有特别的权利来显示自己的特殊性。人仍然应该遵循宇宙自然之“道”——“对宇宙和社会过程的统一秩序”[①]。以吞食其他天体来满足自身存在需求的恐龙天体“吞食者”终于不能逃脱被更大的天体拆解的命运。所以“吞食者”的代表“大牙”曾经与人类讨论，“朋友们，我们都是太阳的孩子，地球是我们共同的家园，……我们的先祖就在这个美丽的行星上生活，并创造了灿烂的文明”[②]。但是，恐龙及其创造的文明（如果有的话），还是因为它们对资源的消耗过于庞大，被自身所毁灭。当“神族”中的“神”意识到技术的局限性之后，对恐龙“大牙”与人类伊依讲道，“希望人类和剩下的恐龙好好相处，人类之间更要好好相处，要是空心地球的球壳被核弹炸个洞，可就麻烦了……诗云中的那些好诗目前还不属于任何人，希望人类今后能写出其中的一部分”[③]。“神”知道，仅仅有人类是难以维系人类文明的。因为不论人类，还是诸如恐龙，还是其他存在，都是太阳的孩子。这些存在，要有未来，不是占有更多的时空，而是要创造更多的美。这是宇宙的终极存在，也是智慧生命的精华与本质。

① ［德］汉斯－格奥尔格·梅勒著，刘增光译《东西之道：〈道德经〉与西方哲学》，北京联合出版公司，2018年10月第1版，第67页。

② 刘慈欣著《时间移民》，江苏凤凰文艺出版社，2014年12月第1版，第216页。

③ 刘慈欣著《带上她的眼睛》，长江文艺出版社，2017年3月第1版，第207页。

第三章　宇宙与人：未来的未来在哪里

——刘慈欣科幻小说中的宇宙观

当我们讨论未来的时候，从宇宙存在的层面来看，实际上只是瞬间，与我们所说的“现在”没有太大的区别。在浩瀚苍茫的宇宙时空中，这种所谓的“未来”并没有太大的意义。但是对人类及其个体生命而言，意义却十分重要。如果我们能对这样的现实“未来”有比较理性的认知把握，已属不易。但是，在此之后，从更为广阔辽远的时空来看，宇宙以及人类将走向何方，人们实际上很少考虑。因为这样的宇宙“未来”与我们的现实生活太过遥远。我们的想象力、意志力往往难以涉及，或者难以顾及。但是，人类之所以能够不断进步，一个极为重要的原因就是人类永远保持了对世界存在的好奇心、探求心。人们在世俗生活中度过一日又一日，也从来没有忘记对大地、星空、宇宙的追问。只是，这种探求与可能达到的真理性一直存在距离。然而，人类不可能回避的一个极为重要的问题是，宇宙的运行及其对人类的影响，以及宇宙的未来对人类未来的影响。

刘慈欣有一篇小说叫《坍缩》。其中写道，在大约两百亿年前的一次大爆炸中，宇宙诞生。如果宇宙的总质量小于某一数值，将呈现出膨胀的状态。但如果宇宙的总质量大于某一数值的话，宇宙将在万有引力作用下逐渐使膨胀减速并停止。然后，宇宙将走向坍缩。这时，时空将发生回转的现象。人类也将在这样的坍缩中向过去行进。也就是说，从时间的意义来看，我们将从现在倒回去。当然，刘慈欣并没有具体描写这种“坍缩”的过程，而是以此为契机来讨论人的存在方式或意义。但是，在这样的描写中，必须首先有一个关于宇宙存在的背景——宇宙是怎样存在的。用刘慈欣自己的话来说，他所有的描写都是关于宇宙及其文明的。当然，在我们欣赏诸如刘慈欣等人有关宇宙内容的描写时，并不是要从物理学、天文学或简单说科学已经验证的层面来讨论。也就是说，我们并不必要去执着于科学是否或怎样证明了这些现象。事实上，即使是关于宇宙的存在样式也仍然有许多不同的理论。我们要思考的问题是，宇宙的未来，以及由此而决定的人类的未来。

第一节　从宇宙出发与多元的宇宙

在刘慈欣的笔下，宇宙浩瀚苍茫，遥远辽阔。相对于人类的认知而言，有着更丰富的未知地带。但其行有道。当人类的自觉意识觉醒之后，就一直在探寻宇宙的奥秘。至少在距今五千年左右的时候，最早的华夏地区，已经有人类在执着地进行着这样的研究、拷问。陶寺人甚至建起了当时最具科学性的观象台。他们凭借陶寺尺确定了大地的中心，已经能够认识到一年有三百六十六天，并知道了春秋分冬夏至。这已经与现代人的认知很接近了。稍后，在孤悬海外的英伦索尔兹伯里，人类已经建立了巨大的石阵。很多人都认为，这一巨石阵是当时的人们观察天象所用。在人类的轴心时代，科学技术已经得到了较快的发展，出现了许多新的发明。一个被称为尸佼的哲学家，在华夏地区使用了“宇宙”这样的概念。他认为，上下四方曰宇，往古来今曰宙。宇宙，是使时间与空间统一起来的存在。而亚里士多德则从运动出发，认为万物皆围绕地球旋转。在关于宇宙的认知中，欧洲的思想家、科学家们最纠结的是上帝的意义。如果宇宙有一个中心的话，一定是上帝的安排。但是，宇宙是不是有自在的运行规律，与上帝的权威存在着龃龉。特别是宇宙是有限的还是无限的问题成为讨论的焦点。即使是诸如牛顿这样伟大的科学家也难以摆脱上帝的束缚。他认为一个存在于无限空间中、无定限延伸且拥有无数居民的世界，是被一个无处不在、无所不能的上帝所统治、推动。随着自然科学的发展，人类研究观察宇宙的工具不断进步，宇宙的浩渺与广阔远非人的一般意识所能想象。宇宙，到底是一个怎样的存在？这已经成为人类苦苦追寻的一个重大问题。

不论何时，总有一些人在仰望星空。远古时代，中世纪，乃至于现代，人类对宇宙的观察、研究以及想象，基本是在人类自身的层面进行的。中国自古以北斗星为极重要的星座。《天宫书》中就谈道，“斗为帝车，运于中央，临制四乡”[①]。这虽然是谈北斗星与地球、社会的关系，但却也是从地球出发对地球在宇宙存在的一种定位。当地球人仰望北斗星时，就从北斗星确立了自己的宇宙存在。人们对宇宙的认知从自身的经历、感知与研究出发，逐渐扩展延伸向更远的远方——宇宙存在的最大可能性。尽管人们的研究成果越来越丰富，但这样的出发点基本没有改变。不过，在刘慈欣这里，似乎表现出非常不同的视角。他并没有放弃对人类自身及其意义的关注表达，也没有否定人类不同于其他物体 / 天体的特殊属性。刘慈欣更突出的是从宇宙的角度来看宇宙，从宇宙的层面来关注人类。我不能断定他是唯一的，但能断定他是少数采用这种视角的。这应该是人类讨论宇宙的一大进步或转变。这种视角不仅充分地拓展了人类的想象力、思考能力，也促使人能够更多地从宇宙的角度来思考问题，而不是仅仅满足于从人自身来思考。正如人类从“地心说”到“日心说”的转变中，经过许多极为艰苦的探索，包括诸如布鲁诺这样献出生命的努力。但是，我们应该充分地认识到，人类在文艺复兴之后，经历了一场“彻底的精神革命”。“它涉及新天文学如何从地心说变为日心说，从哥白尼到牛顿的技术发展，以自然的数学化为一贯倾向的新物理学以及随之出现的实验和理论并重的历史；它还涉及旧哲学的复兴和新哲学的诞生”。[②]这就是说，对宇宙观察研究的不断深化，除了研究者“技术”的问题外，还依赖人类整体科技水平与哲学观念的进步。从这一层面来看，人类掌握的科学与技术已经进入一个崭新的时代，这就是人类不仅可以在地球——地

① 竺可桢著《天道与人文》，北京出版社，2011 年 6 月第 2 版，第 18 页。

② ［法］亚历山大 · 柯瓦雷著，张卜天译《从封闭世界到无限宇宙》，商务印书馆，2017 年 7 月第 1 版，第 3 页。

面进行研究，也能够进入太空乃至外太空开展研究。这一进步大大改变了人类获取知识的方法与可能性，改变了人类的视野与胸怀，当然是具有革命性意义的。从哲学的发展来看，尽管还很难说已经出现了类似于文艺复兴运动之后从神本主义向人本主义的革命性改变，但毫无疑问的是，人类思考问题，特别是终极问题的深度与广度绝非前人所能比。从这样的意义看，我们是不是也正面临着一场新的“彻底的精神革命”？或者说这样的革命正在到来？当然，我们可以肯定的是，从以人为基点讨论宇宙与以宇宙为基点讨论宇宙，虽然只是方法与视角的不同，却蕴含了现代以来科学技术的快速发展对人类能力的放大与再解放，以及哲学方式的进步。

凭借自己良好的物理学基础，以及从小对科幻文学的热爱，刘慈欣比一般人更容易进入宇宙的苍茫世界。这种进入并不仅仅是知识意义的。事实上，我认为拥有关于宇宙世界的知识，还只是一种素质基础。至于小说中涉及科学领域，特别是天体物理学领域的想象并不能当作现实的科学现象。也就是说，我们不能把科幻小说当作科普读物来读。我们既不需要与其中的“科学性内容”较真，也不需要像科学家那样吃透每一个概念。我们仅仅需要感受到小说中表达的思想与情感，以及由此而形成的价值取向。与那些认为宇宙无限的理论不同，刘慈欣描写的宇宙是有限的。有从大爆炸而来宇宙的时间起点，有宇宙的半径长度。这也蕴含着，宇宙是一种有限的球体存在。在《坍缩》中，刘慈欣告诉我们，宇宙在两百亿年前的大爆炸中形成。也就是说，宇宙的时间长度至今已经两百亿年之久。但是，它之后还会存在多少时间，难以确证。同时，宇宙的半径是两百亿光年。尽管这一长度与一些科学家的认知并不一样。但这种描写已经暗示，宇宙有自己存在的特定时空。随着宇宙自身的运动，这一时空会发生许多变化。一旦超过一个限定值，就会发生逆转。在这篇小说中，刘慈欣通过人物的对话告诉我们，大爆炸之后的宇宙一直在膨胀。但是，在一定条件下，其膨胀将会减缓并停止，然后开始“坍缩”——直至重返大爆炸之前。也就是说，宇宙将不再存在。至少，这是宇宙完结或重新开始的一种可能。

不过，我们也不能凭借这种描写就认为刘慈欣与宇宙有限论者持同一种观点。实际上他的思考更复杂。他认为宇宙是多元的。这种宇宙论在目前来看仍然处于未被证实的阶段。但是，却是一种更高级的思考。在《朝闻道》中，宇宙排险者明确说，世界上“还存在着无数其他宇宙”。这就是说，并不是只有一个宇宙，而是有多个宇宙。在《镜子》中，刘慈欣通过一个类似侦探小说的引子来描写人类的可能处境。其中有对宇宙现象的描写。他让能够使用人类新发明的超弦计算机镜像模拟软件的白冰模拟了多个不同维度条件下的宇宙模型。包括六维宇宙、二点五维宇宙，以及现实中的宇宙等等。不同的宇宙会呈现出不同的形态。这并不是一个现实中的人容易理解的现象。但却是一个人类能够想象出来的宇宙状态。如果多元宇宙确实存在的话，人类面临的现实将更为复杂。也许，现在的人类还难以具体对这种宇宙形态及其影响进行更科学详细的分析。与刘慈欣这种宇宙多元的观点相应的是，他同样认为宇宙中的天体存在“多元性”。比如他在自己的小说中曾谈到“六个地球”的问题。在《三体》这部恢宏巨著中，刘慈欣主要就“三体”现象展开了思考与想象。尽管“三体”是一种天体力学概念，主要指三颗质量相似的恒星形成相互引力作用的力学关系及其运动规律。但是，在刘慈欣这里赋予了“三体”关系之下人类及其文明的意义。他描述了不同条件下“三个太阳”的出现对文明的影响。因而，在刘慈欣的描写中，太阳是多元的，文明也是多元的。这里的多元与多样不是一个概念。多样是指其丰富性。而多元是指文明整体存在的不同形态。比如，在《三体》中，就标示出两百多种文明。这些文明在进化到一定条件下，由于宇宙运行的某种变化，具体而言，是三颗太阳运行的状态不同导致其消亡。但是，文明总是在过去的基础上再次形成。

在刘慈欣的多元宇宙中，各种天体并不是“平等”的。不同的天体由于自身的规模、体积、质量以及能量的不同，具备了不同的主动性。相对于地球而言，“吞食者”是更高级的天体存在。但是，地球以及地球上的生命——主要是人，并不总是被动的。他们有自己的智慧与能量，能够与如“吞食者”这种更大的天体抗争、博弈。虽然“吞食者”似乎是比地球更具规模、更富能量的天体，但它在更大的宇宙世界中又处于被动的低级状态。在《诗云》中，刘慈欣为我们刻画了一个似乎是具有更高文明的“神族”天体。这一超级文明中的一个代表被称为“神”。他自称是一名“宇宙艺术的搜集者和研究者”，对汉语诗歌充满热爱，给予高度评价。“吞食者”帝国的使者“大牙”对这位“神”非常敬畏。让人惊讶的是，“神”为了写出最好的汉语的诗歌，竟然要用量子计算机作诗歌软件。而这需要耗费巨大的能量——熄灭太阳，拆解行星，包括要拆解庞大的天体吞食帝国。就人类而言，这当然是毁灭性的。但就“神族”天体而言，这似乎只是一件极为简单的事情。这就是说，在吞食帝国之外，还有具备更大能量的天体。这样来看，宇宙是分等级的。在宇宙中，存在流星、彗星、行星、恒星与星系等，还存在更大的诸如吞食者帝国那样的庞大天体，以及诸如“神族”那样的创造了超级文明的天体。所以，《朝闻道》中的宇宙排险者告诉丁仪等人类，宇宙中文明世界的最高准则之一就是“知识密封准则”。宇宙不允许高级文明向低级文明传递知识。低级文明只能通过自己的探索来得到知识。这就是说，在宇宙世界，是存在严格的等级的。不同的宇宙天体依据自身的条件被置放于相应的等级之中。

在《三体》中，不论人类有多么伟大，哲思如亚里士多德，行动如墨子，科学如牛顿、爱因斯坦，统治如秦始皇等等，这些彪炳史册的伟人在人类文明史中厥功至伟，影响深刻。但是，他们并不能左右“三体”，甚至对“三体”的了解也基本处于一种混沌状态。相对于地球，“三体”是更高级的天体存在。它遵循自身的规律运行，并不会顾及其他天体，以及这些天体之中的文明。一直以来，人类凭借自己的智慧、力量与意志，希望能够掌握包括“三体”在内的宇宙运行规律。但是，这种掌握从时间来看，是暂时的；从空间来看，是局部的；从规律来看，可能是偶然的，或者说条件性的。如果某种宇宙存在的条件发生改变，所谓的规律也就不再存在。尽管小说中的“三体文明”在技术上比人类所存在的地球文明具有更高的水平，但并不等于总是处于主动地位。当“三体文明”知道了宇宙中地球文明的存在后，凭借其科技优势发起对地球的“攻击”。这种攻击受限于宇宙时空及其物质存在，还难以即时实现。它们所能够做的就是向地球天体发射两颗“智子”以锁定地球文明科技的发展。在这一过程中，“三体文明”也接受了严峻的考验，包括承担失败与毁灭的冒险。这就是说，在总体上比地球文明高级的“三体文明”，并不具有战胜地球文明的绝对优势，甚至还存在被地球文明击毁的可能性。所以，在宇宙世界里，尽管天体之间存在不平等性，但这种不平等并不是绝对的，而是相对的。在某种条件下，强弱大小是可以转化的。

刘慈欣为我们刻画了充满人性的宇宙形态。实际上他赋予宇宙以人格。这是因为他的终极归结还是要对人类负责。我们在他的小说中看到了许许多多天体的运行、变化，甚至博弈——直接说就是不同天体之间的对抗与斗争。它们之间此消彼长，各有擅长。但最终都要对人类的命运产生深刻的影响。在《命运》中，他描写了一对在宇宙天体中度蜜月的情侣。他们出于对人类命运的关注改变了一颗星球运行的轨道，告诉我们人类命运的某种偶然性。在《吞食者》中，他生动地描写了“吞食者”这一天体的运行状况，以及人类在宇宙天空与“吞食者”的“斗争”。不过，这些极为精彩的描写并不是简单为我们展示天体的某种状态，而是要思考人类的品质与命运。相对于地球人类而言，“三体文明”中的“人”拥有更长久的生命，更优越的科技条件。但是，正如其1379号监听员感受的一样，虽然三体世界拥有先进的科技，但他们并不能把握三体星球，特别是三体太阳的运行规律，所以总是在“乱纪元”与“恒纪元”中经历各种艰难的生命考验。而相对落后的地球文明却因为只有一颗太阳，总是处于“恒纪元”的状态，使人的生命拥有了相对来说更丰富的价值与意义。“那是个多么美丽的世界啊！”地球文明正是“三体文明”向往的“天堂”所在。而在混乱的“三体文明”中，人们只是细胞的物质组成。其所需要的精神，“就是冷静和麻木”。“精神生活的单一和枯竭，一切可能导致脆弱的精神都是邪恶的。我们没有文学，没有艺术，没有对美好生活的追求和享受，甚至连爱情也不能倾诉……，这样的生活有意义吗？”三体人对“三体文明”的这种反思，实际上对拥有更优越的科技存在的文明形态形成了一种“人的否定”。从这样的角度来看，刘慈欣并不是一个科技至上主义者。他首先是一个人道主义者。

第二节　宇宙的运动形态及其对人类的影响

不论宇宙是有限的，还是无限的，抑或多元的，我们一般所言之宇宙，就是我们能够感知的宇宙。其存在方式是怎样的？这似乎是人们非常渴望了解的。尽管从纯粹科学的角度来看，人们对宇宙的存在形态有各种各样的描述，但基本上属于概念性表达。这对于缺乏天文学、物理学知识的人而言，要理解还是比较困难的。从读者的角度来看，我们更需要的是对宇宙存在的具象描写。而刘慈欣在他一系列作品中为我们感知宇宙的存在形态进行了生动的努力。

首先，宇宙是在运动中存在的。这种运动自有其内在规律。宇宙在其形成之后，一直处于膨胀之中。这种膨胀将达到什么程度，在何时结束，目前人们还难以说清。但是刘慈欣有一个观点，就是当宇宙的总质量达到一定状态时，这种膨胀将停止。宇宙不可能无限地处在膨胀之中。一旦发现有破坏自身存在状态的现象出现，宇宙就有自己的预警系统来排除这种危险。在《朝闻道》中，刘慈欣为我们想象出一个极为壮观的景象，就是人类在高度发达的科技支持下，修建了环绕地球的地底高速隧道。其长达三万公里。这条隧道是人类“建立”的最大的粒子加速器，被称为“爱因斯坦赤道”。那些富有雄心壮志的物理学家希望能够借助这条“赤道”建立“宇宙的大一统模型”。但是，突然有一天，这条隧道消失了，被蒸发了。代之出现的是沿隧道生长起来的生机盎然的草。小说中的主人公著名物理学家丁仪，与以“人”的形象出现的“宇宙排险者”有一番对话。排险者告诉人类，如果丁仪等建立的加速器以最大功率运行，将接近宇宙大爆炸的能量。这将给宇宙带来灾难——发生真空衰变。如果这样的话，就可以在零点三秒内毁灭地球，在五个小时内毁灭太阳系，四年后毁灭最近的恒星，十万年后毁灭整个银河系，且不可逆转。因此，宇宙在自己的领域内散布了大量的传感器，来监视可能出现创世级能量过程的文明。一旦发现这种可能，传感器就会发出预警，派“人”排除这一险象。而宇宙排除警险的能力亦非人类所能想象。也就是说，在宇宙的存在形态中，自然包含了能够排除损毁宇宙能量的“能力”。除非这种能量能够超越宇宙自有的能力。在《吞食者》中，也出现了一个“吞食者”天体的使者。不过，他并不代表宇宙，而是代表宇宙中不断移动的“吞食者”天体。他来到地球的目的是为它们即将吞食地球做准备。这就是说，在宇宙及其各个天体之间，有着紧密的联系。只是，这种联系并不是以人的方式，而是以宇宙的方式存在的。

在《吞食者》中，刘慈欣为我们描绘了不同天体之间的博弈。它们既要在太空中运行，又要开展针锋相对的抗争。毫无疑问，刘慈欣把这种天体之间的博弈人格化了。但是，我们需要注意到的是在作者想象与虚构的世界中，宇宙存在的运动状态。宇宙的运动在整体中统一起来，形成属于自己的运动规则。但这种运动又是由宇宙中不同天体相互作用构成的。这些不同的天体有不同的特点、属性。它们在宇宙中的自运动服从于自身的质量与能量。如“吞食者”就需要寻找吞食能够满足其能量的天体——包括地球。在这种服从中，不同天体又共同作用统一在宇宙整体之中，形成了宇宙的运动，成为宇宙中最高级层次的运动状态。这种运动又影响并决定其他天体的运动。据说瑞士天文学家弗里茨·兹威基就认识到，天体的运动会破坏星系团结构的稳定性。但是，由于宇宙中存在着人们“不可见”物质的作用，使星系团保持了稳定。这种不明物质，或者不可见物质在无形中把天体“拉”了回来，使之处于一种整体运行状态。这种物质就被命名为“暗物质”①。“暗物质”的存在从某种意

---

① ［意］托马斯·马卡卡罗、［意］克劳迪奥·达达里著，尹松苑译《空间简史》，四川文艺出版社，2019 年 1 月第 1 版，第 173 页。

义上体现了宇宙运动的规律性。这就是说，宇宙存在不仅有我们人类能够感知的物质存在，还有难以感知的“暗物质”的存在。它们共同组成宇宙的“存在”世界。正如中国传统哲学，特别是阴阳家所认为的那样，“宇宙之间有阴和阳两股力量，二者交缠互动，成为宇宙运行的动力。宇宙之间所有的事物，都有阴的面和阳的面。两者并不只是对立，也能互补”[①]。刘慈欣在很多地方为我们描写了这种具有更高统摄能力的宇宙运动。比如膨胀与坍缩，比如真空衰变，比如“时间移民”中由于时间的改变引发的空间及其文明的改变，等等。

但是，并不是天体所有的运动都具有自主性。就是说，在很多情况下，并不是某一天体希望达到自设的目的而进行运动。天体的运动往往是被动的。如地球可能是自运动的。但是在《乡村教师》中，地球在无意之中陷入了银河系硅基帝国与碳基联邦两亿年之久的大决战。当双方在如此漫长的时间中攻防博弈时，地球对此浑然不觉。直至碳基联邦取得胜利后，决定建立与硅基帝国之间的隔离带。这就需要摧毁处于这一隔离带中的大部分恒星，包括地球。如此看来，地球的命运在许多情况下并不取决于地球自身。而在《流浪地球》中，刘慈欣为我们描写了人的意志与努力。但是，地球的这种流浪，并非地球的本意。乃是因为太阳就要发生氦闪爆炸。科学家研究认为，太阳从诞生以来就一直在进行着氢核聚变，由此生成了氦。在这样的聚变中，每秒将“消耗”六亿吨氢。经过计算，太阳大约还可以存在五十亿年。但是，对于人类整体的生命而言，并没有这么长的时间。因为太阳会不断增加自己的热量，以至于人类难以生存，直至氢原子耗尽，开始氦核聚变。[②]这可能就是刘慈欣描写的氦闪爆炸。这之后，太阳将炸毁并吞没太阳系中所有适合居住的类地行星。这时，人类在太阳系中将无法生存，必须向外太空恒星移民。从技术的角度来说，就是改变地球的运行轨道，使之脱离太阳系，转移到太阳系之外的某个可能的天体之上。《流浪地

① 许倬云著《中国文化精神》，九州出版社，2018 年 11 月第 1 版，第 39 页。

② ［西班牙］曼努埃尔·托阿里亚著，孟凡济、吴见青译《宇宙简史》，中国社会科学出版社，2018 年 7 月第 1 版，第 203 页。

球》这一虚构的情节告诉我们，当人类自以为自己处于某种优越地位的时刻，源于宇宙天体变化的影响，将给人类带来某种难以预测的考验或灾难。人类并不是自己的主人，人类只是宇宙中的一种存在。人类的发展进步、生存毁灭，除了自身的原因外，还有一个更大更有力更不可回避的原因——宇宙天体的运行。

在宇宙诸种运动变化中，刘慈欣认为存在一种“终极运动”。虽然他并没有使用这一概念。但我们不能回避他对这种运动现象的描写与阐释。当宇宙是无限状态时，其某种运动状态就应该是无限的。只有如此才能完成这种“无限状态”。刘慈欣显然并不认为宇宙是无限的。当宇宙的某种状态达到极限，或者说终极状态时，事物将会发生“反转”——回到其原始状态。但是，这种“反转”或对原始状态的回归并不是简单的文明重复，而是在前一运动状态基础之上的文明再现。它将有许多新的现象出现。在刘慈欣的小说中，有很多地方写到了这种“终极运动”形成的“反转”。如《坍缩》中宇宙的“坍缩”——时空开始以“现在”为起点返回。在《朝闻道》中写到了“爱因斯坦赤道”的消失。实际上就是当人类控制自然的能力达到终极状态时的一种“反转”——这种能力在突然之间消失了。《微观尽头》似乎更像一个哲学表达。我们相信这是刘慈欣通过小说在表达对宇宙的一种理解。他在小说中描写了人类在击破物质最小结构单位夸克之后，发生了宇宙的“反转”。宇宙从其构成的最小单位反转到了其最大的单位——从最典型的微观反转至最典型的宏观。而在那些物理学家第二次撞击夸克后，宇宙从“宇宙负片”中再次“反转”——回到了现实。在《时间移民》中，通过人类使用冷冻技术使人的生命延长，以至于可以延长万年或更多的时间以上。而在经历了一百二十年之后的“黑暗时代”、六百年之后的“大厅时代”、一千年之后的“无形时代”后，人类移民终于到达了一万一千年之后的时空中。这时，人类文明发生了“反转”——回到了“平淡”的人类消失、文明消失的类似于石器时代的“时代”。但是，这并不是真正的石器时代。因为还存在遗传了从上一个石器时代以来的人类文明因子的“人”们。他们似乎更喜欢、热爱蓝天、草地、森林、清澈的河水，以及可以开始重新创造的大自然。刘慈欣认为这是“人类”终于在经过漫长跋涉之后的“回家”——也许是他内心世界中向往的理想的人类生存状态。

宇宙运动在达到终极状态之后的这种“反转”，是中国传统哲学自然辩证法在刘慈欣意识中的体现。很难说刘慈欣是不是承认这一论断。但是，刘慈欣的作品中非常明显地流露出这样的哲学方法论，包括其关于宇宙的非无限状态或多元状态，均具有浓郁的东方文化色彩。这就是说，我们不能简单地对事物进行二极判断，而是要在其相互作用联系的变化中来进行分析。当事物的能量达到一定程度时，将会发生能量的转变——新能量会在旧事物中产生并逐渐壮大，直至彻底改变事物原有的能量，使事物发生质变，并形成新事物。中国传统文化的经典阐释太极图，已经非常鲜明地为我们勾画出这种事物发展变化的规律。因而，我们有理由相信，刘慈欣的描写尽管仅仅存在于人类的想象之中，但具有真实的哲学魅力。

第三节　宇宙的运动与人类的未来

不论宇宙具有多么神秘的品格，具有多少人类想象力难以企及的丰富性，具有如何浩瀚辽远的时空存在，人类对宇宙的探索、追寻、想象，其实都难以脱离对人自身命运的关怀。思考宇宙，并不仅仅是宇宙的问题，而更可能是人类自身的问题。只不过，因为人类能够积极地对宇宙的存在进行探求，使人类了解自身、解决自身问题的舞台变得更加广阔，更具可能性。尽管刘慈欣的小说为我们描写了宇宙的生动性、丰富性与可能性，但我们并不能说刘慈欣只是有关宇宙存在的想象者。如果仅仅是这样的话，其作品打动人心的力量将被消减，其现实意义也将因此而不存在。他的作品很可能成为一种科技想象力的展现，而不是关于人类命运的思考。但是，无可否认，刘慈欣为我们拓展了关注人类命运探求的天地。今天，人类应该更多地突破局限于自身范畴来讨论问题。我们已经有了更广阔的时间、空间与可能性来思考自己的未来。刘慈欣为我们描绘出关注人类命运的另一种视角——宇宙的视角。

在《吞食者》中，人们与“吞食者”天体的使者“大雅”——小说中的人类因为对“吞食者”的否定而称之为“大牙”——这真是一个极为形象的称呼。因为“吞食者”并不是仅仅吞食人类，而是要吞食适宜的天体。如果这个天体不具有这样能力的“大牙”，当然是不可能的。小说中有一段极具象征意义的对话。在非洲一处极为重要的考古遗址，据说是距今五万年之久的迄今为止人类发现的最早的城市——从考古学意义上讲，这样的城市是不存在的，因为那时人类还不会建造城市。考古学家声泪俱下地奉劝“吞食者”天体的使者“大牙”，“你们真忍心毁灭一处灿烂的文明？”但是，“大牙”却用蚂蚁来说明自己的行为。他说蚂蚁在自己的生活中也建立了一个庞大的帝国，这里有城市，有相应的社会秩序，有在它们看来同样灿烂的文明。但是，你们人类，对这样的文明是什么态度呢？“所有这一切在三个小时之内被毁灭”——包括城市与城市中的一切，以及城市中所有的孩子和即将成为孩子的几万只雪白的卵。“大牙”冷酷地说，不要再谈什么道德了，“在宇宙中，那东西没有意义”！这就是说，人类的道德是在人类的层面具备意义的。而在蚂蚁的层面是没有意义的。同样，在宇宙的层面，人类的道德也不存在意义。对于庞大的宇宙天体“吞食者”而言，吞食人类及其生存的地球，才是维系自身持续运行——生命——的必然选择，才具有对“吞食者”而言存在价值的“道德”。这就如同人类在考古发掘中毁掉蚂蚁帝国一样。宇宙天体并不能理解或尊崇人类的法则，包括道德。也就是说，从宇宙的角度来看，人类基本不存在。当人类把自己的存在视为至尚追求时，宇宙天体甚至不知道人类这种“物质”。

但是，这并不等于人类在浩瀚的宇宙中没有尊严与价值。人类毕竟是宇宙物质中的高等生物、高级生命，他能够创造属于人类，因而也是属于宇宙的文明。虽然人类不可能改变宇宙存在的法则，但人类可以通过自己的理性、良知、审美来完善自己，并使自己的生存、发展在有益于自然、有益于宇宙的前提下有益于自身。

刘慈欣对人类具有的伟大创造力充满希望。这种创造力源于人类自身的努力、奋斗与想象力。创造力的存在使人类具备了提升自己、延续自己的可能性。在《流浪地球》中，人类发现太阳将要在四个世纪后发生氦闪爆炸，必须寻找拯救人类命运的办法。这就是使地球脱离太阳系，转移至其他星系。为此，人类创造了地球发动机，使地球停止转动，进而飞出太阳系，在外太空中运行。之后，要重新使地球自转，进入比邻星的轨道。这当然需要极度发达的科技，但首先是人类需要拥有丰富的想象力。而更为重要的是，整个时间需要延续两千五百年约一百代人的努力。这当然是一个"幻想"中的计划，但并不是一个不可能实现的计划。因为据科学研究，太阳确实会发生氦核聚变。人类在遥远的将来确实会遭遇这样的考验。但是，当人类具备了非凡的创造力时，刘慈欣所幻想的"流浪地球"就可能成为现实。

人类作为一种宇宙现象，当然其所指是人类整体。但是，构成这一整体存在的却是个体。刘慈欣对人类个体的生命意义赋予高度的赞美。在他的小说中，描写了许许多多的充满道义、追求、智慧与力量的个体生命。在他们身上闪耀着人类的光辉。在《朝闻道》中，刘慈欣为我们描写了包括物理学家丁仪在内的世界各地的那些为获取真理而勇于献身的人。他们为了知道宇宙中存在的众多"终极真理"，宁愿用自己的生命来获取瞬间的因知道了"真理"而得到的"解放"。这些来自世界各地的科学家走上了真理的祭坛，献出自己宝贵的生命。但是，代表宇宙最高文明的排险者并不具有最后、最高的力量。这种力量或许就来自人类。在这篇小说中，刘慈欣虚构了史蒂芬·霍金也代表人类走上了祭坛。他沉静地向排险者提出了一个问题：宇宙的目的是什么？但是，无所不能的宇宙排险者在人类这一问题面前表现出了自己的"无知"——我怎么知道？的确，这是一个宇宙的终极问题。连宇宙自身也没有找到答案。这一细节表现了人类理性与智慧的力量，从而也使我们对人类的未来充满了希望。更重要的是，丁仪的女儿文文在母亲的强烈反对下又走上了探求人类与宇宙终极真理的漫漫长途。她不仅考上了父亲的母校，而且正在攻读量子引力专业。她思考的最重要的问题是：人生的目的是什么？宇宙的目的是什么？这是一个充满了象征意义而又不无悲壮的细节。人类，在追求真理的道路上将永不停歇，一代一代的人，将永远充满好奇、活力、智慧。

刘慈欣特别赞美那些为人类整体利益而献出生命的人个体。他的全部作品，无不洋溢着这种激动人心、感人至深的情调。这是人类有可能超越“现实未来”，走向“宇宙未来”的情感基础、精神基础与价值基础。在刘慈欣的笔下，有更多的如丁仪这样的具有强烈献身精神的人个体。因为他们的存在，将使人类保持着宇宙中最微不足道却又最辉煌灿烂的尊严。在《带上她的眼睛》中，那位娇小的女领航员为了人类能够了解地心而选择被永远封闭在“落日六号”地心飞船之中。在她看似柔弱的躯体中竟然蕴藏着那么强烈的对美的鉴赏欲望，以及为了更崇高的目标牺牲自己的信念与力量。与这位令人感叹的娇小的女领航员一样，一位从西北偏远乡村来到城市的青年水娃，在时代的变革中也逐渐改变着自己的人生。他从一个在简陋的煤矿巷道里挖煤的农村青年，变为城市里的打工者，再到北京从事高空清洁，终于成为一名在外空中调节气候的“中国太阳”的清洁工，并凭借自己的勤奋努力掌握了初步的太空知识。最后，他为了人类探索太空的奥秘，自愿选择乘坐“中国太阳”飞出太阳系，成为恒星际飞船上的工作人员。这一选择意味着，在水娃有限的生命中，永远也不可能回到地球，回到家乡。但是，这样的选择又是多么壮丽，多么令人钦佩！

《乡村教师》是一个看起来不那么“科幻”的篇名。那位经济拮据、生活困窘，不被村人理解的民办教师具有极为强大的意志力。他把自己的一生都献给了乡村的孩子，希望他们能够掌握知识，使他们的生活与那些没有上过学的孩子“不一样些”。他放弃了更好的工作，用微薄的收入替孩子们交了学费。他没有成家，没有积蓄，以至于没有钱来医治刚刚发现的食道癌。他并不为自己生病而悲伤，反而在知道如果自己不去治疗还可以维持半年时间的生命时感到高兴。因为有这半年的时间，他就可以把这一届学生教到毕业。在最后的时刻，他躺在床上给学生——那些乡村的孩子讲牛顿的三大定律。但刘慈欣并不是要为我们讲述一个“乡村教师”的感人故事。在这故事之后，还有一个更为浩大的宇宙背景。银河系持续两亿年的硅碳大战即将结束。获胜的碳基联邦为防止硅基帝国反扑，造成对银河系毁灭性的破坏，需要在二者之间建一条隔离带。这就必须清除大量的恒星，包括地球。但是，这些可能被清除的星体中有无生命，是否存在文明，只能靠最简单的办法来甄别——定点选择星体中的生命来回答碳基联邦的问题——地球也不例外。这种选择正好落在了那位乡村教师的学生头上。碳基联邦的问题也正好是牛顿的三大定律。正是因为那位执着的乡村教师的坚持，教会了孩子们这些知识，使他们能够回答这一已经成为常识却无意中事关地球命运的问题。正是这些孩子使碳基联邦意识到，地球上存在高等级文明，地球应该保留下来。也正因此，人类获得了拯救，地球避免了一次毁灭。虽然那位乡村教师并不知道自己在干什么。他的愿望非常朴素，就是要在病床上把自己的最后一课上完。但在不经意间，他成了人类的拯救者、地球的幸运神。微弱的个体生命在执着的坚守中完成了一次改变宇宙的壮举。虽然我们知道，这个故事是虚构的，但在刘慈欣的潜意识中，正在召唤着人们，希望能够更多地激发出人本来具有的那种崇高的精神。正如汤因比在其《人类与大地母亲》中所言，“技术只是人类生活方式中非物质要素的授予条件，而人类生活方式中的非物质要素包括人的情感、思想、习惯、概念和理想，这些都是比技术更重要的人性表现形式。人不是仅仅靠面包活着，这是人类更为高贵的特征之一。”①

事实上，刘慈欣对人类的未来充满了隐忧。虽然我们还不能说他是一个人类未来的悲观者，但也不能简单地认为他是一个乐观者。实际上，刘慈欣对人类未来既充满了忧虑，又充满了期待。在他对人类理性与良知充满期待的描写中，往往流露出对人类奋斗与奉献的某种伤感。因为他知道，“在遥远的未来，如果人类文明在宇宙间

---

① ［英］阿诺德·汤因比著，徐波等译《人类与大地母亲——一部叙事体世界历史》（上），上海人民出版社，2012年8月第3版，第25页。

生存繁衍的话，人类必须创造超乎寻常的科技奇迹”[①]。也许，这种“超乎寻常的科技奇迹”在很多情况下与刘慈欣小说中描写的内容相近，诸如“中国太阳”、超弦计算机、地球发动机等。而即使人类拥有了这样的技术，也仍然需要接受更为严酷的考验，如在太空中流浪千年等等。从这样的角度来看，刘慈欣认为人类仍然是悲观的。他对人类已经创造的文明形态也充满了质疑。在更多的情况下，他希望人类能够有机会重新开始文明的创造。所以，在诸如《时间移民》这样的作品中，他让人类重新回到了蛮荒时代，以开始文明的新建。在《吞食者》《诗云》等作品中也均有类似的描写。

如果人类能够重建文明，什么样的文明形态是最理想的呢？在《吞食者》中，人类与“吞食者”天体代表“大牙”有一番对话。人类的元帅质问“吞食者”天体的使者“大牙”，难道生存竞争是宇宙间生命和文明进化的唯一法则？难道不能建立起一个“自给自足的、内省的、多种生命共生的文明”吗？这就是说，在刘慈欣看来，这种“自给自足、内省、共存”的文明是理想的文明形态。不过，这只是人类的一种期待。而在宇宙时空中，正如“大牙”所言，这样的文明——“也许可能吧，关键是谁走出第一步呢？”“大牙”认为，宇宙生存的铁的法则是以“征服与消灭别人为基础的”。这也就是说，如果某一宇宙天体违背这样的法则，其后果就是灭亡。正如“大牙”的先辈恐龙一样。

在宇宙这种“铁的法则”面前，人类是否就会失去自己的主动性呢？刘慈欣显然又是乐观的。在他的小说中描写了很多绝望之中的希望，死亡之中的生存，毁灭之中的新生。在人类与“吞食者”的大决战中，地球人类显然是失败了。但是，生命并没有消亡。那些残存下来的人类，为了生命能够重新出现，以自己的消亡为代价，给存留的生命希望作营养。而在“吞食者”天体中仍然保留了二十亿人类。尽管他们是作为吞食者的“食物”被豢养的，但在他们身上仍然保留有人类文明的因子。在《诗云》中，“吞食者”帝国决

① 刘慈欣著《带上她的眼睛》，长江文艺出版社，2017年3月第1版，第378页。

定让存留的二十亿人类返回地球。这就是说，从刘慈欣的角度来说，他是无比热切地希望人类文明能够延续下去的。而能够真正拯救人类文明的不是技术，不是能量，也不是权谋，而是伟大的“诗”！那位具备主宰力量的“神”，不仅认为汉语诗歌是人类最伟大的文明，且自己拷贝化身为汉语诗歌中最伟大的诗人李白。也正是这位具有强大主宰力量的“神”对诗歌的尊崇，才使“吞食者”帝国释放了被“豢养”的人类，使人类能够重新延续自己的文明。但是，当我们从这样的诗的浪漫中清醒时，不免深感悲凉。因为，人类真的处于生死存亡的关口时，会像刘慈欣所设想的那样，遇到一位化身为诗人李白的“神”出现吗？

如果说，这样的描写仍然是一种非现实的想象的话，刘慈欣也告诉了我们另一种对人类文明应该充满信心的理由。在《欢乐颂》中，刘慈欣借其中人物之口告诉我们，人类的价值在于，“我们明知命运不可抗拒，死亡必定是最后的胜利者，却仍能在有限的时间里专心致志地创造美丽的生活”。当我们知道“生命是有限的”这一铁的法则时，仍然能够以积极的姿态、乐观的精神、奉献与奋斗的品格来对待每一天的生活，这也许就是人类远高于其他生命的理性表现。现实生活正是这样。每一个人都知道自己终将会离开，但是，人们并不会因为这一不可改变的结局而消沉。人们仍然要创造，要享受生活的美好。这就是人类的理性与智慧，是人具有的高贵品格。在 2014 年的时候，刘慈欣曾经出版过一本名为《2018》的小说集。在这篇小说中，他借小说中人物之口说道，“时代总是越来越好的”。这确实是一句简简单单的话，但也表达出刘慈欣对人类及其文明的乐观精神。我们在有限的生命中，能够为这个时代、为人类努力，总是幸运的。在人类了解自己，了解自己生存的地球，进而努力了解自己存在的宇宙这一进程中，“我们不断意识到宇宙的广袤，意识到人类不过置身于宇宙的一隅，在广阔的空间中是这样地渺小而微不足道。即便如此，人类依然有着无可取代的独特性。……新的生命组成、新的进化方法、新的宇宙理论在未来定会进入人们的生活，再次拓宽人们的视野。到那时，将会有一场新的革命等待着我们”[1]。在《欢乐颂》中，刘慈欣让太空音乐家弹奏着太阳，与人类齐唱《欢乐颂》：在永恒的大自然里，欢乐是强劲的发条，在宏大的宇宙之钟里，是欢乐，在推动着指针跳跃。这充满着激情与希望的歌声，将激励人们走向未来——不论是现实的未来，还是宇宙的未来。

① ［德］托马斯·马卡卡罗、［德］克劳迪奥·达达里著，尹松苑译《空间简史》，四川文艺出版社，2019 年 1 月第 1 版，第 202 页。

第四章　道生之，德畜之

——刘慈欣小说中的道德观

在刘慈欣的小说中，很多地方涉及对道德的讨论。而这些观点往往令人诧异。比如，在《吞食者》中，吞食者天体的使者“大牙”与人类讨论文明的兴亡时说：我们以后有很长的时间相处，有很多的事要谈，但不要再从道德的角度谈了，在宇宙中，那东西没有意义。[①]这似乎在说，在宇宙的尺度上，道德是无价值的。在《镜子》中，刘慈欣设计了一场关于生命进化的讨论。其中的“首长”认为，社会的进化与活力，是以种种偏离道德主线的冲动和欲望为基础的，清水无鱼。一个在道德上永不出错的社会，其实已经死了。[②]那么是不是说，人们应该偏离道德，甚或背弃道德呢？在《三体Ⅱ·黑暗森林》中，罗辑第一次见到大史。这位前刑警、现在的反恐专家告诉他，“我在工作中有一个原则，从不进行道德判断”[③]。尽管在刑事案件中道德并不能代替法律，但这位前刑警对“道德”的态度还是令人惊讶。是不是现实生活中道德对人、对社会的意义可以忽略呢？被人们讨论很多的“黑暗森林”法则，似乎在把读者引向对道德的否定，因为这里有一个谁先下手谁赢的问题。也就是谁先表现出对道德的漠视，谁就会赢。小说还设计了一场惨烈的“黑暗战役”。代表人类希望的遁入太空的飞船为了自己能够得到燃料动力与补给物资，开始了残忍的相互厮杀。在《天使时代》，将军菲利克斯

① 刘慈欣著《时间移民》，江苏凤凰文艺出版社，2014年12月第1版，第198页。

② 刘慈欣著《时间移民》，江苏凤凰文艺出版社，2014年12月第1版，第68页。

③ 刘慈欣著《三体：黑暗森林》，重庆出版社，2008年5月第1版，第45页。

轻蔑地对舰长布莱尔说："只要有需要，伦理终究是第二位的。"[①]这就是说，在"需要"面前，一切道德伦理都应该退居其次。总之，在刘慈欣的小说中，很多地方涉及了道德的问题。而他又毫不隐晦地写道：道德并不是最主要的，生存才是第一位的。

那么，刘慈欣的道德观到底如何呢？这是一个值得我们认真讨论的问题。

第一节　宇宙人类的道与德

要了解刘慈欣在小说中表达的道德观，首先要对道德有相应的了解。一般而言，人们讨论道德，基本是在社会学层面进行的，认为道德是一种社会意识形态，规范了人们共同生活的行为准则。它往往代表着社会行为中正面的价值取向，以通常的善、恶为标准。同时，道德不同于法律，没有强制性，主要依靠约定俗成与人个体的自觉性。这些论述当然是对的。但是，从道德的本质来看，并不仅仅是人类社会生活的一种弱规范。实际上它是人类认识宇宙自然的一种表现。而在讨论道德问题时，能够把宇宙自然与人类视为一体，同一考虑，才能够把握其本质。这种思维方式，在中国古典哲学中有着一以贯之的表现。特别是早期著作如《易经》《道德经》等最为典型。即使是儒家学派，尽管更多地关注社会伦理秩序，却仍然是从宇宙自然与人类社会的统一性这样的角度来思考的。李泽厚在其《论语今读》的《前言》中谈到，儒学"主要是通过以伦理（人）—自然（天）秩序为根本支柱构成意识形态和政教体制，来管辖人的身心活动。其特征之一便是将宗教性道德与社会性道德融成一体，形成中国式的'政教合一'，并提升到宇宙论（阴阳五行）或本体论（心性）的哲理高度来作为信仰"[②]。这种观察问题的方法可以说一以贯之，是中国文化的根本特征。

---

① 刘慈欣著《带上她的眼睛》，上海科学出版社，2004 年 10 月第 1 版，第 74 页。

② 李泽厚著《论语今读》，安徽文艺出版社，1998 年 10 月第 1 版，第 7 页。

受益于特定的地理环境与气候条件，中国上古时期已经基本形成了以农耕为主的生产生活方式。这一时期，尽管从生产力的发展来看，依然低下，但对人们价值观念的形成、方法论的运用意义重大。正是农耕生产的根本性作用，使中原地区的人们逐渐意识到大自然与人类之间密不可分的关系。人与自然相互联系、相互依存、相互作用。如果要想得到较好的收成，必须遵循大自然季节转换与气候变化的规律。人不可能违逆大自然来获取自己希望得到的东西。比如说，人不可能在本应该播种的时候去收获。在更多的情况下，人还需要保护自然才能更适宜地生存。这种认知经过长期的反复，逐渐在民间成为一种习俗；在意识形态方面则成为一种理念。直至今天，很多地方仍然保留着对自然现象的崇拜，以及作为民俗形态形成的行为规范。如祈雨的民俗，表面看是人们在通过这一仪式求雨，实质上却是潜意识深处存在的对大自然的尊重与崇拜。在南方的一些山区，民俗约定砍柴不能用车拉，只能用肩挑；砍回来的柴够烧火取暖即可，不能卖了赚钱。这些民俗规范就是人与自然关系的现实表现。

以农耕为主的生产方式决定人对自然的关注更多更强烈。这种关注向两个方面延伸。一方面是启迪人们了解把握更丰富复杂的自然规律，以及超越了我们一般所说的“自然”之外的宇宙运行规律。另一方面是把这种对大自然的把握融入人类社会之中，形成人们对社会形态及其规律的认知。这两个方面不是割裂的、对立的，而是相互融合的、统一的。它们的关系不是“二”，而是“一”，是相互融合作用的“统一体”，即“天人合一”。“天”就是宇宙自然。它与“人”，即社会存在是共生、共命、共运的“一体”存在。这种生产生活形态决定人的思维方式是对包括自然与社会这些客观存在的整体性考虑，而不是分割的、对立式的思考。它强调的是它们之间和而不同、异而有合的本质。也正因此，诸如《易经》《道德经》这样的著作，并不是一种简单的社会学著作，而是在基于自然宇宙与人类社会同一性的前提下，讨论这种“统一体”存在规律的思想结晶。这与在人与自然之间存在极大的对抗状态下形成的生产生活方式，并由此而决定的思考问题的层面、方法都是不同的。仅仅以语词的形成而言，汉语中的“道”与“德”既是对宇宙自然本性的表达，也是对人与社会存在必然性的表达。它们并不矛盾，亦不可分割。或者也可以说，“道德”一词体现的是宇宙自然，当然也包括宇宙自然的组成部分人与社会存在、运动的本质。这与起源于拉丁语中的风俗习惯（Mores）的“道德”（Morality）一词是不同的。后者仅仅指人的社会存在，而不包含自然宇宙。因为在拉丁语文化系统中，二者是对立的。所以，这种文化认为自然宇宙与人类社会没有本质上的同一性。

《易经》主要揭示了宇宙存在最基本的规律——运动与变化的诸种可能。运动与变化是宇宙存在形态的根本。否则，宇宙就是僵死的、不存在的。《道德经》为我们揭示出“道”与“德”的根本意义及其相互作用。所谓“道”，并不是简单的“道路”，而是宇宙自然存在运行的状态与规律。从语词表达的层面而言，“道”的意义肯定与“道路”有关，或者也可能是从“道路”的“道”中延伸出来的含义。但这里并不是说“道路”的问题，而是说存在与运行的“路径”状态及其规律的问题。所以，“道可道，非常道”。宇宙运行的状态或规律是可以讲述阐释的。但它并不是我们平常所说的道路、轨道。那么，这种状态或规律是什么呢？《道德经》告诉我们，“玄之又玄，众妙之门”。“玄”最初的含义是悬挂起来晾晒的扎成束的丝。在甲骨文中，去掉了上面的点与横，只保留了把丝辫成束的“螺旋状”字体。金文中，“玄”即如同丝扎束的形状。之后多有变化，形成现在的字体，也延伸出很多其他相关含义。古人用“玄”来表示宇宙天体运行所遵循的规律——螺旋状的运行，而不是简单的直线运行。这一点得到了现代科学的证实。在宇宙中，各种天体自然有其运行的轨迹，如行星在自转中围绕恒星公转，卫星则在自转中围绕行星公转等。但是，它们在运行中呈现的是螺旋式运转，也就是“玄”。天体不停地以螺旋状态运动来实现与其他天体之间的关系，就是“玄之又玄”。从人来看，“玄”也反映了人存在与活动的规律。一方面，作为宇宙存在现象，要遵循宇宙运行的规律；另一方面，其自身的存在也具备了螺旋式运动的状态。在人的生命个体形成时，婴儿在母腹中的状态就是一种“玄”状，而不是直线或折线。从物质构成来看，现代科学已经证明，人体的基因组呈螺旋运动形式存在。从人的生命运动状态而言，个体会从婴儿状态成长为成年人，但在老年时又旋转为婴儿状态。不论是什么存在状态，人均呈现出螺旋状，即使休息时亦是如此。可以看出，螺旋式运动成为万物存在的必然。这种观点实际上贯通了宇宙自然与人的生命，成为呈现其共同规律的形象表达。具体而言，“玄之又玄”就是说，在宇宙中，其各个组成部分，当然也包括人，呈现出的螺旋式运动不会停止，而是不断地重复。如果我们把握了自然宇宙，当然也包括人的这种存在状态与运动方式，就把握了万事万物存在运动的“妙门”——关键，就能够理解事物运行最重要的诀窍。这就是万事万物各种存在的“众妙之门”。这种宇宙自然与人的存在运行状态的一致性，在中国古代典籍中多有极为生动的论述。《荀子》的《天论》篇就指出，“天职既立，天功既成，形具而神生，好恶喜怒哀乐臧焉，夫是之谓天情。耳目鼻口形，能各有接而不相能也，夫是谓之天宫。心居中虚，以治五官，夫是谓之天君”。在这里，荀子把人体的存在、器官、功能与天——大自然宇宙统一了起来。“强调说明人的身体及其器官和它们的机能都是来自自然界，以自然界为前提，是自然界的派生物，也就是自然界的一部分。”[①]他所强调的就是人的情感、功能及运行方式均是天——自然宇宙决定的。

这种现象在刘慈欣的小说中也有非常生动的描写。在《思想者》中，作家描写了两个我们不知道，实际上他们也互不知道对方姓名的科学家——女天文学家与男脑科学家。这两位从事不同领域研究的科学家在一个天文台偶然相遇。他们对自然宇宙复杂有序的运动充满好奇心与责任感。这里，刘慈欣设计了一个极为重要的细节。女天文学家一直在研究恒星闪烁传递的模型。男脑科学家送了她一个人的大脑模型。这一模型显示了人的大脑神经元之间信号的传递

① 潘菽著《中国古代心理学思想》，北京出版社，2018 年 5 月第 1 版，第 78 页。

正如恒星闪烁传递一样。他们终于意识到，“恒星闪烁传递是宇宙间的一种普遍现象”。这种所谓的“普遍现象”，既包括宇宙间的恒星，也包括人类的大脑。当然，这部小说并不是要表现宇宙与人的同一性。但刘慈欣的描写却暗合了一个已被现代科学证明了的事实，表现出了人类关于宇宙“道”的普遍性——当然也包括人应该遵循的“道”的普遍性的认知。

如果说，“道”体现的是宇宙自然存在与运行的状态与规律，那么，“德”强调的就是宇宙自然，包括人在存在与运动中对“道”的要求的体现。简单说就是存在万物体现了“道”就拥有了“德”。比如，太阳如果不能与包括地球在内的太阳系恒星形成相互作用的运行状态，就是无“德”，或者说失“德”。从地球的视角来看，太阳如果不是东升西落，周而复始，就是无“德”。同样，地球如果不是绕太阳公转，而是绕月亮或其他星球公转，就是失“德”。因为这种运行违背了宇宙统一的“道”。从人的角度来看，成人不承担成人的责任，如不赡养父母，不养育子孙，不对社会尽责，就是失“德”。而一种社会形态如果不能为民生提供适宜的生活条件，老不能养，幼不能育，就是一个失“德”的社会。正因为中国古典哲学把自然宇宙与人类社会视为相互作用的统一体，人们认为自然宇宙的运行状态能够反映出人类社会的运行状态，往往观天察象，由天及人，从自然界的某种现象来判断社会的运行状态，亦把人类社会视为“天”，即宇宙自然命定的存在。某种现象有益于百姓民生、社会秩序，就是合“天意”，亦即体现了“道”。而不合天意将遭“天谴”。前者是有“德”的，后者则是失“德”的。同时，现实社会的运行结构亦由“天子”，即宇宙自然在人间的代表来统筹。如果天子行“天道”，则社会安宁，人民幸福。一旦“天子”违背天道，人们就可以取而代之。这些都体现了天——自然宇宙，与人——社会合一，遵循同一规律的思想。

尽管《道德经》强调了道与德之间的不同，但实际上二者有着必然的联系。有道才能体现宇宙的本质，有德才能体现万物的规矩。不知“道”，德无可循。不守“德”，道无意义。二者互为表里，相辅相成。《道德经》指出，“道生之，德畜之，物形之，势成之。是以万物莫不尊道而贵德”。对于存在万物而言，符合道的规律才能存在，才能使自己的生命得到滋养生长；遵循宇宙规律，万物才能有“德”，在宇宙统一的规律中得到成长，积蓄力量，运动不止，生生不息；万物有自己存在的形态，并形成一种运动的态势，才能完成自己的存在及其可能使命。所以，宇宙万物都要尊崇道，贵重德。不尊道，就不可能获得存在，不能生成；不贵德，就不可能形成有序的运动态势，就会毁灭。

刘慈欣的小说大量地涉及了宇宙“道德”的问题。地球有自己适应宇宙存在的运行规律。在它与宇宙运行规律相适应的时候，它的存在与运行均是有效的。一旦违背这种规律，就要被“清理”。在《朝闻道》中，人类的科技发展到了极高的水平，以至于建造了一个可以环绕地球一周的被称为“爱因斯坦赤道”的“粒子加速器”。其目的是要建立“宇宙的大一统模型”，以使人类能够更好地探索宇宙奥秘。但是，粒子加速器如果以最大功率运行的话，将会带来宇宙的毁灭。这当然是违背宇宙“道德”的现象，将被宇宙排险者清理。在《命运》中，刘慈欣虚构了一对在太空中乘坐飞船旅行结婚的新人。他们发现了飞向地球的小行星。为了拯救地球人类，他们用飞船发动机撞击这颗行星，改变了它运行的轨迹。但是，地球虽然被拯救了，却已经不是原来的地球。因为地球在宇宙中运行，会发生被其他天体——不论其大小——撞击的小概率事件。这种事件发生后，将产生相应的效应，在某种程度上改变地球。比如由于地球的变化，恐龙消失了。但是人类成长了。发动机撞击小行星的事件改变了地球服从宇宙运行规律的“道”，也就改变了地球的生态秩序。庞大的恐龙文明仍然存在。而相较恐龙来说，后生的人类也就不再是地球的主人，成了被恐龙豢养的宠物。在《三体》中，三体文明本来生存在时序没有规律的乱纪元三体星球。他们创造了远比人类高级的文明。但是，为了摆脱乱纪元的困境，他们企图迁徙至地球。这必然造成人类文明的倒退或毁灭。为了守卫家园，人类开始了反击。三体星球终于熄灭。如果三体没有改变宇宙秩序的企图，至少他还会在乱纪元中存在，拥有“生”的可能。但是，一旦企图改变宇宙秩序，带来的就是毁灭。从宇宙自然的层面来看，我们也可以认为，刘慈欣的小说描绘出了宇宙存在的“道德”图景。

第二节　道德的相对性与绝对性

如果我们不是仅仅把道德局限在人类社会的范畴之中，而是从宇宙的层面来讨论，那么，按照中国古代典籍诸如《易经》《道德经》等的论述，可以知道，最高的或者最根本的道德是宇宙存在运行的秩序与规律。在宇宙中存在着道德问题。它制约或影响着宇宙万物的生死存亡与兴衰替代。一种存在出现了，从物质不灭的角度来看，肯定是因为其他的存在消失了。宇宙存在，宇宙道德恒在。相应地，宇宙道德恒在，人类社会顺应宇宙道德的道德同样恒在。实际上，人类社会遵循的“道德”就是宇宙道德，是宇宙道德在人类社会存在中的具体体现。它既要遵循宇宙秩序的要求，同时也有自身的特殊性。日出而作，日落而息，这首人类最早的诗歌描绘的就是与宇宙道德统一的人类社会道德。它们构成了宇宙与人的道德的一致性。日出日落，是宇宙运行规律性的表现，并对人的社会行为产生作用。人类如果违逆这种道德，就难以保持正常的生存状态。比如在日落后去耕种显然就不可能收获果实。人类必须与宇宙道德保持一致，才能有“德”。从道德的存在言，它具有恒定性，或者说绝对性，是不变的。但是，从时间与空间的运行言，道德又体现出一种相对性，就是说，在不同的宇宙时空中，道德的具体表现是不一样的。所以《道德经》指出，“道可道，非常道。名可名，非常名”。这就是说，宇宙存在与运行的秩序、规律是可以言说阐释的。但这道并不是我们平常所说的道路、路径这种意思。宇宙万物是可以命名的，但具有某种名称的事物并不是凝固不动的，而是在不断变化的。它所体现的内涵也不是固定不变的，而是随着时空的变化逐渐改变的。具体而言，我们可以说宇宙中的某一天体如地球，是按照一定的运动轨迹运行的。这种运行就体现了宇宙之道，而不仅仅是一种轨迹。

所以，我们不能用道路、路径、轨迹来简单地认知它。作为宇宙天体，地球被命名。但是，地球的内涵是随着时间与空间的变化而不断变化的。尽管它仍然被命名为地球，但是，在五十六亿年初时的地球与今天的地球并不相同。那时，地球只是一个太阳系中的天体，还没有生命。而在生命诞生的初期，尽管我们不能说地球没有出现生命，但与今天的生命却是非常不同的。如果地球再过五十六亿年，也许还会有生命，但我们可以肯定的是，那时地球的生命状态与今天会有很大的不同。这种被命名之后的名，“非常名”，并不是一种“常态”，而是会变化的。这也就是说，道德也会随着时空的改变而发生变化。

在道德具有绝对性的前提下，其相对性表现得更丰富。就人类社会言，不同的时空中除了许多共同遵守的道德之外，还有更多差异性道德现象。如人个体在孩童时期，是可以不承担生产责任的。但成年之后如果不承担生产责任就是一种不道德。这就是一种时间概念上的道德变化。如果我们把时间置入历史的长河中，就会发现这种源于时间的道德变化更为显著。在人类的早期，由于生产力的相对不发达，社会供给不能完全满足人们的需要，很多地方都存在“杀老”现象。就是把有限的物资留给青壮年，而老人则被以各种手段杀死。以老者的生命作为代价，是为了保全族群的延续。在那样的历史时期，这种现象并不被人认为不“道德”，实际上大家都认为是“道德”的。只是我们以今天的价值尺度来看认为是不道德的。因为在生产力得到快速的发展之后，供给人类消费的物资富足起来，可以把那些失去生产能力的人赡养起来。这就非常典型地说明了时间对道德的作用。空间也同样如此。在相同的时间内，不同空间的人们遵循的道德往往会不同。在农耕地区，人们更为敬老，尤其要尊祖。受制于这种道德，人们会用姓、氏来标识自己的血脉，用故乡、故土来认定自己的家园。祖先的意义不仅是血缘的，也是价值体系的。而在游牧地区，很多人对自己的祖先是谁则很难说清。能够比较清晰地说清的也不过只有三四代。而且，由于游牧的需要，人们对故土的认同极为淡漠。空间改变了人的道德。或者说，不同的空间塑造了不同人群的道德。

刘慈欣在他的小说中也对这种道德的时空相对性进行了表达。如《流浪地球》《三体》均描写了人类重新返回地底的“穴居”生活。一般而言，穴居是人类早期的生活方式。在人们还没有能力建造地面的居所时，往往借居于天然的洞穴，或者自己挖掘的洞穴。这被认为是“道德”的。但是，随着生产力的发展，人们开始走出洞穴，在更适宜的地方建造居所。而在洞穴中生活就不被认同。但是，在地球的危机时期，人类又重新回到了地底，并建造了功能齐全、结构庞大的地下城市。这时，人们并不认为这样不对，反而认为是正常的。在现代与前现代时期，男性被赋予了更多从事体力工作的责任。男性的气质表现得非常突出。但在后现代时期，由于技术的发展，体力劳动绝大部分被机器、电脑代替，男性的性别特征被弱化。所以当罗辑在经过了长期的冷冻苏醒后，发现男人几乎都女性化了。人们对婚姻、家庭的观念也发生了重大改变。爱情、婚姻不再是人的生活中极为重要的内容，而是成为可有可无的社会现象。

空间对道德的改变在刘慈欣的小说中也有许多描写。人类生活在太阳东升西落的“恒纪元”之中，能够尽情地表达自己的情感，可以去追求自己喜爱的人。在人类中存在着极为重要的情感生活、个体意识以及对艺术的追求。但是，在另外的空间内，如三体天体中，由于处于“乱纪元”状态，必须竭力压抑人的情感，努力使人成为一种标准化的机械存在。所以，那位三体 1379 号监听员对这样的生活极为伤感。他希望三体人也可以拥有正常的情感，有表达爱，并且去爱的可能。然而，在三体天体中，这种情感被事实证明是极其危险的。也就是说，是极端不道德的。地球人类以自己的生产来满足自己的需求。他们既没有吞食其他星体的需要，也不存在这样的价值观。但在宇宙空间的吞食者天体来看，如果不去吞食适宜的天体，将难以维持自身的存在。于是，吞食别的天体当然是符合吞食者天体的道德的。

这种源于时空差异而形成的不同道德现象，是特定时空中智慧生物，当然也包括人类社会实践的表现。道德，从宇宙的层面来看，是符合宇宙存在及其运行要求的，是宇宙存在必然性的体现。人类作为一种宇宙存在物，当然需要遵循这样的道德。但在浩瀚博大的苍茫宇宙之中，不同的宇宙存在面临着许多不同的具体问题。这决定所有的宇宙存在还需要遵循能够满足自身需要的道德。一方面，这种具体的道德不能违背、破坏宇宙道德的总原则；另一方面，也表现出不同存在物的个性特征。在一定意义上，它们可能会对其他的宇宙存在产生破坏性影响。只要这种影响达不到对宇宙根本道德的破坏，宇宙还是可以接受的。在宇宙中，不同的星系、天体、暗物质、引力与光等统一于宇宙之道中。尽管它们有自身的特殊性，但总体来看是统一的。即使某种宇宙存在物为了自己的存在出现了损坏甚至毁灭其他存在的现象，但其前提是不能超出宇宙能够承受的范围。一旦突破了这个范围，宇宙将对这种现象进行惩罚或处理。《三体Ⅲ·死神永生》中写道，宇宙中各种智慧文明为了自己的利益，利用宇宙能量制造了大量的“小宇宙”。在一定的程度上，其对宇宙能量的消耗是宇宙可以接受的。但超过了这一限度，宇宙就难以承受，不惜以自身的毁灭来反应。所以宇宙中就发起了“回归运动”，号召各智慧生物把自己的小宇宙归还大宇宙。这就是说，任何宇宙存在并不能单纯地考虑自身，还必须考虑与其他存在物的关系，以及与宇宙的关系。

就人类而言，亦是如此。人类的发展进化史，实际上也是改变自然的历史，从而也就是在宇宙存在中对宇宙进行改变的历史。人类发明了很多工具用于改变生存的自然环境。在早期，这种改变是微弱的。但是，随着人类能力的不断增强，发明越来越多，改变的程度也越来越大。直至开始从根本上改变自然秩序，如劳动不再是求生的方法，而是实现欲望获取利益的手段。欲望越大，手段越强；自然环境被改变的程度越大。如河流改道，湖泊壅塞，山体崩塌，资源耗费，大气与土壤以及水源被污染等等。还有，自然存在物的秩序也被改变，如反季节生长，化学功效的运用，生物技术的泛滥，机器对人的异化，以及生物秩序的混乱——包括人体的替代技术、嫁接技术、基因技术、智能机器的使用等等。人，在自己的努力中变得越来越强大，以至于一切存在——植物、动物、土壤、空气、水等资源都成为人类自以为的可以无限利用而不是尊重的对象，人的主体性被人的努力空前地放大膨胀。但是，宇宙间总的质量是恒定的。人对宇宙物质的占有消耗一旦突破某种限制将对人产生反作用。人类挤占了其他植物的生存空间，土地沙漠化、水资源消失、自然资源枯竭等反过来将惩罚人类。人类挤占了其他生物的生存空间，也会受到这些生物的报复与反抗。当人类肆无忌惮之时，很可能就是人类毁灭之日。因此，人类对万物的尊重是宇宙道德的法则。在宇宙中，尽管人类是智慧生物，但并不比其他存在更具有特权。一旦突破了某种宇宙法则的度，人类就会受到这种法则的惩罚。钱穆曾对人的这种狂妄进行批评。他说，“人生在自然中，如此渺小，真是无法讲。但人类慢慢儿了解自然，而一方面又看轻了这个自然。……欲望一天天提高，认为只拿我们人类的智慧与科学便可以战胜自然，……那真是我们人类的一种自大狂”[①]。事实上，道德的根本性在于有助于存在的存在。人们之所以需要道德，就是希望制约人的欲望与愚昧，使人更具有理性，能够延续人的物种及其创造的文明。宇宙之所以遵循自身的道德法则，乃是为了保证宇宙有序运动，进而保证各种宇宙存在的存在。道德将优化并引导存在及其环境向积极的方向转变。道德并不是虚妄的护身符。当某种存在物的生存受到威胁时，其所遵循的日常道德必须为生存让步。比如，在战争中，为了获得胜利，必然需要人的牺牲。从日常的状态来看，牺牲人的生命可能会对道德形成挑战。但在特殊的情况下，牺牲就成为必然。在《全频带阻塞干扰》中，刘慈欣为我们塑造了一位勇敢献身的俄罗斯宇航员米沙的形象。他为了保证俄罗斯的最后胜利，一人驾驶“万年风雪”号宇宙飞船撞击太阳。在日常状态中，这是疯狂的行为，将带来严重的后果。但在生死存亡之际，米沙却完成了一个战士与科学家的最终使命，改变了战争态势，成为英雄。大自然亦是如此。当某种能量足够的物种被人类的狂妄损毁

① 钱穆著《中国文化精神（新校本）》，九州出版社，2012 年 5 月第 1 版，第 158 页。

时，它将以自己非常的手段来回应人类。总的来看，一切存在，包括人类，均将自食其果。从人的角度看，这种回应可能是不道德的。但从这种物种来看，却是道德的，是符合宇宙的道德要求的。

第三节　刘慈欣小说表现的道德观

当我们讨论道德的时候，不能泛泛而谈，需要考虑道德存在的具体环境。吞食者天体的使者“大牙”当然不可能遵循地球人类的道德。如果吞食者天体存在道德的话，“大牙”一定是遵守吞食者天体自己的道德。所以他会说与人类讨论“道德”没有意义。尽管我们不知道“大牙”是否认可宇宙的根本道德，但他很清楚地球人类与吞食者天体遵循的不是同样的道德。在现实生存的需要面前，第一位的是能够生存。否则，吞食者天体将面临灭亡的境遇。但是，对这样的结论也不能一概而论。这种现实生存的需要往往是指群体，而不是个体。在很多情况下，需要牺牲个体来保障群体。如《全频带阻塞干扰》中米沙的命运就是如此。

在《三体》中，刘慈欣设计了“黑暗森林”法则。其“黑暗”令人震惊。他把宇宙比喻为没有阳光的森林。在这样的森林中隐藏着无数的生命体，他们互不相识，也不知道对方。如果有生命体首先暴露，就会被其他生命体消灭。因为，其他的生命体会认为你的存在对自己有危险。之所以如此是因为有两个十分重要的原理。一个是猜疑链，一个是技术爆炸。所谓猜疑链，是由于不同的天体之间无法正常沟通，难以判断对方是善意的还是恶意的。即使他们进行沟通，必须经过一个较长的过程。而在宇宙中，不同天体由于其运行的速度不同，时间概念是不一样的。运行速度慢的天体之时间大大长于速度快的天体。这种时间的不同对于天体来说是不知道的，无法把握的。在这样的时间段内，天体上存在的文明很可能发生技术爆炸，在极短的时间内使自己的技术水平得到飞跃，具备摧毁其他天体的技术能力。这就对另外的天体形成了严重威胁。因为它可以凭借自己的技术优势轻易地消灭对方。因此，最经济的办法就是在你暴露的同时消灭你。这种“黑暗森林”的比喻讨论的是宇宙问题，而不是社会问题。在《三体Ⅱ·黑暗森林》中，刘慈欣强调道，猜疑链这种东西，在地球上是见不到的。因为人类有共同的物种、相近的文化、相互依存的生态圈等，能够较好地交流。因而猜疑链可以消除。但是，在宇宙太空中，猜疑链却可以延伸至很长。在天体之间的猜疑消解之前，悲剧已经发生了。所以，我们可以看到，在宇宙尺度中，“黑暗森林”法则的存在是符合宇宙天体生存的“道德”的。但在人类社会形态中，这种法则却是不存在不适用的。人类没有这样的“道德”。

在残酷的“末日之战”中，人类逃离战场的七艘恒星际宇宙飞船之间发生了更令人震惊的难以面对的“黑暗战役”。他们在某一时刻忽然明白了，即使是作为人类在宇宙中的种子与希望，要在漫无边际的浩瀚宇宙中找到可以栖身的目的地，必须拥有充分的燃料与设备。但是，他们却没有。任何一艘飞船都没有足够的准备。于是，在“终极规律”号舰长意识到这种严重的局面开枪自杀后，人类幸存的七艘飞船开始了相互之间的袭击，以获取对方的燃料与设备。这一设计当然是对人类道德观的极大挑战。这就是，人类还有没有自己的道德底线？从现象来看，“黑暗战役”的发生是残酷的。但是从形成这一局面的具体条件来看，还有许多值得讨论的话题。

首先是这些飞船所在的空间是苍茫无际的宇宙太空，他们没有可以依托的星球。即使是要找到这样的星球也只是一种“希望”，而不是现实。这种特殊的存在环境并不是一般的人类环境，而是具有全面的“宇宙”意义的环境。正如章北海说的那样，“太空使我们变成了新人类”。也就是说，在宇宙中的人类与地球中的人类存在很多的差别——至少存在生存环境的差别。这种差别也决定人类在太空中要想生存，不能仅仅依据地球人类的价值观与道德律。其次，人类文明能否延续，能否在宇宙中存在并不是一般的生存使命，需要极为不同的努力。在小说设定的情景中，太空人类正面对着太空，也就是宇宙为他们设定的必然选择——一部分人死，或者所有人死。这就是太空人类面临的生死局。人们不可能回避，必须面对。再次，为了人类的未来这一就人类而言属于最高目标的使命，必须采取非常规的办法。所以，残酷甚至残忍的“黑暗战役”从根本而言体现了人类的理智与奉献精神。

正如章北海在知道了自己乘坐的“自然选择”号面临同类的攻击覆灭时所言——“没关系的，都一样”。这就是说，在这样的“黑暗战役”中，人类中的成员谁留下来都是一样的。不一样的只是人们必须面对。章北海的这种坦然与他在很早时期已经意识到的人类的责任是一致的。他洞察到在与三体的决战中，人类必然失败。他所做的一切只是为人类文明保留一粒种子、一点希望。为此，他可以牺牲很多，包括自己的生命。也正因此，“自然选择”号的舰长东方延绪才感到，他，章北海“真的是先天下之忧而忧，像那个时代的父母一样，一直在为孩子们操着心”。“黑暗战役”发生了，太空人类将要在宇宙太空中经历人类在地球上从未经过的艰难复杂的挑战，并创造新的文明。新人类也随着这一残酷的考验而诞生了。“新的文明在诞生，新的道德也在形成”！在另一宇宙时空中，人类仍然具有创造文明的尊严与能力。这也就说明，当人类生存的外在环境改变之后，人类社会形态及其伦理道德也将出现新的变化。刘慈欣并没有否定道德的价值，而是通过自己的描绘告诉人们，正是人类不断的努力才能生成适应时代要求的文明——包括道德。

不同物种之间，不同天体之间，宇宙中的不同存在之间存在着不同的道德。那么是不是可以说，这些不同的存在相互之间可以免谈道德呢？吞食者天体的使者“大牙”就对人类说，讨论道德是没有意义的。人类也从来不顾及诸如蚂蚁的文明而随意践踏。仅仅从这样的角度来看，这种结论似乎是成立的。但是，吞食者天体很快就遭遇到了与地球人类同样的命运——被神族天体拆解。在《诗云》中，神为了获得能够超越李白的诗歌艺术，用自己拥有的超级科技拆毁了太阳系，也包括当时正在太阳系中航行的吞食者天体。但是，热爱中国古典诗歌艺术的神还是为人类建造了一个空心地球，让人类生存。其中也包括一部分吞食者天体的“人”——恐龙。在这时，人类与吞食者共同拥有一个可供生存并创造文明的空心地球，成为具有共同命运的宇宙存在。他们是不同的智慧生物，却必须在很多情况下具有共同的价值观与道德规范。用神的话来说就是要“好好相处”，要是空心地球被核弹炸个洞，可就麻烦了。这种设计蕴含了刘慈欣的宇宙理念——宇宙不同存在之间应该“好好相处”，在宇宙道德的支配下，形成良性运行的存在状态。在《白垩纪往事》中，刘慈欣虚构了一个已经消失了的文明——由恐龙与蚂蚁共同建立的伟大的白垩纪文明。这两种不同的生物，体能与劳动方式均不同，但形成了良好的互补关系，可以创造文明。但是，随着白垩纪文明的进化，恐龙与蚂蚁逐渐狂妄自大起来，终于使龙蚁联盟破裂。统一互补的文明亦因此而被毁灭。恐龙从地球上消失，而蚂蚁则演化成低智能动物，只存有简单的记忆却不能进行复杂的思考。尽管它们相信地球上还可能出现一个新的文明，但毕竟由蚂蚁与恐龙共同创造的白垩纪文明已经成为过去。在这里，龙蚁之所以能够结成联盟，是因为它们有共同且互补的需求、能力，也因此而形成了双方均可接受的道德。而它们的分裂乃至于对抗，是因为包括道德在内的行为价值发生了改变。无论如何，它们均逃不脱宇宙的道德律。

在很多情况下，文明程度较高的存在具有更多的能量——思维、技术、资源、组织能力以及精神力量等。它们在面对较弱的存在时会表现出强势，甚至漠视。在宇宙天体中，地球尽管生成了人类，创造了人类自以为伟大的文明，但在吞食者天体面前，只能成为吞食者的“食物”。而在神族面前，拆毁吞食者并不是什么严重的事情。但是在歌者存在的世界里，即使是太阳系也不算什么。所有这一切皆如同人类对待蚂蚁或其他的微小动物一样。与宇宙存在的境况相同，在人类社会中，尽管我们承认不同地区、不同民族均具有历史文化的特殊性，并有属于自身的独特的道德，但总体来看，强者仍然占据优势地位。他们成为人类社会秩序的制定者、利益分配的主导者、道德行为的判断者，往往漠视弱者的文化、利益、权利，制造矛盾与对抗。同时，即使是强势文明也总是面临着各种各样的挑战——自然的、政治的、经济的、军事的，以及文化的等等。还有一个十分重要的方面就是弱势文明的存在及其挑战。弱势文明在符合宇宙自然道德的基础上发展时，很可能转变为强势文明。而曾经强势的文明，在一系列悖逆宇宙道德的行为中，往往，或者必然会在欺凌别的文明时使自身的文明衰减，转化为弱势文明，甚至被消灭。人类社会的复杂性很难用道德来梳理解决，但道德仍然是影响制约人类认知与行为的重要因素。或者以道德为准则，或者借道德之名，或者违背道德，或者创造形成新的道德。

刘慈欣在他的小说中描写了人类社会道德生活的诸多形态，在某种意义上表现了人类对道德的深刻思考。总体来看，他希望并鼓励人类社会，包括人个体能够拥有强健的、积极向上的、有助于人类和谐进取的道德形态。他塑造了许许多多的人物形象。这些人，如果仅仅从道德的层面来看，不同程度存在着这样那样的瑕疵——心理的、认知的、行为的等等。但从整体来看，均具有积极的道德追求。如《三体》中的大史——史强是一个表面看来粗鲁、俗气、不拘小节，甚至爱占小便宜的普通刑警。他并不是一个道德的完人，甚至是一个有道德缺陷的人。但是，他尽责敬业，有极为丰富的实战经验，对即将发生的事情有敏锐的洞察力与应对能力。在严峻的考验面前，他心态沉稳，反应灵敏，处理了一系列极为重要的突发事件，多次挽救了罗辑的生命，并成为罗辑精神上的依靠与工作中的伙伴。正是他帮助罗辑完成了意义重大的威慑打击，拯救了地球。《山》中的冯帆——冯华北，在还是冯华北的时候是一名登山爱好者。他因为与同伴的牺牲有关，心里留下了深深的创伤。这种“不道德”的经历深深地刺激了他，他决意再不去登山，而是到大海中做一名海洋考察船上的地质工程师，永不上岸。但是，由于泡世界文明的作用，海水被拉起，形成的“海山”激发了冯帆登上这座大海中的“海山”的愿望。在这一非凡的登山经历中，冯帆与泡世界文明进行了对话，了解了泡世界为了探索宇宙奥秘所进行的艰苦卓绝的努力与付出的想象不到的代价。这使冯帆从心理阴影中得到解脱，并希望自己能够活下来，把宇宙世界的奥秘告诉人们。强烈的使命意识又使冯帆完成了自己的道德重建。在《欢乐颂》中，人类正在因为各自的利益而纷争不已，并因此而准备解散联合国这个国际组织。但是，奇迹出现了。太空音乐家将要弹奏太阳，进行太空音乐的演奏。这辽阔浩瀚的宇宙音乐使人类各国的首脑在精神与情感上实现了升华。他们认为，人类的问题在宇宙中并不算什么。在苍茫的宇宙之中，“与未来所避免的灾难相比，我们各自所需要做出的让步和牺牲是微不足道的”。那么，人类就仍然能够在广阔的世界中联合起来。宇宙的大美净化了人类的私欲，人类道德再次显现出强大的生命之力。

“人法地，地法天，天法道，道法自然。”在《道德经》中，非常完整地描绘出人类社会应该遵循的道德与宇宙道德之间的关系。人，作为地球存在，要遵循地球星体的运行法则。地球，作为人类的故乡与宇宙存在，也必须遵循宇宙的运行法则。而地球之外的宇宙存在，必然遵循天，亦即宇宙自身的运行法则。这种法则就是我们所讨论的“道”——由宇宙自身的相互联系与作用形成的规律。而这种道所遵循的是一种非人为亦非超自然的，由自然存在的宇宙相互作用、自然而然形成的运行法则。宇宙存在相互作用，相互影响，形成一种自然而不是人为，更不是神定的运行状态。如果宇宙顺应这种状态，就能够自然而然地有序运行，完成其自然使命。人类及其社会在宇宙之中当然也必须适应宇宙这种自然运行状态。这就是宇宙存在，包括人类的“德”。也许，刘慈欣就是这样为我们描绘了人类应该遵循的道德法则。

第五章　我们看到了宇宙的光亮与秩序

——刘慈欣观察世界的方法论

刘慈欣在他获得巨大荣誉的《三体》中曾写到“射手”与“农场主”假说。所谓“射手假说”，是假设一名神枪手即兴在枪靶上每隔十厘米打一枪。而生活在这枪靶上的一种二维智能生物，假如他们有科学家的话，就会发现“宇宙每隔十厘米必然会有一个洞”。这可能就是这种二维智能生物认识到的一种宇宙定律。“农场主假说”则是指，农场主每天早上十一点喂食火鸡。差不多一年中都是如此。于是，火鸡中的科学家认为，每天早上十一点就会有食物降临。但是有一天，食物不但没有降临，农场主反而把这些火鸡杀了之后出售。这两则假说有着极为深刻的寓意。我们并不能说那些“科学家”的研究结论有误。因为事实正是如此。但是我们也不能认为这种研究是正确的。因为他们把某种偶然性当成了必然性。这种错置偶然与必然的现象，乃是因为研究者观察世界的方法不同形成的。在不同的层面，采用不同的方法，就会得出不同的结论。问题是，当人类对浩渺无际的宇宙进行观察研究时，是处在一个如同二维生物或火鸡一样的层面进行的，还是确实把握了宇宙世界中规律性的东西？如果发现人类竟然如同射手假说或农场主假说中的“科学家”一样，只是捕捉住了一种暂时的、局部的、即兴的所谓“规律”，就会感到人类的荒诞与悲哀。问题的核心是，我们是不是掌握并使用了正确的方法？

刘慈欣在他的科幻小说中为我们构建了一个极为宏大丰富的宇宙世界。那么，他是如何构建这个世界的？就刘慈欣而言，他所认为的宇宙是怎样的？宇宙与人类之间的关系如何？其方法论的体现是什么？这正是我们要在这里讨论的。

第一节　唯物与辩证

要讨论宇宙的问题，首先必须解决的问题就是，宇宙是怎么来的？如果是一名基督教徒，对这样的问题很好回答。因为他可以说，宇宙是上帝创造的。这当然是“一神论”者一种唯心主义式的回答。因为今天已经很少有人认为宇宙是上帝创造的。一般的研究结果认为宇宙是在奇点发生爆炸之后形成的。另一个同样重要的问题是，宇宙是如何存在的？简单的回答也可以是，宇宙是按上帝的安排存在的。但根据天体物理学的研究，宇宙其实是在生成之后的膨胀之中形成不同的天体，并在这种不断的运动中存在的。在刘慈欣的宇宙世界里，并没有体现上帝的意旨，而是对人类关于天体物理学的研究成果进行了许多生动的表达。尽管他的小说也谈到上帝。比如刘慈欣就写过一篇《赡养上帝》的小说。但是，这并不能说刘慈欣是一个一神主义者、唯心论者。他小说中的上帝只是具有“上帝”身份的形象。这些“上帝”不仅没有创造世界的能力，甚至连自己的生活都难以自理，需要靠人类赡养。如果说是上帝，还不如说是一些具有科幻意味的“太空老人”。刘慈欣有比较坚实的物理学、天文学基础，对现代天体物理学的研究成果有积极的跟进。所谓“硬科幻”，就是说，在他的小说中充分地表现了科幻元素对人物设计、情节推进的作用，以及把科技元素细节化的表达。他思考的基础是人类科学进步的成果与可能，而不是神的旨意。如果刘慈欣把上帝创造一切作为出发点，或者按照某种被赋予具有决定一切的能力的主观理念来进行创作，就是一种唯心的表现。刘慈欣虽然虚构了很多宇宙存在的现象，如天体中的“吞食者”“神族”，以及著名的“三体”世界，但他并不认为宇宙是某种超力量创造的。他的一切想象均是建立在科学研究成果及其规律之上的。

尽管人类对宇宙的认知仍然处在非常初步的阶段，但人们也逐步掌握了宇宙世界的一些规律。如宇宙存在的时间、方式，宇宙与人类的关系等等。在此之上，人类对宇宙的认知将会不断取得新成果。那么，在各种现象之上，人类应该如何更科学地认知宇宙，了解宇宙，是一个极为艰难的使命。刘慈欣在他的作品中，以各种想象与虚构为我们创造了生动的、华丽的、充满惊奇与魅力的宇宙世界。宇宙并不是静止的，而是不断运动的。在这种运动中，不同物质之间建立了各种各样的联系，并且相互作用、转化，促成了物质的新变，形成新的物质形态。在这种不同存在物质相互联系、作用的运动之中，构成了宇宙壮丽浩瀚的存在世界。正如中国传统哲学中事物运动的"阴""阳"相互依存作用，形成了"道"——统摄万物存在规律性的最高抽象。所谓"道法自然"，就是说道的最大作用是自然使然，而没有什么神的意志。①人类创造了伟大的文明。但是在宇宙中，这种文明可能并不是唯一的，更不是最先进的，甚至从某种意义来看是微不足道的。如果与更先进的文明发生联系，人类将面临严峻的考验。但是，在这种严峻的考验面前，人类的科技却能够发生快速的进步，出现了很多在正常状态中难以创造的技术与发明。如"吞食者"天体就拥有比地球人类更先进的文明。而"神族"天体比"吞食者"天体的文明又更为先进强大。是不是宇宙中还存在着更为庞大的"硅基帝国"与"碳基联邦"呢？在《三体》中，刘慈欣还虚构了拥有更强大力量的"歌者"文明等等。当面临"吞食者"的吞食时，地球文明的科技发生了爆发性进步，对"吞食者"进行了几近灭绝的打击。从某种意义看，人类文明发生了飞跃。不论是地球文明，还是"吞食者"文明，它们的存在与消亡并不能改变宇宙。甚至对宇宙而言，它们存在与否并没有意义。就如同一个人身上，是不是存在某种人类看不到的难以察觉的细微生物一样。但是，事物的发展变化有一个从量变到质变的过程。如果地球天体被"吞食者"天体吞食，而"吞食者"天体又被"神族"天体消灭，"神族"天体在刘慈欣虚构的硅碳战争中消亡，而硅碳战争又引发了更大范围天体的改变或消亡，如"歌者"文明通过"二向

---

① 罗先汉编著《天体演化》，山西科学技术出版社，2000 年 2 月第 1 版，第 1 页。

箔”使银河系二维化等等。依此类推，宇宙就面临着消亡覆灭的危险。除了这种在人类看来超大规模的宇宙物质巨变外，一些微小的改变也可能具有毁灭宇宙的力量。在《朝闻道》中，刘慈欣设计了一个宇宙排险者的形象。因为科技出现了巨大发展，人类建立了最大的粒子加速器。它一旦以最大功率运行，就会形成接近宇宙大爆炸的能量，使宇宙出现“真空衰变”，导致毁灭。而这样的可能性，只有在智慧文明探索宇宙终极奥秘时才能形成。因而，在宇宙中本来微不足道的地球人类就具有了可能毁灭宇宙的能力。排险者告诉人类，为了保证自身的正常运行，宇宙设计了预警系统，以排除那些可能造成宇宙毁灭的现象。这就是说，宇宙也存在自身的脆弱性。如果某一天体或宇宙物质在运动中形成了导致宇宙毁灭的可能，排险者将进行观察监视，直至排除险情。在宇宙运动中，那些即使是微不足道的存在也有造成宇宙毁灭的可能性。

如果我们系统地分析刘慈欣设计的宇宙世界，就会发现，他并不认为先进的就是最具力量的，强大的就一定能够掌控局面。一切都在运动变化之中。不同的宇宙存在均在这样那样的联系作用之中运动变化。即使是那些看起来可能没有什么意义的如地球这样微小的天体，也可能具有毁灭宇宙的力量。如果我们用刘慈欣小说中设计的天体运行关系来描绘宇宙物质间的相互影响，就会发现，它们虽然并不一定发生直接作用，但一定存在着间接作用。我们可以据此描绘出一个能够体现其意义但现实中并不存在的作用关系图来说明——宇宙中微不足道的地球及其文明，与更强大的天体“吞食者”相互作用，处于弱势；“吞食者”天体与更强大的“神族”天体相互作用，又处于弱势；而“神族”天体与庞大的硅基帝国及碳基联邦相互作用，也同样处于弱势之中；“歌者”天体相对于之前所述，具有更强大的能量……依此类推，总有更为强大的天体存在，使一定条件下本来强大的天体处于弱势，直至最具包容性的宇宙。但是，宇宙也存在自己的弱势。这就是智慧文明。智慧文明尽管可能很微弱，但存在毁灭宇宙的可能性。在这样的循环之中，宇宙循环往复地进行着自己的运动，并形成宇宙的整体存在。“吞食者”天体虽然终于吞食了地球，但并不能完全吞食，而是留下了残存的地球，以使地球能够生长出新的文明。并且“吞食者”天体也豢养了人类——尽管是作为自己的食品。“神族”天体虽然终于把“吞食者”天体打败，但在它的努力下“吞食者”天体把豢养的人类送回了地球。其中也包括一部分“吞食者”文明的创造者——恐龙。碳基联邦把硅基帝国打败了，并清空了二者之间的所有恒星，但却保留了拥有高级文明的地球等星球。人类创造了由最大的粒子加速器造成的环地球一周的“爱因斯坦赤道”，成为宇宙毁灭的隐患。但宇宙排险者排除了这条代表人类科技最先进水平的赤道，并用绿色的草坪补偿人类，以唤醒人类的理智，来享受大自然的美。这许许多多的运动变化形成了宇宙及其存在的意义。宇宙并不是僵死的存在，而是在相互联系作用的运动中不断变化的存在——源于天体物质相互间的吸引、碰撞、疏离、隐藏、显现，以及进入另一维度的丰富性。这种宇宙的存在状态，服从着宇宙自身的规律性。

对这种规律性，中国传统哲学有非常生动的描述。如《周易》就将物质运动的状态抽象地概括为“阴”“阳”两种因素的相互作用。所谓“一阴一阳谓之道”。“道”是物质存在的总规律。老子在《道德经》中曾谈道，“道之为物，惟恍惟惚。恍兮惚兮，其中有象；惚兮恍兮，其中有物。窈兮冥兮，其中有精；其精甚真，其中有信”。老子认为，“道”这种规律性并不是一般情况下人们可以看到的物质存在，而是难以表述地超越了具体物质现象的实在。它无处不在，又无法作为一种实体被描述，具有真实性、必然性。万事万物按照其道——规律生成运行。我们看到的是这种事物，并不是这种事物的道——规律。但是，这种事物又是依照道——规律而存在的。它们相互作用，相辅相成，并在这种作用与反作用中生成新的事物。正如阐释《易经》的《周易大传》中的“太和”所言，在宇宙中，不同的存在各有差别、矛盾，但又在这种差别与矛盾中达到了多样性的和谐统一，是为“太和”。也许刘慈欣并不是主观上的自觉追求，但客观上却生动地为我们描绘出宇宙按照其规律运动、新变的丰富世界。

第二节　对立与统一

宇宙辩证存在的典型表现是不同存在之间的对立统一。这里，对立不是对抗，而是差别。正因为这种差别才使不同的存在表现出自己的属性、特色。统一不是同一，不是存在的趋同化，而是在差别之中的协调运动，是一种存在的存在状况，即此一存在与非此存在的相互作用。这种作用使不同的存在保持着相对的稳定性，并在存在运动中发生转化。中国传统哲学十分强调事物相互之间的区别与作用，强调这种协调运动中可能发生的变化。如《周易》就以高度的抽象来讨论存在的“易”与“不易”，即事物的运动变化——易，以及在这种运动变化中的稳定性——不易，进而把存在抽象为“阴”与“阳”两个方面。正是在统一的矛盾体中形成了阴阳之间的联系作用，使这种矛盾体在相互作用的运动中达到新的统一。

刘慈欣的科幻世界中，不同宇宙存在之间有着极大的差别。这种差别不仅是外在的，如体量、构成等，也是内在的，如能量的不同、文明进化的不同等等。这种不同与差别之间形成的矛盾相互作用，在更大的时空范围中统一起来，转变成新的存在状态。从微弱的人类，到庞大的天体，乃至于浩瀚的宇宙，均处于这种对立与统一之中。

在《全频带阻塞干扰》中，刘慈欣虚构了未来的俄罗斯与北约之间发生了一场规模庞大的战争。俄方具体指挥这场战争的是列夫森科元帅。当他的战士们在战场上流血牺牲的时候，他的儿子米沙正独自驾驶着“万年风雪”号太空组合体飞翔在近日空间。“万年风雪”号最先进的技术是主动制冷式封闭系统。这使它能够尽可能地靠近太阳，以躲避太空中各种飞行器的袭击。由于战争的爆发，“万年风雪”号上的大部分工作人员被征召回国。留下来的米沙就成为离战争最远的人——暗示着他是最安全的人。这使列夫森科元帅成为被人议论的对象，似乎他利用自己的地位为儿子找到了一个能够求生的处所。事实上，他们父子之间一直存在着互不理解、互不认可的矛盾。列夫森科是一位标准的军人，希望儿子能够成为一名战士。而米沙则对星空更感兴趣，“要看一辈子星星”，扬言不会介入政治，终于成为一位优秀的天体物理学家。在这里，“父”与“子”两个存在体由于人生目标的不同，形成了差异矛盾。但是，在这种不断的矛盾之中，他们相互之间逐渐发现了对方异于常人的优秀品格，开始承认对方。当战争处于胶着状态时，部队必须有四天的时间才能完成集结。但由于俄罗斯对战场的全频段大功率阻塞干扰部队大部分被摧毁，已经难以实施对战场的干扰。这将使俄军处于极为被动的局面。能否破解这一困局，事关战争的胜负。在这关键时刻，远在近日轨道飞行的米沙驾驶“万年风雪”号撞击太阳，用太阳喷发的强烈的电磁辐射来干扰地面通信，以保证部队集结。其直接后果是米沙与“万难风雪”号被太阳的热量焚毁。他以这样的方式经历了一般天体物理学家不可能经历的科学研究，成为一个真正的、纯粹的天体物理学家。同时，也以自己与“万年风雪”号的毁灭支持了地面战场，保证了俄罗斯部队的最后胜利——从这样的角度来看，米沙又是一个真正的、纯粹的战士。矛盾的双方在这样一种极端的条件下实现了统一——为了祖国的胜利，父亲列夫森科实现了自己的愿望，儿子终于成为一名战士；而米沙，一位真正的天体物理学家也在对太空的研究中，亲身感受了太阳的光热。这一结局虽然悲壮，却也是刘慈欣在他的小说中反复表达的认知世界的方式。

与以上所言人与人之间的对立统一相似，刘慈欣也为我们描写了人与宇宙存在的对立统一。人是宇宙存在物的一种，具有自身的独立性，有自己的欲望与需求。这种欲望与需求又往往与宇宙存在产生矛盾。但是，人的存在又必须依托宇宙。没有宇宙就没有生命，当然也不可能有人。人与宇宙在相互之间的区别差异中运动，形成统一体。如果形不成统一体，其后果就是处于劣势者的消亡。在《乡村教师》中，以乡村教师为代表的人类对宇宙间发生的长达两万年的“硅碳战争”毫无所知。相对于“硅基帝国”与“碳基联邦”来说，微小的地球及其人类没有任何优势，他们仅仅存在于一种自足的状态中。可以说，二者之间的差异非同一般。但是，当“碳基联邦”准备清空银河系中的恒星时，为了保存宇宙中存在的高级文明，发现了被忽略的地球，并因为对乡村教师学生的测试认识到地球上存在着高级文明。从而地球获得了拯救，人类赖以生存的家园得到了保存。宇宙存在与人类在“保存文明”的前提下统一起来。在《中国太阳》中，人类为了改善气候，修建了太空中的“中国太阳”，使宇宙自然能够更好地服务地球人类。人类与宇宙之间实现了某种统一。最后，水娃与志愿者们驾驶“中国太阳”飞往宇宙深处，代表着人类去了解探求宇宙的奥秘，再次形成人与宇宙的统一。这种人类与宇宙的对立统一，在诸如《带上她的眼睛》《朝闻道》等作品中均有生动的描写。

刘慈欣也以充满想象力的笔触为我们描绘了宇宙间天体运动的对立统一形态。在《吞食者》中，“吞食者”天体与地球天体形成了对立。这种对立甚至达到了最为激烈的对抗。“吞食者”为了自己的生存，必须吞食地球。而地球为了自己的生存，必须消灭“吞食者”。显然，这两个天体存在着尖锐的矛盾。相对来说，“吞食者”更先进，能量更大，更占有优势。但这并不等于地球就毫无作为。在两个天体的博弈中，地球终于处于下风，被“吞食者”吞食。但是，由于地球的反击，“吞食者”天体也遭受了严重打击，用了五十个地球年才慢慢恢复。这直接导致“吞食者”没有足够的时间将地球吞食干净，留下了残存的地球。而这残存的地球，是生命的孳生地。新的生命将从这里诞生。同时，出于自身对“美食”的需要，“吞食者”还带走了地球上一半的人类。这使他们还能够在“吞食者”的豢养中延续文明。两个充满对立的天体在激烈的星际战争中达到了统一，继续存在于浩渺的宇宙之中。

对这种天体之间对立统一关系的描写，《三体》表现得最为典型。地球天体与三体天体爆发了生死之战。科技更为先进的三体文明占据优势。但是地球文明依靠人类的智慧与勇敢进行了顽强的抗争，终于在罗辑的“威慑打击”中取得了暂时和平。二者达成了一定程度的统一。但是，生与死的博弈并没有终结。就在他们的种种博弈之中，更高级的“歌者”文明出现了。它只是使用了一张纸片一样的“二向箔”，就使地球与三体，以及银河系“二维化”。在这一点上，不论是更具实力的三体，还是相对处于弱势的地球，其命运际遇是相同的。或者也可以说，它们在新的条件下达成新的统一。

如果我们认为地球与太阳是一对矛盾体的话，它们的对立统一是最具典型意义的。但是，二者的新变并不仅仅源自自身，更可能被它们存在的条件影响。据科学研究，当太阳系运行至银河系的四条主旋臂时，可能会使太阳系及其星体产生很大的变化。“这种银河系环境的变化对包括地球在内的太阳系的形成和演化起着至关重要的作用；正是这种作用甚至可能使危及生物和人类生存的时间大大提前。”[①]正如“二向箔”的出现改变了地球天体与三体天体的博弈一样，从对立向统一的转变在很多情况下是由于存在条件的变化。在刘慈欣的世界中，充满差异的不同存在是立体的、运动的、变化的。它们在相互联系中适应一定条件的作用发生转化。这就是说，存在的运动变化，不仅是自身的变化，以及矛盾体的相互作用，同时也包括存在条件的变化。刘慈欣从来没有机械地、僵化地看待事物——包括宇宙与人，而是在事物的联系与运动中探求其变化的原因及结果。要达到这一点并不容易。容易的是对事物的简单化与平面化、极端化。正因为我们能够看到存在事物的复杂性、运动性，以及在此之上的转化，才使人类的理性得以升华，人类认识世界的能力得以加强。从小说的层面来看，这种认知能力也使其艺术表达的可能性更为丰富、复杂。

第三节　绝对与相对

不同事物由于其差异性，显现出不同的能量。这种能量的大小往往决定事物的强弱。但是，它们的差异及其强弱状态并不是一成不变的，绝对的，而是在运动中发生转化的。因此，存在的强与弱是相对的。事物的绝对性只是事物属性在一定条件下的表现，它代

① 罗先汉编著《天体演化》，山西科学技术出版社，2000年2月第1版，第2页。

表了事物的某种稳定性。一旦条件发生了变化，这种稳定性将随之变化，其绝对性也将不复存在。而事物的相对性则是事物的运动变化。当存在条件变化之后，事物的存在状态也将发生变化，甚至出现本质性的改变，向自己的对立面转变。相对性代表了事物的运动性。从某种意义来看，刘慈欣的小说是对事物变化状态的哲学表达。他既看到了事物的稳定性——绝对性，更看到了事物的运动性——相对性，并在自己恢宏的艺术建构中进行了撼人心魄的表达。

在《三体Ⅱ·黑暗森林》中，刘慈欣曾非常细腻地描写了一个蚂蚁的世界。它们在自足的二维世界中生存，形成了属于蚂蚁的“文明”。相对于人类而言，蚂蚁的能量微不足道，人类的强大是绝对的。但问题是，人类真的战胜蚂蚁了吗？人类充其量只是轻易地消灭了某一处的蚂蚁，并不能彻底消灭蚂蚁。在许多情况下，人类还受制于蚂蚁。比如蚂蚁可以把人类使用的工具、居住的房屋噬啮，甚至形成对人类威胁很大的蚁荒。在这样的情况下，人类反而会显得十分无力。强大的人类与弱小的蚂蚁之间，主动性发生了转化。刘慈欣描写的人类世界中，仍然存在这样的强弱转化。强，并不是绝对的，弱也并不总是弱小。在表面的现象之后往往隐藏着深刻的运动变化。

尽管《天使时代》主要探讨的是人的生存权利与人类不平等如何消除这样的问题，但刘慈欣为我们虚构的落后的非洲国度“桑比亚”与强大的现代国家美国之间的一场“海战”仍然突出地表现了这种强弱存在的绝对性与相对性的转化。交战的双方，一边是桑比亚，干旱非洲的缩影。人们连基本的温饱都难以满足，甚至出现了人吃人的惨象，大部分地区还没有电，交通落后，内战频发，治理混乱。另一边则是世界上实力最强大、科技最先进、军事力量最现代的美国。派到非洲海岸的美军舰队，现代化程度极高。它拥有三个航母战斗群，配备有宙斯盾系统，以及足以对付一个大国全部航空力量的3000枚舰对空导弹。仅此，谁更拥有战争的主动权，似乎一目了然。但是，在事物的运动变化中，强弱发生了逆转。桑比亚利用基因技术培养了能够飞翔的“飞人”，几乎是从天而降，对现代化的航母发起了进攻。这时，宙斯盾系统失效，舰对空导弹难以发挥正常的作用。在航母上的近战中，那些掌握技术而缺乏实战训练的美军士兵完全不是具备原始实战能力的“飞人”的对手。强，转化为不可逆转的弱，弱，转化为具备各种优势的强。一场奇特的“海战”竟以落后的桑比亚的胜利结束。

在刘慈欣的世界里，往往表面上的弱成为实质上的强。正如老子所言，“弱之胜强，柔之胜刚，天下莫不知”。在他想象力空前浩瀚的描写中，事物并不是绝对的，而是相对的。在一定条件下，正反可以变化转换。在《乡村教师》中，那位病弱的乡村教师成为拯救人类文明的“救世主”。在《光荣与梦想》中，使“西亚”共和国团结起来的，不是拥有各种光环的大人物，而是一位十几岁的哑巴女孩辛妮。在《微纪元》中，延续了人类文明的并不是“宏人”，而是缩小至十微米左右的“微人”。“大不等于强大”。这是微人的智慧，当然也是刘慈欣表达的哲理。在其浩瀚宏大的《三体》中，这种观点得到了充分表达。人类为了应对三体文明的侵袭，确定了四位“面壁者”。他们有权动用人类最大的现有资源。为了隐藏真实意图，可以不解释自己行动的理由。但是，看起来无论是个人气魄，还是计划的宏伟，均前所未有的前三位面壁者都失败了。他们的计谋被三体文明破解。他们的计划在还没有实行时即已失败。而真正产生作用，拯救了地球文明的是对三体文明实施“威慑打击”的罗辑。罗辑，正是一位没有任何政治地位、军事影响、经济实力，乃至于学术成就的最普通的“小人物”。

在宇宙世界中，不同天体的质量有区别，能量也不同。但是，这种不同也同样不是绝对的。在一定条件下，它们将发生转化。如果把《吞食者》《诗云》两篇小说联系起来看的话，就可以为我们完整地描绘出强大的天体“吞食者”的命运。相对于地球天体而言，“吞食者”更强大、更先进，其文明发展的程度早已非地球可比。从这一点来看，其优势是绝对的。它的运行，需要通过吞食宇宙中合适的天体来提供能量。而地球正是这样一颗合适的天体。于是，“吞食者”派出了自己的使者达雅——地球人类称其为“大牙”来到地球，为自己的吞食做准备。这也使地球人类知道了自己即将遭遇的命运。人类探索各种可能来拯救即将遭遇的毁灭，包括迁移至月球，以及用月球撞击“吞食者”等。终于，地球被“吞食者”吞食。但是，由于人类的智慧，“吞食者”天体被撕裂，遭受了前所未有的创伤，生态系统被破坏，导致“吞食者”难以完全吞食地球，人类仍然保有地球家园。在这里，“吞食者”绝对的强大转换成为一种相对的强大。在漫长的迁徙中，“吞食者”天体与“神族”天体相遇。与“神族”天体相比，“吞食者”处于弱势。由于“神族”之“神”热爱人类艺术，具体而言就是古典汉语诗歌，要求“吞食者”把豢养的人类送回地球。为了制造能够穷尽汉语组合的“吟诗软件”，“神族”需要把太阳系，以及包括“吞食者”在内的天体全部毁灭。这时，“吞食者”遭遇了当年地球人类的命运。在“神族”天体面前，“吞食者”对地球的绝对优势消失。但是，“神族”的优势也并不是绝对的。当他毁灭了太阳系的全部物质，终于制造了“吟诗软件”后，发现自己并没有得到能够超越伟大的李白的诗。那位化身为李白的“神”沮丧至极。“吟诗软件”虽然制造出了各种可能的古典汉语诗歌，但是其数量极为庞大，以至于形成了可以替代太阳系的“诗云”。“神”无法从这庞大的诗云中检索出那首最高级的诗。“不错，借助伟大的技术，我写出了诗词的巅峰之作，却不可能把它们从诗云中检索出来”。所以，“智慧生命的精华与本质，真的是技术所无法触及的”[①]。几乎可以做到一切的“神族”文明，并不能创造表达人类情感的诗歌。它的绝对性在地球文明、“吞食者”文明与“神族”文明这一递进中不断强大的序列中反而居于弱势，转化成一种相对性。

在刘慈欣的小说中，这种描写成为其思想的主旨。如三体文明与地球文明的超世纪大战中，三体文明无疑处于绝对的优势。但是，在宇宙中微不足道的人类生命体世界中，一个最典型的一事无成的“小人物”却对三体世界进行了成功的“威慑打击”。三体的绝对性转化成为相对性。这种转化，除了我们前述所言之强弱转化外，还

---

① 刘慈欣著《带上她的眼睛》，长江文艺出版社，2017 年 3 月第 1 版，第 206 页。

有一个极为重要的原因就是事物自身存在局限性。这种几乎是与生俱来的局限性限制了事物的自由，甚至成为其致命的短板。比如现代医学的进步使人类的寿命大大延长，这本身是一件好事。但是，人口的增长又带来了一系列相关的问题。从社会的层面而言，管理成本大大增长。从经济的角度而言，消费需求也不断扩大。从人与自然之间的关系而言，人类对自然资源的刚性需求出现了比任何时候都更大的现象等等。综合起来看，由于人口的爆炸式增长带来了一系列严重的社会、政治、经济，包括资源需求等诸多问题。“医学的进步反而从另一个意想不到的侧面带来了巨大阴影和不安全，甚至是威胁。”[①]技术世界中的强大并不等于情感与精神世界的强大。“神族”虽然掌握了最先进的技术，但并不具备人类拥有的情感与精神世界。即使技术发展到了人类难以企及的水平，其情感却不可能达到人类的深度。“神族”能够轻易地毁灭太阳系，甚至更庞大的天体，似乎拥有一般天体所没有的“自由”。但是，在情感领域，这种自由度完全消失。“神”虽然能够模仿人类最伟大的诗人李白去喝酒、吃肉、旅行，却激发不出李白那样的创作诗歌的灵感。他所拥有的是情感领域的“限制”。三体文明虽然拥有强大的技术，甚至达到了技术的顶级状态——美的状态，但是，仍然存在生存的脆弱环节。如对生命体情感的极度压抑，对个体活力的极端限制，以及思维的透明性等等。特别是乱纪元与恒纪元的无规律出现对三体文明形成极大的威胁。

绝对性与相对性的相互转化，还可能因为事物存在的偶然性作用。一种事物的存在，源自其具备的稳定性。这种稳定性使事物具备了特有的属性，形成了运动的规律。在一定条件下，决定了事物存在的必然性。但是，这种必然性并不是绝对的，一成不变的，而是随着条件的变化而变化的。这种变化往往源自相关事物的作用，很可能是偶然的。“吞食者”需要依靠吞食适宜的天体来维持自己的运行，这是必然的。但是“吞食者”发现地球是可吞食的却是偶然

① 赵鑫珊著《人类文明的功过》，作家出版社，1999 年 11 月第 1 版，第 41 页。

的。这种偶然现象的出现改变了地球人类的命运，使地球文明处于弱势却又是必然的。《命运》为我们描写了一对在太空旅行结婚的新人。他们在时空跃迁中误入了“时间蛀洞”，与一颗飞向地球的小行星相遇。为了阻止即将发生的小行星与地球的撞击，他们发射了飞船上的一台发动机，击碎了小行星，拯救了地球。其结果就是，在他们通过时间蛀洞回到地球上时，发现这并不是自己结婚时离开的地球，而是六千五百万年前的地球。那时，地球的主人并不是人类，而是恐龙。时间发生了反转。从这一对新人的经历来看，他们误入时间蛀洞是一个概率很小的偶然事件。但是，这一偶然事件竟然改变了地球文明的进程——由恐龙主导的世界并没有像我们所知道的那样毁灭，而是延续了下来。这里，偶然改变了必然，事物的绝对性与相对性发生了转换。也正因此，人类的命运也发生了改变。人类不再有机会主导地球，而是成为恐龙创造的文明的豢养物。人类主导地球的绝对性被某种偶然事件改变。

第四节　终极与反转

虽然《命运》中描写的“反转”源于偶然事件，但这偶然之中也隐含着某种必然。在这方面，更多的时候体现在刘慈欣对宇宙及人类终极问题的关注与思考之中。这种所谓的“终极问题”并不涉及具体现象，也无关人类的世俗利益，但却与宇宙及人类的命运、未来息息相关。这就是，宇宙、人类是如何诞生的？其存在的规律、意义与目的是什么？宇宙与人类的最终走向在哪里？等等。尽管人类已经存在了数百万年的时间，但其存在的空间状态并不清晰。在今后的漫长岁月中，人类可能遭遇什么，会发生怎样的突变，也是人类面临的根本性考验。

尽管人类对终极问题的追寻仍然任重道远，但令人欣慰的是人类已经掌握了许多宇宙存在的基本规律。特别是认识到在通往终极真理的进程中，由于事物存在的复杂性，往往会发生存在的变异，改变事物运行的走向，甚至发生根本性的反转。这种反转并不是对已知事物的否定，而是事物存在与运动的条件发生了改变。如何把握这种“改变”的规律，对人类而言是极为严峻的考验。今天，人类仅仅建立了一种初步的宇宙观。其中的许多问题只是研究者的猜想、分析与推论，还难以取得科学实证。相对于宇宙的浩渺神秘而言，人类对宇宙的认知水平还很不够。所获得的信息用“沧海一粟”来形容并不夸张。但是，人类又是具有智慧的存在。其发展进步正是由于人类拥有对未知领域不断探求的愿望与能力。正如《朝闻道》中宇宙排险者所言，“对宇宙奥秘的探索欲望是所有智慧生命的本性”①。这使人类能够比一般的生命形态拥有更多的主动性与创造力。而刘慈欣的创作，无疑是这种主动性与创造力的典型体现。

《命运》中在太空度蜜月的新人由于误入时间蛀洞击碎了将要撞击地球的小行星，进而改变了地球的命运。地球文明发生了反转，人类的命运在这种极为偶然的情况下被改写。这虽然是一起偶然事件，但并不能说人类仅仅面临这样一起偶然，而是警醒人类，当人们为日常生活而忙碌时，改变命运的事件随时可能在各种时空中出现——人类自身的、地球存在形态的、太空中的，以及更浩大的宇宙世界的。如果我们不断地遭遇各种意想不到的偶然事件，并对人类文明产生反转性影响，人类的命运将处于无规律的状态之中。因此，如何在常态之中把握变态，是人类的一种终极追求。

在《朝闻道》中，登上真理祭坛的各国科学家、哲学家为了知道宇宙的终极真相，宁愿献出自己的生命。但是，当霍金，这位当代最具影响力的物理学家向宇宙排险者提出“宇宙的目的是什么”的问题时，这位代表宇宙的排险者一脸茫然。因为他并不知道，甚至没有或难以思考这样的终极之问。这是否也体现了一种隐喻——宇宙虽然浩渺神秘，但宇宙并不会思考。宇宙的终极真理只是人类对未知领域的想象、探求。但是，“对宇宙终极真理的追求，是文明的最终目标和归宿”②。而文明，是只有智慧生命才能够创造的，或

① 刘慈欣著《时间移民》，江苏凤凰文艺出版社，2014 年 12 月第 1 版，第 96 页。
② 刘慈欣著《时间移民》，江苏凤凰文艺出版社，2014 年 12 月第 1 版，第 100 页。

者说，文明只对智慧生命存在意义。正因为这样，作为智慧生命的一种——人类，从整体而言，对终极问题充满了期待。从个体而言，总是能够激发出追寻终极问题的勇气与愿望。在刘慈欣的笔下，这样的个体闪射着人性的光芒与超越现实功利的热情。他们是一些理想主义者，也是一些勇于献身的具有神性的英雄。《乡村教师》中的乡村教师，为了实现自己——生命个体让孩子们读书的终极愿望，放弃了世俗利益，直至生命的最后一刻仍然在为孩子授课。作为一名教师，他实现了自己的终极目标。但是，其意义还不止于此。在他生命个体消逝的时刻，孩子们因为他而拯救了地球，拯救了人类，拯救了人类文明。事情出现了反转，个体生命成为人类生命的拯救者。《中国太阳》中的水娃，从个体生命的意义来看，是最微小的存在，终于成为一位代表人类探索宇宙奥秘的宇宙航天员。他本来没有什么辉煌的业绩，但正是他的努力，使人类与宇宙的沟通成为可能。其价值在宇宙时空中发生了反转。

宇宙神秘浩瀚。运行在宇宙中的各种天体自有其规律与命运。但是，就人类而言，最关心的是宇宙运行对人类命运的作用。三体，一个充满了严峻挑战又拥有高度文明的天体。在恒纪元与乱纪元的无规律交替中经受着宇宙自然的生死威胁，急需寻找一个处于稳定恒纪元中的天体来维持自身的文明。偶然之中，他们发现了地球——这个让三体世界极其向往的星球。他们的目的就是在地球生存。但其前提是要毁灭地球文明才有可能。在三体文明与地球文明的太空大战中，三体文明的科技先进性表现得极为充分。他们仅仅只是派出了一个小小的“水滴”探测器，就把人类最庞大的星空舰队基本消灭。由此看来，在这场史无前例的大战中，人类的失败，以及由此而来的毁灭已成定局，这样的终极命运尽管不是人类的选择，但已无可回避。然而，事物正在发生变化。冬眠的第四位面壁者罗辑已经被唤醒。蛰伏在心灵深处的对亲人、对人类的爱促使罗辑承担起面壁者的崇高使命，终于对三体文明实施了“威慑打击”。在覆灭的洪水中，人类得到了一次重生的可能。面对生与死的终极考验，人类命运发生了反转。这种终极反转，在刘慈欣的小说中还有很多。在《坍缩》中，人类企图探求撞击物质最小的分子夸克之后出现的宇宙现象。其结果是，宇宙从最小反转至最大，时间开始倒流。在《时间移民》中，人类企图进行时间而不是空间的迁徙。在抵达一万多年之后的时间中，人类发现自己返回到一万多年之前。而在《镜子》中，通过由超弦计算机控制的“镜像”，出现了与现实并行的“过去”——在不同维度中存在的时空，以及其中发生的一切。

在另一些小说中，刘慈欣直接描写了现实的反转。在《西洋》中，他虚构了明朝郑和舰队下西洋后“殖民”了世界各地。现实中的殖民者白种人被郑和的后人“殖民”。当历史进入现实之中，不是曾经的“日不落帝国”英国从各殖民地回撤，而是郑和的后人从北爱尔兰等曾经的“殖民地”撤退。美洲新大陆不是被哥伦布，而是被郑和的船队“发现”。这里也不是被欧洲各地迁徙而来的白人统治，而是成为“中国”的新领地。在这些地方，被歧视的不是黄皮肤、黑皮肤的所谓“有色”人种，而是白皮肤的“高贵”人种。刘慈欣的这种假说“现实”，正是真实“现实”的翻版。正如小说中所言，假如郑和当年按照最初的计划，最远只航行到索马里海岸就返回，后来会是什么样子？也许是一个欧洲人的船队后来首先绕过了好望角，更说不定，另一支欧洲人的船队还发现了美洲呢！这一现实“假说”正是假说“现实”的大反转。刘慈欣在这一虚构的假说中表露出他对人类种族平等的期待。他特别在小说中塑造了一位白人女孩艾米，从英国来到被“中国”殖民的新大陆学习艺术——绘画。在对艺术的欣赏中，不同种族的人产生了朦朦胧胧的爱情。人类，尽管肤色不同、地域不同、处境不同，但仍然能够相互沟通承认。哪怕是借助于艺术。在《赡养上帝》中，上帝已经不再是创造一切的“神”，而是成为千千万万个和老年人一样普通的“人”。他们失去了昔日“创造”一切的伟力、辉煌，甚至尊严，并且失去了基本的劳动能力与拥有未来的方向，反而需要人类来“赡养”。

当我们面对这些人与宇宙的终极问题时，发现人类的处境并不乐观。人类并没有骄横自满的资本。在苍茫无际的宇宙中，人类不仅渺小，而且对这个世界的了解很少。但是，人类又是宇宙中已知的唯一的智慧生物，具有独特的情感、意志、理想与愿望，具有对未知世界进行探求的好奇心与想象力，以及改变自己的智慧与创造力。因此，人类也是充满希望的。即使太阳落下去，人类并不会因此而恐惧。因为人类通过自己的努力已经知道，太阳还会升起来。

刘慈欣的“射手假说”与“农场主假说”为我们形象地揭示了认识事物方法论的重要性。人类在对存在世界的探索努力中企图掌握并运用最科学的方法。但是，这并非易事。因为，相对于宇宙存在的浩瀚神秘而言，人类的能力、智慧是有限的。人类对客观世界的认识不断深化，能力不断增强，但是，宇宙中仍然存在着太多的未知领域。人类的认知能力与宇宙存在的未知领域形成了博弈。我们可以乐观地认为，通过不断的努力，随着技术与理论的发展，人类有掌握宇宙真相的可能性。但是，我们也必须谨慎地反省。如果不掌握正确的方法，这种认知的努力将走向无知的泥塘。幸运的是，我们仍然有许许多多积极探索、不懈努力的人。他们心如止水，探求不息，对追寻宇宙的终极真理充满了神圣感，能够看到事物存在的复杂性与多样性，看到宇宙世界的光亮与秩序。无疑，刘慈欣就是其中之一。这使我们对未知的世界充满了信心。

第六章　那是我们心中的星星

——刘慈欣小说中的人类及其命运

刘慈欣在其恢宏的《三体Ⅱ·黑暗森林》的结尾，描写了一段地球人类——罗辑与三体人——两个半世纪前接收并隐藏了人类信号的1379号监听员的一段对话。这位长期处于脱水状态的三体人告诉在"威慑打击"中暂时拯救了人类的面壁者英雄罗辑，三体世界也是有爱的。只是因为这种情感不利于三体文明的整体生存被压抑在萌芽状态。"但这种萌芽的生命力很顽强，会在某些个体身上成长起来"。尽管三体文明是优于地球文明的文明，但也存在突出的缺陷。这就是由于三个星球运行的不规律，导致三体人类生存的无规律性，以及文明状态的透明性。为了维护三体文明的延续，必须对三体人采取极为严格的约束——遏制其情感等非理性元素的成长，以形成几近于纯理性意义的生存状态。但是，即使是这样严格的生存环境，作为智慧生物的一种，三体人仍然不可能消泯其作为人所具有的特性——人性。正如那位三体监听员所期望的，"也许爱的萌芽在宇宙的其他地方也存在，我们应该到处鼓励她的萌发和成长"。

第一节　情感与理性：人之为人的特殊性

在三体世界中，维护其正常运行的是严苛的规则，以及由这种无处不在的规则形成的威权。它不允许人的个性、情感、感觉、自由存在，否则将会给三体世界带来毁灭性灾难。正如那位监听员所言，在三体世界，最无法忍受的是精神生活的单一和枯竭，一切可能导致脆弱的精神都是邪恶的。"我们没有文学，没有艺术，没有对美的追求，甚至连爱情也不能倾诉……”但是，即使是如此严苛的规则，也难消泯人的情感——人之所以为人的特殊属性。其中的道理很简单。因为人就是人，自有其区别于其他存在的特殊性。在刘慈欣的一系列作品中，极为生动地表现了这种人的属性。

首先，人是有丰富情感的。这种情感不仅体现在人个体对自身及其家人中，也表现在对超越个体需求之上的群体、群体生活的自然环境，以及由于对群体利益的维护所生成的责任感。如《朝闻道》中，科学家丁仪带着妻女环绕地球，在长度为三万多公里的“爱因斯坦赤道”中环行。之所以如此，是因为丁仪深感自己对妻女之爱的不足。正如他所言，“我心中位置大部分被物理学占据了，只是努力挤出了小角落给你们，对此我心里很痛苦，但也实在是没办法”。这就是说，在丁仪的情感中，事业与责任——物理学占据了其情感与生命的大部分。即使如此，他仍然爱着自己的妻子与女儿。在地球可能毁灭的大灾难来临时，人类的情感也没有被恐惧消泯。《流浪地球》中，老师小星带着孩子们在大西洋的海风中瞭望星空。“天啊！那是怎样的景象啊！美得让我们心碎”。为了这宇宙的美，小星与孩子们都感动得哭了起来。“那是我们心中的星星，是人类在未来一百代人的苦海中唯一的希望和支撑……”而爱情，仍然在这艰难的时光中闪闪发光。联合政府恢复中断了两个世纪的奥运会，在从上海至纽约的机动雪橇拉力赛中，“我”遇到了可爱的加代子，并相恋结婚。“在这严酷恐惧的现实中，爱情仍不时闪现出迷人的火花”。在《三体Ⅱ·黑暗森林》中，章北海等具备坚强意志的战士被冬眠，以应对未来严酷的太空争夺。这种对精神力量的强调正是人类的典型品格。也正因此，人类在前行的旅途中，能够创造更适宜于自己生存的条件，面对可能到来的严酷考验，包括地球的迁徙，高级文明的入侵，乃至太阳系的消亡。

人类的生存史就是一部人类不断与自然抗争进而完善自己的历史。人类的发展史也同样是一部不断创造新生活的奋斗史。当原始人发现了火的使用时，人类的发展实现了一次革命性进步。而当人类发明了陶器之后，其活动区域得到了巨大拓展。人类不再需要因为水而据守在沿河两岸，可以使用适用的容器把水带到更远的地方，并能够用火与陶器蒸煮食物。电的发明，使人类掌握了除人力、畜力之外的更强劲的动力，使机器生产成为规模化的存在。但是，在人类的各种发明创造中，随着技术对人自身的解放，也逐渐形成了新的束缚。人类对技术的依赖弱化了人类机体具有的能力，并形成了新的限制。在科技高度发展的历史条件下，人类面临着新的更为严峻的挑战。刘慈欣在他的小说中，更多描写的是生死存亡的终极挑战——地球的毁灭与人类的新生。在这样的挑战中，人类的创造力得到了空前的激发。如《流浪地球》，为了实现带着地球迁徙的目的，人类发明了地球发动机，以使地球能够飞出太阳系。《三体》中，人类创造了庞大的太空飞船，并组成了庞大的星际舰队。这些飞船不是活动在地球的外太空，而是活动在能够到达的宇宙之中。

除了这些技术的爆炸式进步外，人类社会也发生了巨大变化。新的社会形态被创造出来。世界已经面目全非，国际政治中所有的国家都衰落了，崛起的是太空舰队，一种国家之外的实体。这个舰队并不属于任何国家，而是成了独立的政治与经济实体。人类不再分为不同的民族、肤色、国别，而是被联合国统一领导。这个政权并不是领导一个传统意义上的国际性实体，而是两个——传统的地球国际与新出现的舰队国际，即由三大舰队组成的太阳系舰队。人类的生活方式也在发生变化。语言被改变了，人类通用的英语与使用人数最多的汉语实现了融合，成为一种最强大的世界语言。而其他语言也在融合。人们在全智能的环境中生活，只要有意愿，你可以随时在任何物体上触摸，就会出现类似于今天的电脑主板，了解你希望得到的信息等等。这些变化，从人类生存的外部环境来看，是被应对三体文明入侵的严酷现实所催生，进而诱发了人类社会的“技术爆炸”。从人类自身来看，则是人类创造力在特殊条件下的大爆发。创造力，乃是人类区别于其他生命的重要标志。

但是，人类情感与创造力的实现并不是随意的，无规则的，而是尽可能地服从于人类现实需求的。如何更好地服务于这样的目的，源于人类在情感之外还具有理性精神。这就是说，人类在实现自己

的情感与创造时，要考虑其最终效果。尽管“最终效果”如何认定，不同的人在不同的条件下会有不同的选择。但我们能够认定的是，人类在这种争议之中仍然在追求“最终效果”的积极性。这使人类能够表达最适宜的情感，或者以最适宜的方式来表达情感，并创造最理想的工具。如《朝闻道》中的丁仪，为了事业选择将自己的情感更多地投射在物理学的研究与创造中。为了应对三体文明的入侵，人类最终消泯了国家、种族的区别，形成了地球国际与更具科技感的太空国际。在漫长的发展进程中，人类具备了更好地维护自身群体利益的能力，并据此来选择更具伦理意义与道德意义的情感，创造更具目的性的工具。

从宇宙的角度来看，人类或许微不足道。其存在与消亡对宇宙整体而言，也许并没有太大的意义。但问题的关键是，人类具有自足的品格。其存在既是自足的，又是他足的。如果没有包括人类在内的各种生命、星体、物质及暗物质，宇宙也将不存在。因为宇宙正是由这些“存在”而存在的。由此看来，尽管宇宙中的人类细若尘埃，可有可无，但并不能说人类的存在对宇宙没有意义。就人类而言，只有人类的存在才具有终极意义。刘慈欣在他的小说中描绘了宇宙的浩大宏阔、神秘莫测，但也用细腻感人的笔触描绘了人的价值。这种价值就是区别于其他物质与生命，属于人的特殊性的存在。在《吞食者》中，作者为我们描写了一场拥有更高级能量的天体“吞食者”星球与地球人类的太空大战。为了取得最后的胜利，人类开动自己的智慧，设想各种可以战胜吞食者的方案。“这是一个绝望的世纪，人类在进行着痛苦的奋斗”。最后的结果是地球被吞食。但由于人类的努力，吞食者天体受到了几乎致命的打击，导致其难以实现最完整的吞食，留下了残缺的地球。人类，又可以在这遍体鳞伤的地球上重建自己的文明。为此，太空战士们选择了个体生命的死亡，用自己的身体来培养新的生命。这使地球人类的“失败”转化为一种可能的希望。在这宁静之中，地球重生了！而这重生，如“吞食者”天体的使者“大牙”所言，正是人类奋斗的结果。这种结果，一方面表现在人类所具备的传奇般的科技创造力；另一方面，也许是更重要的方面，表现在人类所拥有的人文情怀。如果人类没有对地球家园的情感，没有漫长时期成长的智慧，没有信念与希望，以及由此而来的努力与奋斗，就难以战胜各种考验，包括生死与存亡的考验。人之所以为人，并不是仅仅具有蛋白质，具有技术，甚至是非常先进的技术——尽管这些是必不可少的，但却不是全部的，在更多的情况下，甚至不是最重要的。重要的是，人拥有不同于其他存在的特殊性——情怀与能力。这才是人之所以为人的根本之处。

第二节　个体与群体：人之属性及其超越的可能

刘慈欣为我们想象了许多现实生活中并不存在的宇宙状态。他企图以科幻的方式让人们的想象力放飞。其中当然涉及宇宙的终极未来，以及人类的终极命运。他认为，人类要在未来不被宇宙中更高级更先进的文明灭亡，必须创造超级技术。在他的小说中，对这种“超级技术”有很多非常精彩的描写。但是，我们并不能因此就认定，刘慈欣是一个“技术至上”主义者。他从来没有认为技术可以解决一切问题。事实是，他在想象出许许多多的极为“超级”的技术之后，仍然把希望的目光投射到人自身之上。人是人最后的依靠。虽然宇宙的命运与人类的未来息息相关。就刘慈欣而言，人类的未来命运是他不能放弃、难以割舍的终极思考。他对宇宙的想象与描写，归根结底还是人。在小说中，他为我们描写了一个又一个拥有“超级技术”，并超越了人性局限的未来英雄。这种“超越”比“超级”更强大，更有力量，更配拥有未来。

人之不同于一般的动物，乃是因为人拥有意识与理性。当然我们并不能说动物没有。但动物所具有的意识及其理性是生理性的。在动物的世界中，也形成了“社会”，形成了伦理关系。动物同样具有创造力与情感，有思维能力。但动物所拥有的这一切仅仅局限在生理性的直觉之中。由于其生理条件的限制，这一切将在直觉的前提下得到饱和。而人类从树丛中落到土地之上，具有了仰望星空、奔走大地的能力后，就突破了这种限制。这一时刻，其意识与理性实现了最早的超越。从个体的角度来看，人从来不可能独立地生存，必须在家族、族群乃至更大的社会环境中确立自己的价值。也正因此，个体与群体就形成了一种既具有独立意义又相互依存的关系。个体需要对群体负责，群体亦是如此。在很多情况下，为了群体的整体利益，个体需要奉献、付出，甚至牺牲，直至献出生命。这种现象，完成了人的更高形态的超越，使人的意义表现出超越个体利益的崇高品格。而刘慈欣，正是在他的小说中不厌其烦地表现了这种崇高，完成了他对美的塑造。

刘慈欣对人个体所具备的节制、执守有很多执着的描写。在《山》中，曾经的登山爱好者冯帆坚持绝不上岸，要待在海洋考察船上。其原因是山对他充满了诱惑。当年攀登珠峰时，同行的四个同学被狂风吹下了悬崖，在紧急避险中冯帆松开了钢扣，导致他们掉下山底。为了惩戒自己，冯帆决意不再登陆。在《三体》中，有着坚强意志、深邃谋略的章北海，为了争取不远的将来人类能够战胜三体文明，主动将自己与大批战士冷冻，以延续生命。《乡村教师》中的乡村教师，为了孩子们能够上学，放弃了更优越的工作，坚守在偏远的山村。直至最后一刻仍然在为孩子们讲他生命中的最后一课——牛顿的三大定律。正是他的努力，在碳基联邦清理银河系的恒星时发现了地球上的高等文明，拯救了地球，也拯救了人类。其中一个极为生动的细节，就是当这位乡村教师知道自己还有半年的生命时，竟然感到非常欣慰。因为他知道，这半年就可以把现在这批学生送至毕业了。在他的心目中是完全没有自己的。在他的人性超越了自为之后，便使人类意志力得以闪射，绽放出最绚丽的光芒。这种坚守有一个共同的特点，就是他们不再是为了个体的利益，而是为了群体的利益，以及人类的道义。刘慈欣的精彩之处在于，他不仅为我们塑造了光芒四射的具备崇高品格的人物形象，还生动地描写了他们在坚守时刻的内心感受。如冯帆在因全球气压骤变，大海形成巨大的“海山”时，内心竟然“兴奋起来”。因为他可以在海上“登山”了。在这充满了高度浪漫与非凡想象的描写中，冯帆实现了自己“登山”的愿望，并与宇宙进行了奇妙的交流。那么，这样的人是怎样的人呢？他又拥有怎样强大的精神力量呢？人世间、宇宙中，又有什么挑战、险阻不能战胜克服呢？刘慈欣通过对人的描写展现了人类所具有的超凡的伟力。

正因为具有如此执着的操守，人的创造力才能够发挥最大的可能。刘慈欣为我们展现了人所具有的非同凡响的创造能力。不过，我们需要注意的是，这种创造的出发点并不是为了个体的利益，而是群体——他们将个体的智慧、才华融入了群体的命运之中。刘慈欣并不否定个体的价值，实际上他是一个极为尊重个体的思想者。在他的小说中，神采飞扬地描写了人——个体所具有的品格、智慧与能力。他们的创造超越了个体，超越了功利，甚至超越了时空、历史与现实。除了那些气势恢宏、想象奇绝的人类超级科技外，刘慈欣还充满深情与希望地描写了人类的另一种创造——艺术。在《诗云》中，拥有高级文明的“神族”天体发现了地球文明中的汉语古诗。而神族的“神”竟然是一位“宇宙艺术”的研究者。他认为自己搜集到的众多文明的艺术，都庞杂而晦涩。但是汉语古诗能够“在如此小巧的矩阵中蕴含着如此丰富的感觉层次和含义分支，而且这种表达还要在严酷得有些变态的诗律和音韵的约束下进行”。小说中的人类伊依认为，这些诗歌是不可超越的。但是神为了实现这种超越，不仅化身为最伟大的诗人李白，而且要像诗人那样喝酒、吃肉，欣赏大自然的美丽，体验生活对诗歌的启示，以唤醒自己的诗意。“神”认为技术可以超越一切，包括诗歌。为了实现这个目的，“神”决定毁灭太阳系，制造超级计算机，以“技术”的方式把所有可能的汉语排列计算出来，以找到那首可以超越汉语古诗的诗歌。但是，这种技术的极端运用真的能够超越艺术吗？时间会怎样来确定最具有超越性的诗呢？在这关于诗的超越之战中，由于“神”的努力，人类重新返回了地球。“不管前面有多少磨难，人将重新成为人”。人类创造了诗歌，而诗歌拯救了人类。诗歌并不具备实用的价值，但却是人类心灵世界的精华，具有难以超越的魅力，也因此而永生。

在创造中显示人个体的价值，并造福于人类，使人类能够拥有未来，是刘慈欣作品最重要的价值观。由于人类拥有理性、理想，能够超越个体利益服务于群体利益，使人类的品格崇高起来。除了那些磅礴恢宏的关于宇宙世界的描写使人震惊外，刘慈欣也情绪缠绵、柔肠寸断地为我们描写了人类为了未来理想的付出——首先是那些具有崇高追求的人的付出。在《带上她的眼睛》中，那位正值青春年华的仍然如同少女一般纯净的地航飞船“落日六号”领航员——她，为了人类能够获取地心的研究资料，在飞船出现故障后仍然坚持独立工作在地心，直到航船能量耗尽，她的生命也终结在地心之中。在《中国太阳》中，刘慈欣为我们描写了一位西北干旱地区的青年农民水娃。他为了改变个人的命运，走出大山，到煤矿挖煤，后来又到城市擦鞋，再后来到北京当高楼清洁工。这期间，他被介绍到为调节气候新建立的太空站——“中国太阳”上面当清洁工。在这里，他结识了人类最重要的科学家霍金，并进一步对太空产生了兴趣。勤奋与好学，使水娃成为一位没有学历但却具备相应研究能力的太空工作者——如果不是科学家的话。为了人类能够更好地了解太空，水娃最终选择飞出太阳系，成为恒星际飞船飞向遥远浩渺的太空之中的航天员。但这一选择的个人的结果，就是永远不能返回地球家园，直至生命的消亡。不论是驾驶“中国太阳”在宇宙中航行，还是深入地心探测地球的奥秘，他们个人的最后命运都是同样的，其意义也是同样的——超越了个体，升华为人类群体的价值追求。

《流浪地球》是人类追寻未来的崇高史诗。人类预测到四百年内太阳将发生氦闪爆炸，吞没太阳系所有适合居住的类地行星后，开始了关于人类如何才能拥有未来的努力。最终的选择是，将地球推离太阳系，飞向比邻星，成为新的恒星的卫星。这一过程需要两千五百年，大约一百代人。在这漫长的瞬间中，人类将进行最为艰苦的但又是充满希望的奋斗。可以预知的是，从最初提出设想的人，到其间接力奋斗的人，均不可能享受到最终目标实现之后的幸福。他们能够得到的只有艰辛的努力。然而，即使如此，为了人类的未来，一百代人将不懈奋斗，直至可能的成功。没有人可以保证，这一百代人的努力一定能够成功；也没有人能够保证，每个人的付出将得到相应的回报。但是，为了人类的未来，每一个人个体都将在这漫长的时光中奉献自己哪怕是最微弱的力量。正如小说中的一首诗所描写的那样："我知道已被忘却 / 流浪的航程太长太长 / 但那一时刻要叫我一声啊 / 当东方再次出现霞光。"在这充满忧伤又充满希望的诗歌中，人类的理性与力量得到了最为真切的体现。个体的价值在群体的命运中得到了最为真实的实现。

《三体》不仅想象瑰丽，内容恢宏，也极为生动地描写了人类超越个体利益的价值追求。章北海，显然是人类战士最具典型意义的形象。他具有十分超前的战略眼光与超人的智慧、毅力。正是因为他的存在使人类有可能保留最后的种子。为了实现这一目标，他不仅经受冷冻等特殊的技术穿越至若干年后的"今天"，也为了人类的未来牺牲了自己。人类的第四位面壁者罗辑，以自己的生命为赌注对三体天体的入侵进行了"威慑打击"，使地球人类与三体人类达成了协议。在这存亡抉择的关键时刻，人类为争取生存命运所开展的浩大而不息的奋斗中，有许许多多个体选择了这样的努力，成为人类能够拥有未来的坚强力量。

第三节　未来与希望：基于人之可能性的命运共同体

人类的未来大概应从两个层面来思考。一种是现实未来，即现实中的人能够到达或预见的未来。另一种是终极未来，即人类作为整体的最终归结。一般而言，我们所讨论的未来指的是现实未来。这当然是非常重要的。但刘慈欣小说中描写的基本属于终极未来。终极未来的实现是基于现实未来的不断实现之上的。人类正是在自己的努力中通过实现一个又一个现实未来而通向自己的终极未来。但是，这样的终极是什么？人们的思考并不充分。因为人们被现实中更紧急、更迫切的问题所诱导，忽略了自己的终极追求。刘慈欣创作了许多能够表现这种终极未来的作品，其中如《微观尽头》，虚构了现实在达到微观的尽头后，会发生时空的反转，使时空倒流。这样的终极未来就是人类沿着时光隧道逐渐返回原始状态，再返回至动物式的非人状态，直至回到宇宙爆炸的奇点。在《微纪元》中，刘慈欣虚构了人类为保存生命与文明，通过二十代人的努力，用纳米技术创造了只有细胞大小的“微人”，使人类由“宏纪元”进入了“微纪元”时代。这种纪元的转变避免了人类对自然资源的无限消耗，在保存人类及其文明的同时，也保有了足够的资源供人类消耗，对可能出现的巨大自然灾害有相应的适应能力，从而使人类有了走向更遥远未来的保证。在《时间移民》中，刘慈欣让人类的一部分乘坐宇宙飞船，开始漫长的时间而不是空间的迁徙。最后，他们来到了距今一万一千年之后的时光之中。而那时，大地上还“没有”人类文明的痕迹。人类，有机会开始重新创造文明。

在刘慈欣的作品中，最突出的考验是地球人类将要遭遇太阳系毁灭的巨大灾难，人类面临末日的时刻。这虽然并不是一个“现实”的问题，却是一个非常可能的问题。在这样的挑战面前，人类将怎样应对？尽管刘慈欣的小说虚构了很多艰苦的考验、毁灭性的博弈，但他最终的希望仍然是人类能够延续自己的生命与文明。在这样的终极考验面前，人除了要拥有勇气、理性、创造力与奉献精神之外，还有一个极为重要的问题就是全人类紧密地结为统一的整体，形成人类命运的共同体，联手为自己的命运而奋斗。

当人类出现之后，不同地区的人们实际上均面临着同样的挑战。这就是人如何适应自然，发展自己。但是，在原始及前原始时代，不同地区的人类相互之间并没有有效的联系。他们之间的信息，也许能以某种方式沟通。但这种沟通的效果可能类似于宇宙中遥远天体之间的联系，要经过漫长的时间才能实现，而且其联系的信息如何解读，也是需要解决好的重大的问题。随着人类的不断进步，科学技术的不断发展，道路、航海、通信技术的不断改善，不同地区人与人间的联系变得日渐紧密、频繁、便捷。人类的时空概念发生了巨大的改变。尽管从根本上来看，人类面临的最本质的挑战是共同的，但在现实中表现出来的挑战更多的却是人类自身造成的。这就是不同地区的人们对可控资源进行的争夺——表现在政治、经济、军事与文化等不同的领域。从历史的角度来看，人与人之间并没有因为是同一物种、面临着共同的终极挑战团结起来，反而因现实利益的纷争形成了对抗。人类并没有结成现实意义上的命运共同体。这种状况的实质性改变是人类对自己生活的现代化追求。

尽管人们对现代化充满了质疑与批判，但实现现代化已经成为不可逆转的历史趋势。人类对自己的创造物——现代化既痛又爱，痛爱有加。正如一枚硬币的正反两面，人类还没有找到只获取正面而抛弃背面的智慧。也许，这就是人类一直以来面临的考验在今天的体现。现代化的出现并没有很好地解决人类存在的问题。如贫富差距，对资源的消耗，人与人的不平等等。反而这些问题似乎表现得更为严重。虽然不可否认的是，现代化使人类的创造力实现了空前爆发，物质财富空前增加，但也使人类的欲望与可能性空前地膨胀；人的生活的舒适度前所未有地实现，但也使人的智慧与能力前所未有地消失；人类对未知领域的探求表现出更大的兴趣，并取得了更多的成果，但其结果是人的认知反而因为信息的爆炸难辨真伪，人类的迷茫程度并没有减少；种族、宗教、技术，意识形态与价值体系，乃至于控制权与经济利益，人类由此而来的分歧、对抗，甚至仇恨同样没有减少。

人类认识到现代化在发展进程中带来的一系列问题的同时，也必须承认，正是现代化使人类的联系与同一性空前地呈现。比如，不同地区的人们仍然在使用自己的语言，但通用语言使人们的沟通更为便捷；人们可能会信仰不同的宗教，但在生病时都会去医院而不再是自己信仰的宗教场所；人们有不同的历史文化及风俗习惯，但毫无疑问，机动车与飞行器却是不同地区人类出行最自然的选择。飞速发展的世界经济通过生产与市场把全球统一起来。即使是最偏远落后的地区，也可能在互联网的覆盖之下。另一方面，在人类奔向现代化的进程中也面临着越来越多需要共同解决的问题——气候变暖、资源枯竭、市场竞争、移民问题、贫困问题、财富与权力的分配等等。不论是生产还是生活，整个世界越来越呈现出同一的追求。

这为不同地区、民族、国家的人们相互之间的了解沟通带来了前所未有的便利条件。人类，能够更为便捷地联系起来。不知不觉之间，人类在表面的矛盾、争论、博弈之中结成了不可分割的共同体。

但是，这种共同体并没有法律与道义的约束。即使那些明智的人反复倡导，人们还是更在意于相互之间的差异——源于表面利益的矛盾。只有出现事关人类现实命运的重大挑战时，人类才摒弃了相互之间的误解、争论、对抗，真正地统一在一个共同的目标之中——拯救地球，拯救人类。刘慈欣以他卓越的想象力为我们描绘了这样的时刻——人类在面对“生存还是毁灭”的抉择中开始了命运的大博弈——不是生存，就是毁灭，哪怕只有微弱的可能与希望。也许这是刘慈欣最关注的表达。

当面临太阳系毁灭，地球也将失去家园的时刻，人类不再争论肤色、宗教、文化、国家等把这部分人与另一部分人区别开来的问题。他们将共同面对人类，当然也包括自己在内的存亡命运。他们在一个统一的强权政权的指挥下开展浩大而又艰难的努力。在《微纪元》中，人类在地球联合政府执政官的统一指挥下行动。在《流浪地球》中，人类在联合政府的统一规划以及相关的法律保障中开展了带着地球流浪的壮丽旅程。在《三体》中，人类在联合国的统一领导中行动。这时候，地理、行政、国籍的意义都发生了改变。某人不再是某国人，而是曾经某国的人。在这些小说中，突显的是人个体的特质，比如某种能力、智慧，甚至经历。事实上，在这样的过程中，人们已经不能再强调国与族的特殊性。人类在地球上建立一万多个地球发动机时，已经不可能去讨论或者争论某国建多建少，而是根据力学原理将这些庞大的发动机建在合适的位置上。为了应对三体文明的攻击，人类逐渐形成了地球国际与舰队国际。他们不再属于某个国家，而是属于全体人类。任何工作均在“地球人”的概念之下开展，而不是“国”的概念之下。即使是“国家”的概念曾经存在时，人类的合作也空前地紧密统一。

但是，我们仍然在刘慈欣的小说中看到了更多的关于中国的信息，包括人物的设置、生活工作的背景，乃至于小说流露出来的价值选择等等，但我们可以说，就刘慈欣而言，他所强调的是人类的共同命运，以及由此而形成的共同体为了这一共同命运所进行的共同努力。在苍茫宇宙之中，人类只是宇宙存在微不足道的现象。即使有其他智慧生命的话，要发现人类这种“微小的存在”也是非常困难的。从这样的层面来看，人类并没有什么更多更细致的不同。正如人类并不会在意蚂蚁是非洲草原上的，还是欧亚平原上的一样。人类就是人类。在《吞食者》中，地球人类的保卫战失败，人类成了被“吞食者”天体豢养的食品。这当然是从人类整体而言的。在《命运》中，到外太空结婚旅行的一对新人穿过了时间的奇点，发现并推开了即将与地球相撞的星星，却在无意之中拯救了地球文明——由恐龙统治的文明。人类反转为被恐龙豢养的宠物，成为被观赏的“动物”。这些被豢养的人类也不是族别意义的人类，而是宇宙中的一种存在物。当被豢养时，对于人类而言具有某种悲剧性。但对于宇宙而言，只是一种存在物存在的方式不同而已。甚至宇宙根本不知道人类有什么不同的存在方式，或者根本就不知道宇宙中还存在着人类。即使是在那些富有诗意的相对轻松的描写之中，刘慈欣也展示出不同国家的人们所面临的共同命运。《欢乐颂》中，各国首脑在分歧中齐聚一堂，参加联合国最后一届大会。但是，在恒星演奏家以太阳为乐器演奏《欢乐颂》后，分裂的联合国在各国领导人的理解与努力下，没有终结，开始了新的使命。这也标志着人类具备形成共同体的理性与可能。在《朝闻道》中，那些走上真理祭坛以了解宇宙终极奥秘的圣者，并非只是丁仪这样的中国人，同样包括法国人、日本人等世界各国的科学家、哲学家。这时，他们并不是某一国家的代表，而是人类的代表。因为“对宇宙终极美的追求变成为文明存在的唯一寄托”，而“对宇宙奥秘的探索欲望是所有智慧生命的本性”。“智慧生命”并不是一种国籍与族群的标志，而是宇宙存在物的分类，是人类在没有发现其他智慧生命之前的另一种称谓。

刘慈欣为我们设想了许多人类终极未来的可能性。比如时间移民至万年之后人类文明的重新开始；只有十三岁人类重新开创的新纪元；人类进入微纪元之后形成了微人代表的人类文明；进入地心存在的人类；带着地球迁徙寻找新家园的人类；等等。当然，最具影响的是地球人类与三体人类之间关于人类生存与毁灭的大博弈。不论刘慈欣设想的具体情景是什么，有一点是极为突出的，即他讨论的是人类整体的问题，而不是区域意义上的国家或族群的问题。所以，刘慈欣在他浩大的构想中对人类命运的未来走向充满了期待。尽管其中充满了不可测的挑战，人类将历尽艰险，付出巨大牺牲，但是，他对人类的未来仍然充满了希望。“我们必须抱有希望，……希望是这个时代的黄金与宝石，不管活多长，我们都要拥有它！”人类要实现拯救命运的希望，必须紧密地团结起来，结成走向未来的命运共同体。

在人类漫长的成长发展进程中，面临着许多共同的问题需要发挥人类的智慧来解决。这使人类结成命运共同体成为可能。但是，现实中，由于人类相互之间联系的薄弱性、不确定性，使这种可能表现得极其微弱。随着现代社会的不断形成，人类在表面的纷争中逐渐强化了实质上的联系，使形成共同体的可能性、必然性大大增强。然而，要真正形成有效的共同体，还有漫长的道路要走。在这一过程中，人类还需要解决由于价值认同产生的差异与矛盾，以及利益差别形成的对立与抗争。这并不容易。但是，正如刘慈欣所描写的，人类是具有情感、意志、理性与创造力的智慧生命，是具有超越个体利益品格的宇宙存在。人类不可能回避现实中面临的挑战，也不可能无视自己的未来。刘慈欣为我们充分地展示了人类的各种努力，启迪我们应该如何面对自己，面对自然，面对宇宙，面对共同的终极未来。

第七章　它一定体现着最高的和谐与美

——刘慈欣的宇宙、人类及其命运共同体

在《三体Ⅲ·死神永生》的最后，宇宙“回归运动”号召人们把小宇宙归还大宇宙，以保证宇宙拥有足够的能量。于是，在云天明送给自己的小宇宙中安逸生活的程心决定把小宇宙归还大宇宙。这是一个极具冒险的决定。从维护宇宙的能量而言，是符合道义的。但风险在于，程心他们离开小宇宙后，能不能保证自己的生存就成了问题。也就是说，他们的选择是，宁可自己的生命消失，也要拯救宇宙的存在。这样的抉择有着强烈的悲壮色彩，却也是宇宙智慧生物，包括人类在内的理性与良知的表现。他们希望能够来到新的没有被“篡改”的宇宙中。因为这一宇宙体现了“最高的和谐与美”。而这种具有“最高的和谐与美”的新宇宙是什么呢？也许，就是在这样的宇宙中真正体现了人类与自然和谐共存的命运共同体。

第一节　命运共同体的先验存在

宇宙与人类命运共同体的“先验存在”是说，它们在事实上具有共同的命运际遇，相互作用依存，且不需要人证明，也不需要人经过后天的努力形成。它是一种超越了人类时间与空间的原初存在状态，或者本来状态。在宇宙形成的那一刻，尽管人类还没有出现，但已经包含了人类形成的基因与可能性。在一定条件下，人类作为宇宙的一种存在物出现，并按照宇宙的要求而存在。当这种状态被打破的时候，人类就可能毁灭。这完全是不以人的意志为转移的。当宇宙受到自身或外在力量的作用，达到临界值的时候，其命运就

会面临转变，甚至会毁灭。这一刻，不论人类有多么伟大，创造的文明有多么辉煌，人类也将随着宇宙的命运而完成自己的命运。人类不可能依靠自身的努力，如科技来发明一种超越宇宙，并且不受宇宙规律控制、独立于宇宙之外的功能。恰恰相反，人类因为违背或破坏了宇宙的规律，会走向毁灭。尽管人类的毁灭并不会从总体上影响宇宙。事实上，宇宙与人类的关系，不是由人类决定的，而是由宇宙存在的规律——“道”所决定的。人类的任何行为，只能在这种“道”的限制中进行，而不可能在其外进行。尽管人类有主动性、自主意识，但其最大的可能只是在认识、把握这种“道”的努力之中，而不可能超越其外。所以宇宙的存在法则并不是由人来决定或证明的。它是先于人类而存在并产生作用的。有人认为，宇宙中的天体是运动的，但也是有秩序的。生物，包括智慧生物是运动的，但也是有秩序的。而这种秩序感与运动感，都是自然产生的，不存在应该不应该产生，或者哪种正确哪种错误的问题。[①]也就是说，这种“自然产生”并不需要人的努力、判断。它是一种不受人的主观能动性决定的存在现象。在刘慈欣的《朝闻道》中，人类科技得到了高度发展，以至于建立了一条环绕地球的加速器——“爱因斯坦赤道”。但是，从宇宙的角度来看，这个先进的、庞大的超现代科技成果对宇宙形成了威胁。宇宙排险者几乎是在瞬间就把它排除了。人类最具先进意义的科技成果在宇宙面前毫无应对之力，甚至对其茫然无知。先进的、代表了人类进步成果的“爱因斯坦赤道”，竟然是在人类不知不觉之间消失的。从《朝闻道》的描写中我们也看到了这种先验性。所以，宇宙间存在的物质形成了依照其“道”而运行的秩序。它们之间构成了一种众多因素“配合”，众多方面或者势力和谐进行的过程。一个安定良好的、有规则的过程，能够（尽可能地）永远运行不息。所谓“天长地久。天地之所以长且久，以其不自生也，故能长久”[②]。这里所说的“自生”，是按照自己的意

① 文扬著《天下中华：广土巨族与定居文明》，中华书局，2020 年北京第 1 版，第 7 页。

② ［德］汉斯－格奥尔格·梅勒著，刘增光译《东西之道：〈道德经〉与西方哲学》，北京联合出版社，2018 年 10 月第 1 版，第 66 页。

愿而不是宇宙的意愿的“生”。也就是说，宇宙自然中存在的物质如果能够遵循宇宙自然之道，而不是片面地遵循“自己”的意愿运行，就没有摩擦，就不会损耗能量，不会停止，就可以达到生生不息的境界。

从宇宙的角度来看，有一种存在是“人类”。但从人类的角度来看，人类只是一个“虚化”的概念，并不存在可以把古今中外所有人都体现出来的“人类”现实体。我们所有的只是具体的“人”。作为“人”的整体性的人类虽然可以从理论上想象出来，但在现实中却是很难看到的。而作为个体的“人”虽然不可能每一个都被想象出来，却是常在的。这些林林总总、各色各样的“人”个体，有其生理心理的、性格情感的、信仰伦理的、利益与理想的差异，但必须遵循一定的规律。这种规律虽然可以说是人的规律，但从本质而言却是宇宙的规律。“人”的个体差异达到一定大的时候就会出现矛盾、斗争，由差异而至对立。从表面来看，人与人之间的这种对立是常在的。但从最终要求来看，这些矛盾与对立却是可以战胜的，或者说忽略的。不同的人及其群体之间存在着超越这种矛盾、对立的统一性。就是说，当人类以及个体的人出现时，必须服从超越其差异的共同的“道”。这个“道”在人的层面是人应该遵循的，在其存在的客观环境层面则是与宇宙自然的要求统一的。所以，人类本身也是在先验的命运共同体中存在的。尽管距今一百八十万年前的西侯度人与今天的人有很多差异，但他们仍然是人，是在宇宙自然的相应条件下出现的宇宙存在。欧洲人虽然在哥伦布时代“发现”了新大陆，但并不能说明新大陆在此之前没有人，没有文明。只是存在着一种不同于欧洲的人类存在。这种分析当然强调了不同历史时期，以及不同地域之间人的差异性，但是并不能否认他们相互之间的共同性。人只是在具备了“人”的可能性之后才能够成为人。这种可能性并不是人类自己赋予的，而是适应宇宙自然规律之后才形成的。它并不由人的主观能动性决定，而是由超越了人的客观条件——宇宙自然的条件决定的。人类并不是在自己希望成为人类的那一刻就可以成为人类，而是在宇宙自然相应的条件——包括可以进化成人类的物种条件形成时才可能成为人类。从这样的角度来看，人类的命运当然是先验的，不是在人出现之后由人所决定的。

还有一个极为重要的问题是，尽管最早的人类可能在世界的不同区域出现，他们相互之间并不相识，也没有直接的联系。但是，当不同区域的人类一旦出现之后，其命运就具备了共同性。这种共同性也不是由人类自身决定的，而是由宇宙自然之规律决定的。比如他们均需要相应的地理自然环境来维系自己的生存，需要适应自身生理生长的共同要求——水、食物、更适宜的生存条件等等。当这些外在的条件改变之后，人类的生存条件也相应地发生了改变。一旦突破某种限度，将对人类产生致命的效应。就目前人类已知的知识来看，恐龙的消亡并不是其中某一类型的消亡，而是其族群的整体消亡。这也说明，恐龙不论生活在什么地方，是什么样的恐龙，其命运都是共同的。这种共同性也不是由恐龙或者人类等存在物自身决定的，而是由宇宙自然决定的。因而，从人类的整体来看，其命运是一种先验的共同体——不同地区、种族的人群，及其出现的宇宙自然条件的相互适应与影响。在刘慈欣的小说中，很多地方都描写了这种命运共同体的先验性。如《吞食者》中，人类面临着被吞食者天体吞食的命运。但吞食者天体并不会选择地球上某一地区或某一肤色的人类，而是要吞食地球。当地球被吞食后，人类也将消亡。在《诗云》中，刘慈欣为我们虚构了更具力量的天体“神”。它可以轻而易举地拆毁包括地球在内的太阳系，以及正在太阳系中运行的吞食者天体。但这时，人类，包括吞食者面临着他们将整体消亡的共同命运。虽然人类与吞食者可能具有对立性，但在“神”面前，这种对立并不存在，存在的是他们的共同性。

尽管宇宙自然与人类的命运共同体是先验的，但人类在很大程度上并不知道这种“先验”的共同命运。除少数人之外，人类很少从宇宙的整体命运来思考未来，更多的是面对自己急需解决的现实问题做出判断。由于自然环境、气候条件、生产方式、精神价值等诸多差异，在时间的维度上，人类的不同群体结成不同的部落、城邦、族群、国家等。人们习惯于从自己存在的小范围来考虑问题，并把其他的同类作为外在于自我的存在体，与自己对立起来。相对于其他的存在——动物、生物，以及各种物质体，人们的竞争对手更主要的是属于同类的其他人群，而不是其他物种。人们更希望自己占有充沛的水源、肥沃的土地，占有能够更好地生存的有限资源。这构成了人类历史的重要景观，成为人类历史发展的主线。人们不断地迁徙以寻找适宜的居住地，人们争夺各种资源——水草、树木、土地、石油、矿物，以及领空、海洋、大气等等，以满足自己不断增长的欲望。人们也生产各种产品以改善自己的生活，并期望获取更多的可能性——金钱、技术、福利、话语、权力、支配力等等。在这样的历史中，手段成为目的，工具成为结果，虚妄成为荣耀。人类逐渐迷失了存在的灵性与目标，走向了自己的对立面。

但是另一方面，在这种非理性的对立中，人类也没有离开相互之间的合作。这种合作并不是口号式的标签，而是出于成长进步要求的不自觉的需要。也就是说，并不是人类在一开始就意识到相互之间的联系、合作有多么重要，从而自觉地进行合作，而是由于自身发展的需要在不自觉中进行了合作，并由于这种合作使人类不断进步。在两千多年前，中国的丝绸已经成为十分重要的生活物资。但是丝绸，以及生产这些丝绸的人们并没有把它销售给地中海沿岸人群使用的自觉性。事实是地中海沿岸的人们发现了世界东方有这样的“存在”。这种“存在”对于人们的日常生活，以及社会交往等有着非常重要的价值。于是，丝绸逐渐进入了地中海地区。当年的罗马帝国亦因此而发生了贸易、运输、社会交往与伦理道德等诸多方面的变化。同样地，中亚地区的玻璃制造技术也传入了中原地区，对中原地区的生产生活产生了重要影响。这种相互之间的影响虽然不是人们在一开始就认识到的，但我们不能否认，正是由于不同地区人类文明的交流、融合，才使人类逐渐从蒙昧走向文明。这种联系可能不是自觉的，但却是必然的。人类实际上是生存在一个共同体之中。刘慈欣在《白垩纪往事》中为我们生动地描绘了这种合作的非自觉性与历史必然性。共同生存在白垩纪中的恐龙与蚂蚁，虽然不是一个物种，却由于相互之间在能力、智力上的差异与互补共同创造了一个宏大的文明——龙蚁联盟的白垩纪文明。这种想象突破了同一物种之间的共存性，揭示了不同物种之间共存的现实。事实上，这种共存性在宇宙自然中广泛地存在着。树木的生长不能离开土地与水；树木的存在又优化了土地与水，并赋予土地与水以更充沛的生命力。人类同样如此。不同地区、种族的人们创造了不同的文明。而这种文明之间的交流、融合使文明发生了新变，具有了新的生命力。从这样的角度来看，人类一直在相互的影响、合作之中成长。人类事实上也一直在宇宙自然必然律的可容纳范围中与人类之外的存在共生。

实际上，这种共生共存的状态并不全部是被动的、不自觉的。追求共生共存的自觉性成为人类走向未来的一种理性努力。那些先哲们在自己的著作中做了很多描述，代表了人类事实上必然追求共同体存在，以拥有未来的理性努力。很多人认为柏拉图在其著作中创造了一个"理想国"。但他的理想国并不是讨论人类之间如何共存的，而是针对雅典民主联邦的衰落，寻找可以克服"民主体制"弊端，希望能够建立奴隶主贵族政体的思考。尽管这并不是一部讨论人类共存的著作，但他关于"正义"的讨论仍然给我们很多启示。正义不仅是个人的品德，也是国家与个人应该共同遵循的品德。它强调了不同存在之间的"共同性"，告诉我们要实现共存的目的，就应该拥有智慧、勇敢、节制这些美德，以使国家及其人民生活在"理想之国"中。比柏拉图稍早却仍然属于"轴心时代"的老子、孔子等东方先哲则从"天下"的认知中来讨论人与宇宙自然的关系。尽管他们被后人认为属于不同的学派，但在"天下"的讨论中却具有明确的一致性。他们均认为"天下"的人是一种统一的存在。人尽管有许多区别、差异，但均存在于"天下"，应该具备"天下"的共同性，遵循"天下"之规与道。《礼记》中记载了孔子的概括，认为"天无私覆，地无私载，日月无私照"。这就是说，在"天下"的观念之中，其存在的一切均是"无私"的，也就是具备共同性的。老子在其《道德经》中也指出，"修之于天下，其德乃普"。从天下的角度来看，天下的存在具有"普遍性"的德。他们均把各种对立的、具体的存在统一在“天下”之中，并强调了天下的普遍性、统一性、共存性。刘慈欣在其《欢乐颂》中为我们虚构了一个世界各国因为坚持自身利益而导致联合国解体的故事。由于强调不同存在体——国家的利益，导致联合国形同虚设，将要解体。但神奇的是，一位来自宇宙的恒星演奏家“镜子”出现了。他的身世神秘遥远，与宇宙同在。他从事恒星的演奏，并将为世界各国首脑弹奏太阳。恒星的音质空灵悠长，极具魔力。用联合国主席的话来说，感到整个宇宙变成了一座大宫殿，一座有两百亿光年高的宫殿。这就是说，由恒星演奏出来的宇宙音乐具有超越具体时空的魅力，是一种“天下”之乐。通过弹奏太阳而产生的《欢乐颂》，使那些“被时间无情分开的一切，你的魔力又把它们重新连接”。这些人类所谓的“首脑”们突然之间对宇宙自然有了新的感悟——我们所面临的，“毕竟是宇宙中一粒沙子上的事，应该好办。各国各自所做出的让步与牺牲是微不足道的”。因此，颇具象征意义的联合国出现了转机，人类的合作与共存也在宇宙自然之乐中得以延续。这当然是作者一种充满理想主义色彩的描写，却也是人类共同面对现实、承担责任、走向未来的可能。

第二节 人类结成命运共同体的历史必然性

尽管我们认为宇宙自然与人类的命运共同体是不以人的意志为转移的先验存在，但还不能证明人类从一开始就认识到这种共同体的先验性。人类甚至为了个体的存在而抗拒这种先验性。这当然表现了人类的某种无知与局限。从远古人类的活动来看，更多的部族是在与其他部族的争战之中获取生存机会的。其结果很可能是处于弱势的一方被完全消灭，或被征服。还有另一种可能是在争战中联合起来，形成新的部族。前者如雅利安人入侵中亚，欧洲人“发现”了美洲；后者如炎帝、黄帝两大部族结成了新的炎黄部族，即后来的华夏族群等等。无论如何，他们之间的冲突不自觉地表现出与共同体要求的对立。今天世界国家与民族的分布仍然延续了人类一直以来的惯性——在争取个体利益最大化中采用对抗以取得平衡。这种对共同体先验性的对抗主要表现在两个方面。

一种是利益的争夺。以两河流域为例，气候适宜，水草丰茂，矿藏丰富，且是麦作植物的发源地，具有创建文明的优越条件。但也正因此，两河流域成为不同势力争夺的焦点，不断地被更强势的族群控制，并建立不同于之前的文明。这些文明虽然从历史的角度来看非常辉煌，但仍然会被新的强势集团取代。人们不是考虑如何更公正合理地利用宇宙自然赐予的资源，而是期望自己得到更多的资源，或者干脆控制资源。这也暗含着一种利益分配的原则，就是得到更多资源者将获取更多的利益。

另一种是文化的对抗。由于不同地区的自然地理环境、气候物产条件不同，人们的生产方式以及由此决定的生活方式也不同。相应地，精神情感方式与文化价值取舍也不同。在这一地区是合理的、正常的行为，在另一地区则是不被承认的，被排斥的。由此也滋生出各种种族主义、中心论、例外论等，并在某种条件下形成冲突。塞缪尔·亨廷顿对这种可能进行了研究，认为在政治意识形态与经济意识形态之后，会出现因文明而形成的冲突。在冷战之后的新世界里，最普遍的、重要的和危险的冲突不是社会阶级之间、富人和穷人之间，或其他以经济来划分的集团之间的冲突，而是属于不同文化实体的人民之间的冲突。他认为，最危险的文化冲突是沿着文明的断层线发生的那些冲突。[①]尽管他并不倡导这种冲突，只是唤醒人们重视这种冲突，促进整个世界进行“文明的对话”。但事实是，这种冲突从来就没有得到解决，且有愈演愈烈之势。所有这些都可以看作人类对自身所处状况的某种茫然或无知。解决的办法，最省事也最简单的就是战争。随着军备竞赛的升级，以及现代战争更进一步的惨烈，人类面临的挑战也越来越严峻。

如果要让自身族群或利益集团在这种物质的、文化的竞争中处于强势，就必须使自己更强大。这种强大包括多个方面，如经济的、

① ［美］塞缪尔·亨廷顿著，周琪等译《文明的冲突与世界秩序的重建》，新华出版社，2002 年 1 月第 3 版，第 7 页。

军事的、科技的、金融的，以及文化与话语权决定的价值体系的。似乎人类开动机器、开足马力为的是使自己更强势而不是更适宜。在这种茫然失措的竞争中，人类的对抗超出了人类自身，影响到自然界以及宇宙的正常运行。对于人类而言，这是非常恐怖的。但是，人类对此并没有警醒，仍然在利益的争夺中各出奇招，使共同体面临着巨大的危险。在《白垩纪往事》中，刘慈欣为我们描绘了龙蚁联盟的白垩纪文明形成与毁灭的全过程。在先验的共同体中，庞大的恐龙与微小的蚂蚁处于互惠共生的共同体中。在不自觉中，它们把各自的优势发挥出来，形成互补互助的文明形态。但是，庞大的恐龙由于生存条件的改善，对宇宙自然资源的需求越来越多，认为他们并不需要微小的蚂蚁，在利益需求的驱动下开始了对蚂蚁的毁灭。但蚂蚁并不可能被动地接受这种局面，发起了更具智慧的反抗。在这两种物种的对抗中，白垩纪文明终于被其创建者恐龙、蚂蚁联手毁灭了。恐龙已经成为一种历史。蚂蚁也不再具有高级智慧，难以重新创建文明，蜕化为低等生物。

需要注意到的是，在这样的对抗中，人类似乎也更紧密地联合起来。这就是人类在不断努力中使生产力得到了发展，并因此而改变了生存的世界。任何一个地区、民族，都不能单纯依靠自己完成生存与发展。人类已经超越了原始的生存状态，成为需要各种文明相互支撑的全球化生存模式。工业革命与现代化、信息化改变了人类。在人类的体能与智能日见下降的情况下，技术与信息却普遍地强化。现代交通的出现，使时间与空间发生了改变。人们可以更方便地从一个地区移动到另一个地区。人与人的联系进一步增强了，但直接的接触与认知却减少了。信息传播方式的改变，使人们认知世界、掌握知识的方式也发生了改变。你可以更快捷更方便地了解世界各地的情况，与陌生而熟悉的人们交流讨论，并决定自己的行动。人们呈现自己的方式也因技术的发展出现了变化。你不需要亲身去认识谁，只通过网络就可以建立联系，并成为盟友。这种全球化的统一共存形态，是人类面对的新世界，是现代化与信息化的新成果。但是，人类的这种联系并不是从现在才开始。实际上，它也同样具有某种共同体的先验性。

一是不同地区人们出于发展需要而表现出来的共存追求。这种追求是不自觉的。就是说，人们并不知道或不清楚自己在干什么，不是主动自觉地去追求共同体，而是在不自觉中推动或体现出共同体要求。举例而言，今天的人们可以食用麦粉。但麦子最早是在中东两河地区出现的。在那时，其他地区的人们是不可能吃到的。但是，今天小麦已经在全球被食用。其传播虽然经过了一个漫长的过程，却是人类进化的重要成果，是人类共享的生动例证。在这种传播中，人类不自觉地体现出了"共同体"意识。由此，我们可以看出出于发展的需要，人类会有选择地把其他地区的成果转化为自己的生产生活方式。这种现象并不是个别的、偶然的，而是贯穿了人类发展的历史。如丝绸、棉花、茶叶、水稻、玉米、薯类植物等。今天，这种现象已很普遍。一种东西被发明之后，很快会通过各种手段遍及全球。在现代化程度日益深化的今天，世界已经很难用国家来划分。市场基本被统一起来，货币在全球流通，企业已经不再是工厂、托拉斯，而是产业链、市场体系。它并不局限在"国家"这样的社会单位中，而是依靠全球的联系来实现。所以，经济的依赖度在日益加深。你中有我，我中有你，难以分割。相应地，人们的生活方式也发生了改变。时间与空间的意义与过去大大不同了。旅行、贸易与当年奔波在丝绸之路上的人们截然有别。定居与流动均成为常态。人们追求能够得到更多人认可的行为方式。人类的思维方式、精神世界也发生了变化。冥思与感悟的能力大大下降。思辨与考证成为基础。以我为中心来折射世界转化为更多地从世界来考虑我的存在等等。宗教尽管仍然存在，并对人的生活产生影响，但它更可能是一种文化而不再具有统治一切的神性。在《赡养上帝》中，刘慈欣为我们虚构了一群从外太空来到地球请求人类赡养的"上帝"。而他们只是被称为"上帝"，已经失去了"上帝"无所不能、创造万物的神性。甚至连自己的日常生活也出现了危机。总而言之，随着生产力的发展，人类克服了许多来自宇宙自然的困难，并在不自觉中联系得更为紧密。这种不自觉性的相互依存与融合往往比较缓慢，是随时间流动而在空间逐步转移的，同样是共同体先验性的表现，也是其必然性的体现。还有一种情况则是，当人类面临共同的巨大灾难时将更迅捷地结成共同体。

刘慈欣在他的小说中比较充分地描写了这种状态下人类的共同命运。在《流浪地球》中，由于太阳的氦闪聚变，太阳系将毁灭。但是，拥有智慧与信仰的人类不能被动地接受这一命运。他们将用两千五百年左右一百代人的时间，把地球推出太阳系，并转入新的运行轨道，寻找新的星系作为自己的栖息地。这时，人类不再强调种族、宗教、国家，而是被统一的目标联合起来，在一个“联合政府”的协调下工作。寻找新的栖息地成为体现人类共同利益的最高目标。人们共同经历了漫长的刹车时代、逃逸时代与流浪时代，将飞向新太阳时代。在这一过程中，人与地球的关系，与宇宙的关系均发生了巨大变化。太阳，已经不再能养育万物，而是成为“恐怖”的根源。地球，已经失去了滋养生命的能力，而是成为需要人类拯救的家园。人类，也不再是昨天的人类，成为被科技统一起来以实现未来目标的人类。唯一不变的是，人类仍然具有理性、希望与信念，具有改变自身以及地球家园的智慧与能力。在《三体》中，刘慈欣为我们描绘了更为宏阔的人类命运。尽管在小说中我们仍然能够看到现实生活的某种痕迹，但在地球面临三体的毁灭性打击时，人类空前地结成了统一体。国家已不再是最重要的政治机器，而是统一在联合国的指挥下。人们更重视的是地球人类与三体人类的不同、对抗，而不是种族、宗教、国家的利益与差异。当人类面临生死抉择的考验时，国家的意义已经不再重要。重要的是人类要联合起来，共同面对危机。

现实中当然还没有出现刘慈欣在小说中虚构的巨大灾难，但这并不等于不会出现这样的灾难。事实是，随着现代科技的发展，资本本性中生长的无限贪欲，以“发展”与“进步”为标签的对自然资源的无限消耗，强权国家对弱小民族的“文明”掠夺等已经使人类处于十分危险的境地。人们在思考如何才能走出这样的泥沼，重归理性的道路，保证人类能够拥有未来。当人们自以为是地使用日新月异的科技手段为自己争取利益的时候，宇宙已经在不断地发出警告。但是，人们更相信这种警告的无效无用，以及眼前可能的利益。在预警无效之后，宇宙自然的“排险者”就会出现——对于人类而言就可能是灾难，如旱涝、飓风、冰冻、蝗虫、瘟疫、地震、气候变化等等。在中国古典文献中不断出现的一个观点就是，天，也就是宇宙自然往往要给人以启示，强调人道必须遵循天道——宇宙之道。违背自然的行为将受到天道的谴责、惩罚。在还没有对人类彻底绝望时，宇宙自然将用各种手段来惩戒人类、警醒人类，直至人类收敛自己的贪婪、狂妄、自大，回归理性。如果人类并不能清醒的话，宇宙“排险者”也许就会采取最极端的手段，清除以“爱因斯坦赤道”为代表的逆自然现象。以目前正在全球肆虐的新冠病毒而言，不论从科学的角度来看是什么原因，从终极的角度来看正是宇宙对人类发出的新的警示与惩戒。人们并看不到这种病毒，但病毒却行无定踪，随意而至。它并不考虑某个人如何，而是把各种各样的人当作同一种物种——人类，或者正在破坏宇宙自然和谐性的存在物。它让所有的人都停止了自以为是的日常活动，并为曾经的疯狂付出代价，以弱化人类对宇宙自然的伤害。这使人类在被迫中处于共同的命运之中，意识到宇宙、人类命运共同体的重要性。

事实上，在人类社会的层面，某一人群已经不能决定人类的走向。那些曾经被人仰慕的、具有支配力的精英与权贵并不可能因为自己的社会地位就免于感染。即使中国首先控制住了病毒的蔓延，也不能决定病毒不再肆虐。事实上它反而在更广大的范围内传播。这种状况如果不能终止，中国也难以独善其身。所以，从积极的方面来看，人类必须携起手来，重回理性，共同面对病毒，并战胜病毒。但是，人类的理性一旦丧失，在私欲与贪婪的泥沼中不能自拔，病毒，或者其他的惩戒将会不断出现，人类就可能面临着整体性毁灭。这对人类而言是残酷的。但对宇宙自然而言，却是轻而易举的、自然而然的。以澳大利亚延续数月的火灾来说，人类几乎束手无策。但在一场大雨之后，大火熄灭，生机再发。各种植物几乎在瞬间就生长出来，各种动物又重新出现。而一旦人类被毁灭的话，也许经过数百万年，还不知道能不能重生。庞大的恐龙由于对资源难以承受的消耗而消亡。直至今天我们也没有看到它们可能重生的任何预示。刘慈欣在《白垩纪往事》中已经非常形象地为我们描绘了这样的结局。所以，巨大的灾难，特别是面临生死存亡的灾难可以使人类更主动、更具自觉性地联合起来，结成统一的共同体来面对共同的命运。但是，现实并不是理论的镜子。人类也不一定具有良好的理性精神。当私欲压倒了良知时，人类共同的结局就只有一种——毁灭。无论如何，人类结成命运共同体的追求具有一种面对未来的必然性。

第三节　刘慈欣为我们描绘的宇宙、人类及其命运共同体

当人类诞生的时刻，宇宙就赋予了人类与自身存在环境及其相互之间结成命运共同体的先验性禀赋。这并不是人类的主观选择，而是一种“命定”。在人类发展成长的历史进程中，由于这种禀赋的作用，人类即使没有自觉意识，也仍然存在无意识的合作。正是这种不自觉的合作使人类不断进步，从蒙昧中出走。一旦人类意识到自身拥有与他者之间不可忽略的联系交织，命运共同体就成为一种走向未来的信念。人们终于知道，只靠自己是难以拥有未来的，宇宙自然与人类之间和谐的关系，以及人类不同群体之间的交流融合、互助支持才是能够走向未来的命运之必然。

在刘慈欣的作品中，不断地为我们描绘出这种命运共同体的各种可能。也许，我们可以这样说，刘慈欣在奇绝宏大、瑰丽斑斓的想象中，反复强调的一个主题就是人类如何才能拥有未来。他为我们勾勒出人类应该拥有的良好品格，为我们设想了许多现代或超现代科技的进步与变化，为我们预设即使可能会失去地球家园的话，人类还有怎样的选择等等。大致而言，他从这样几个方面为我们描绘出了人类结成命运共同体的必然。

首先，刘慈欣在他的作品中为我们表现了人类与宇宙自然之间的共存关系。一般而言，人们更多地从个人责任的角度来讨论《乡

村教师》。但小说中也包含着人类与宇宙之间的隐秘关系。对于银河系中硅基帝国与碳基联邦之间长达两亿银河年的惨烈战争，地球人类并不知晓。碳基联邦为保证战争的最后胜利，决定摧毁一些天体，在太空中建造一条隔离带，以阻止硅基帝国的反扑。而地球就在这一隔离带之中。乡村教师经过努力，教会了学生牛顿三大定律，使地球通过了碳基联邦的文明测试，终使地球得以生存。这一设计实际上也告诉我们，尽管地球并不知道银河系正在发生的惨烈战争，但地球的命运并不仅仅是由地球决定的。地球存在于一个相关的命运体中。在与《吞食者》相关的一些作品中，刘慈欣为我们设计出一个天体能量不断升级的链条。其中能量最小的是地球。吞食者可以把地球作为补充自身能量的"食物"吞食。但是在神族天体面前，吞食者天体又显示出自身的弱小。当神族拆毁太阳系时，吞食者因为正处于太阳系中飞行，也被拆毁。在宏大的《三体》中，刘慈欣也为我们想象出一个类似于吞食者命运的相关性存在。面对三体的攻击，地球处于弱势。但是在歌者天体面前，三体就显得微不足道。歌者们对它的清理不费吹灰之力。即使是摧毁太阳系，歌者也只是向太空中扔了一张小小的"二向箔"。这张像纸一样轻薄柔软，看似毫无攻击力的"二向箔"轻易地把太阳系二维化了。这些描写其实表达了一种宇宙存在的相关性。就是说，任何存在都不是孤立的、绝对的。它往往要受相关存在的影响才能完成。这种相关性可能是人们感受不到的，但却是实实在在地存在的。这也就是我们强调的，命运共同体是一种先验性存在。它并不依赖人类的自觉与认可。

同时，刘慈欣也为我们描绘了由于智慧生物的非理性使这种共同体断裂的必然结果。最典型的就是《白垩纪往事》。正是由于恐龙的贪欲、颟顸、自大、狂妄，不仅引发了恐龙世界的分裂，也引发了恐龙与蚂蚁的惨烈战争。在这种不可逆转的战争中，曾经辉煌的龙蚁联盟创造的白垩纪文明终于毁灭了。对于地球而言，恐龙成为一种生物意义上的历史消失了。而蚂蚁由于失去了恐龙，也退化为低级生物，在大地中匍匐。那么，蚂蚁作为一种文明的创造者，它们还有未来吗？如果说有的话，也只是另一种未来，而不是白垩纪文明的未来。在《天使时代》中，刘慈欣虚构了非洲的“桑比亚”国。这里贫瘠穷困，人民困苦。为了让人们吃上东西，桑比亚人改造了自己的基因，以能够消化那些一般人不能接受的所谓的“食物”。这种改变基因的行为受到了“文明国家”的制裁。当这些文明国家要用“文明”的现代武器制止违反人类“伦理”的桑比亚时，遭到了桑比亚人的反抗。最终的结果是，先进的“文明”国家被落后的桑比亚人击败。“林肯”号航母在黄昏中沉没在大海之中。这是一部充满隐喻意义的小说。当人类不能联合起来解决现实的问题，而是以自己的价值去强迫别人时，毁灭就只是一个时间的问题了。

但是，刘慈欣也为我们描绘了人类面对巨大灾难团结起来，在对未来持久的信仰追求中获取文明延续可能性的崇高力量。这也成为对命运共同体本质意义最为辉煌壮丽的表达，使我们看到了人类可能具备的理性精神、智慧勇气与庄严品格，激发我们回归理性、战胜困难、走向未来的信心与希望。在《流浪地球》中，全球各地人民在联合政府的统一领导下，开始了长达两千五百余年的脱离太阳系，寻找新家园的壮举。在撼人心魄的《三体》中，地球人类组成了对抗三体的联合体。在这生死存亡的博弈中，人类克服了各种私欲、困难，结成具有坚定意志、理想精神，充分体现了同一命运的共同体。在这些作品中，刘慈欣为我们描写了人类共有的坚定信仰——拯救地球，为人类走向未来开辟新路；也为我们描绘了人类的高超智慧与崇高品格——技术的、能力的、思想的、精神的与情感的。同时，他也不回避人类内部仍然存在的——不是出于个人利益，而是由于对事物认识不同形成的分歧，以及相互之间的斗争。甚至于，在这危亡之时，人类的社会结构也发生了巨大变化。它不再是一个与生俱来的“原初社会”，而是分成了在地球上生活的人类与在太空中生活的人类——在法理上归属于地球人类而日常生活中并不相同的两种社会形态。这种人类的共同体几乎是解读人类如何走向未来命题的主要答案。如果人类能够形成统一的思想与行动，就可以应对各种挑战。

在《三体Ⅱ·黑暗森林》中，刘慈欣曾经为我们设计了一个“黑暗森林”法则，指出宇宙天体间存在着“猜疑链”与“技术爆炸”的现象。当一个天体暴露后，由于其他天体无法迅速对其意图做出善或恶的判断，将立即对这一暴露的天体进行清理。但是，刘慈欣也告诉我们，在人类之间，这种法则并不存在。这是因为人类相互之间具有更多的相同性，更便于沟通，也更能够做出准确的判断。小说借面壁者罗辑之口说：猜疑链这种东西，在地球上是见不到的。人类共同的物种、相近的文化、同处于一个相互依存的生态圈、近在咫尺的距离，猜疑链只能延伸一至两层就会被交流消解。[①]这表现出刘慈欣对人类结成命运共同体所具有的乐观态度。

但是，我们仍然可以看出刘慈欣内心的矛盾。他曾反复强调科技的重要性，认为人类要拥有十分现代的科技才能应对未来可能遭遇的太空文明的挑战。甚至说自己是一个技术主义者。他个人相信技术能解决一切问题。在写给女儿的信中，刘慈欣描绘了未来的世界。那时，人类已经进入太空，地球上所有的能源和重工业都已经迁移到太空中，构成了地球的星环，像垂在天空中的项链。这当然是一种依靠技术的进步及其伟力创造的“美好”未来。更重要的是，在那个未来，工作的目的已经与谋生无关。通过强大的技术力量，人类改变了目前的对地球的掠夺与消耗状态，把这种可能改变地球及人类命运的“副作用”转移到了太空中。其前提应该是太空能够承受人类的消耗“欲望”。否则，人类仍然会遭遇到地球上已经遇到的挑战。当然，刘慈欣也想象了一个工作“与谋生无关”的社会，类似于劳动成为人的自觉追求的社会。但是，刘慈欣特别强调，即使是这样，仍然会有人去承担工作，有的甚至是很危险的工作。如果女儿选择这样的生活方式，他会感到骄傲。而这种工作与谋生无关的社会，正是一个不追求实用价值的社会，是一个以艺术而不是物质为目的的社会。

刘慈欣希望能够拥有高度发达的技术来改变人类的处境。但人类必须面对一个非常重要的问题，这就是在这些技术发明之前，自

---

① 刘慈欣著《三体Ⅱ·黑暗森林》，重庆出版社，2008年5月第1版，第444页。

然能否提供可支撑的资源？人类能不能保证从此就没有私欲、阴谋、战争？或者人类会不会与宇宙中其他的智慧生命遭遇？这都是极不确定的。首先人类要解决的问题是获取的资源能够支撑人类走向未来。但是在他的小说中，我们基本找不到这种描写。即使是《三体》中出现了类似的太空城，虽然还没有达到构成“星环”的程度，人类也仍然需要面对“回归运动”的呼唤，面对把能量交还大宇宙的抉择。相反，刘慈欣在他的作品中反复强调了人类对自然资源的消耗所面临的问题。一种积极的选择是《微纪元》所描写的。由于太阳能量的闪烁，人类面临毁灭的灾难。但是，人类利用基因技术与纳米技术，开始从宏纪元向微纪元转变，成为体积缩小了十亿分之一，只有一个细胞大小的“微人类”。这时的人类，不仅躲过了太阳能量闪烁，而且也不需要太多的生态系统来支持就可以生存、发展。这是一个地球“联合政府”管理的共同体。其最高执政官并没有恢宏的宫殿、威严的随扈，而是躺在树叶上的一位天真少女。这些“微人类”继承了人类的文明与一切美好的东西，创建了一个无忧无虑的世界，使人类及其文明得到了新生。虽然这种结果是依靠发达的现代技术完成的，但其形成的社会形态却是高度艺术化的。艺术的终极目标不是艺术，而是未来。在刘慈欣的小说中，结成命运共同体，追求艺术的生活方式，把生活过成艺术，是人类避免遭遇毁灭性灾难，走向未来的通道。

首先，宇宙的存在就是一种艺术的存在。我们在探讨研究宇宙的进程中，当然需要借助科学与技术。但是，即使是在现代科技得到快速发展并被广泛运用的今天，人类对宇宙的研究仍然处于非常初级的阶段。已知的领域远小于未知的领域。我们仅仅能够发现并感受到宇宙存在及其运行的有序性——在引力作用下，不同天体及宇宙物质相互吸引、相互作用，形成包容万物、姿态各异又统一共容、不即不离的存在状态。宇宙易而不易，以异同一；动中有静，静而有动；生而趋死，死而永生；有无相继，有无共命；和而不同，合而有别，在存在的千姿百态中统一在“道”的法则之中。所谓“人法地，地法天，天法道，道法自然”。这个“自然”是自然而然的终极生成，亦反过来体现人的法则。在这样的循环法则中，宇宙与人统一起来，成为一种和谐的美的存在——艺术的存在。宇宙的运行法则当然也是人类的存在法则。

刘慈欣在他的小说中反复慨叹宇宙这种至高的和谐与美。在《思想者》中，刘慈欣把宇宙恒星闪烁模型表现为一幅宣纸上飘动的墨线画。而这“画”与人类大脑神经元的传递规律是一样的。在《三体Ⅱ·黑暗森林》中，当罗辑被确定为第四位面壁者后，首先做的一件事就是要到一个很美的处于“纯净原生态”的地方“隐居”。如果我们把这个地方理解为地球人在宇宙中可以达到的宇宙之美的话，罗辑与女友庄颜见面后要做的第一件事就是到卢浮宫欣赏艺术。这些艺术是人类遵循宇宙法则创造的美。特别是当宇宙“还没有被生命与文明篡改扭曲的时候，它一定体现着最高的和谐与美”[①]。在《朝闻道》中，刘慈欣借宇宙排险者之口告诉我们，当宇宙的和谐之美一览无余地展现在你面前时，生命只是一个很小的代价。对宇宙终极美的追求成为文明存在的唯一寄托。[②]宇宙这种最高的美的本质，决定了宇宙、人类命运共同体先验性的必然。实际上，从宇宙出现以来，这种共同体就已经存在了。只是由于人类认知的茫然与局限，在很多时候认识不到这样的事实。也正因此，宇宙本质中关于和谐与美的艺术特征就成为各种存在中至高的存在。

作为宇宙人类的至高存在，艺术是人类社会最具理想的美好形态。在刘慈欣的叙述中，尽管强调技术的重要性，但技术只是实现人类以及宇宙目标的工具。它本身并不是目标。所以刘慈欣在他的作品中反复描写那种没有被文明扭曲的时代——田园时代，企望能够建立一种“自给自足的、内省的、多种生命共存的文明”[③]，而这种文明就是以田园形态为代表的适应自然之道的文明，是自然主义与人道主义高度统一的文明。在这样的社会形态中，人和自然之间、人和人之间的矛盾得到了真正的解决，是“存在和本质、对象化和

---

① 刘慈欣著《三体Ⅲ·死神永生》，重庆出版社，2010年第1版，第500页。

② 刘慈欣著《时间移民》，江苏凤凰文艺出版社，2014年12月第1版，第97页。

③ 刘慈欣著《时间移民》，江苏凤凰文艺出版社，2014年12月第1版，第218页。

自我确正、自由和必然、个体和类之间的斗争的真正解决”[①]。刘慈欣把他设想的宇宙中最具力量的文明赋予艺术。如可以轻而易举地清理三体的“歌者”文明，可以毫不费力地拆毁太阳系以及吞食者的那个热爱中国古典诗歌，并以李白为人生目标的“神族”文明等等。艺术也是拯救人类情感与精神世界，给人以慰藉与力量的工具。在《带上她的眼睛》中，太空站成员在休假时要带上那位为了人类命运选择了把自己困在地心中坚持研究的女科学家的眼睛，让她能够欣赏大自然的美丽，温暖她孤寂的心灵。刘慈欣也赋予艺术以拯救人类的密码功能。在《三体Ⅱ·黑暗森林》中，他设计了一位“针眼画师”。这位神秘画家的画成为拯救人类的一种暗语。而被人类送往太空的科学家云天明则创作了一部隐喻拯救之法的寓言作品。在这里，画与寓言成为拯救人类的艺术性现实密码。

但所有这一切并不是最主要的。问题的关键在于艺术能够把人们更紧密地团结起来。事实上，刘慈欣在他的小说中为我们设想了解决人类之间存在矛盾与纷争的方法。这一方法在一般人看来有些幼稚，但却具备了极为充足的理由——人类不要去追求物质的占有与享受，而是要去追求、享受艺术。艺术，是艺术地解决人类问题的理想大法，是人类能够化解纷争、团结起来的精神力量，是走向未来的必然之途。艺术本身并不需要消耗更多的自然物质资源。它是一种可以重复使用，并且会随着使用次数的增加而使自身增值的存在。当人们普遍地追求艺术，而不是追求由物质带来的利益时，自然资源的消耗将极大降低，被控制在可承受的范围之内。私欲也被无限地缩小降低，被限制在非实用的领域。同时，艺术还是一种精神性、情感性的表达。拥有艺术，欣赏更多、更形象深刻的艺术，将使人的精神世界变得更为强健、崇高，使人的情感世界变得更加丰富多彩、瑰丽多姿，将提升人类的想象力与向善向美的自觉性，而不是沉迷在物质的占有之中不能自拔。艺术也不需要人们真正地

① 吴新文著《再造文明——马克思主义与中国》，上海人民出版社，2017 年 8 月第 1 版，第 122 页。

承担物质世界的人生历程，只需在艺术中就可以感受更多更丰富的人生可能。最主要的是，艺术是一种体现和谐的美。艺术真正地贯通了宇宙自然与人的本质——在和谐的相互依存与运动之中完成美的呈现。通过艺术，消解了现实生活中由于利益而形成的矛盾、分歧，乃至于阴谋、战争。它的整体构成代表了人类理想的本质属性与精神追求，体现了人类在现实世界中很难实现的至高境界，从而使人类在回避了资源紧缺的物质追求、利益纷争的占有欲望之外，更方便地实现情感与精神世界的认同，更紧密地团结起来，形成共同应对各种挑战的命运共同体。在《欢乐颂》中，刘慈欣充满希望地想象了人类在艺术的感召中团结起来的美好前景。在太空音乐家弹奏着太阳演出《欢乐颂》后，人类终于意识到，面对未来，最重要的还是联合起来，因为大家有着共同的命运。“欢乐啊，美丽神奇的火花，……被时间无情分割的一切，你的魔力又把他们重新联结。……在永恒的大自然里，欢乐是强劲的发条，在宏大的宇宙之钟里，是欢乐，在推动着指针旋跳……”由于艺术，人类重新发现了自己，并对未来拥有了美好的期冀。

第八章　在这宁静中，地球重生了

——刘慈欣小说中的中国精神

1999年，刘慈欣开始发表自己的作品，并逐渐产生影响。开始的时候，他的影响只限于科幻文学这个在当时来说还是比较小的圈子里。人们似乎已经遗忘了“科幻文学”这个概念及其存在，只有不多的人还在孤独寂寞地坚守着。但是，随着刘慈欣与他的同道们的努力，科幻文学逐渐进入人们的视野，并成为社会话题。特别是刘慈欣，在太行山西侧的一个山城中，心无旁骛地在自己想象的宏大世界中遨游，并创作出一部又一部的作品。他的小说首先是在科幻文学的范围内获奖，之后又在更大的文学范围内获奖。直到他目前最具影响的长篇科幻小说《三体》三部曲先后面世，引起了国外科幻文学界的关注。他的作品不仅被多个翻译机构译介，并且被改编为电影，获得了雨果最佳叙事奖。这不仅仅是刘慈欣的荣誉。据各类媒体介绍，这个奖从设立以来，还没有一位亚洲作家得过。因此，似乎也可以说，刘慈欣获得了科幻界最具影响力的雨果奖，标志着远离欧美文化中心的东方亚洲，得到了某种程度的承认。

第一节　刘慈欣及其科幻小说的意义

谈刘慈欣，不得不注意到他的作品出现的时代。一方面，在世纪之交，中国正在发生着急剧的变化。这种变化，应该说，首先是属于中国的。如果中国没有变化，也就没有这个话题。经过二十多年的改革开放，中国的经济、政治、国际地位等都与过去不同。中国正在从典型的农耕文明的辉煌顶峰跌落后奋起直追，以实现自己的工业化、现代化，并取得了举世瞩目的成就。这一成就，将极大地影响人类文明的进程，并改变世界发展的方向。如果说，在改革开放之初，中国极力吸纳世界其他国家，特别是先发国家的经验，力图使自己能够成为工业化及后工业化国家的一员，那么，经过二三十年的努力之后，这些先发国家发现，中国的发展与进步与他们的期待并不一致。中国的崛起改变了世界，使先发国家的地位、话语权受到了极大的威胁。中国，这个为世界提供资源、市场、廉价劳动力的经济文化体，不仅从某种程度上推动了先发国家的发展与产业换代，同时，从更广大的层面而言，其技术、价值观、社会组织体系，以及发展模式等对先发国家也形成了极大的挑战。经济的相互渗透，中国巨大的市场与可观的资源条件，以及国际事务的共同利益，使先发国家在遏制的同时也不得不重视新兴国家，特别是中国的存在。这种重视表现得极为复杂，不仅表现在经济、政治与国际事务方面，也包括文化。刘慈欣说过，科幻文学首先在英国兴起。那时，英国的殖民地遍布全球，被称为“日不落帝国”。世界正处于首先发生工业革命的大英帝国的引领之下。从某种角度而言，其科幻文学的兴盛正反映了英国的经济、政治、军事及文化的实力居于世界各国的前列。但是，随着大英帝国的衰落，科幻文学的重镇转移到了新兴的美国。这种转移与美国国力的快速崛起一致，与美国发达的科学技术、经济政治及军事实力的强盛一致。而今天，刘慈欣的科幻小说能够获奖，中国的科幻文学被晚近数百年以来的世界中心所承认，似乎正预示着一种国际格局的改变。也许，世界的重心正在发生转移。尽管这可能还要经历一个人们不好准确预测的过程。但是，其趋势却是明显的。这也可以从刘慈欣及其科幻作品的境遇中看到。

另一方面，就中国自身而言，面临的挑战依然严峻。其严峻性足可以使目前的国际发展态势扭转。这种挑战除了经济、政治、军事等方面外，最根本的是文化的挑战。首先，中国作为一个有五千年文明史的国家，被西方学者认为是世界上唯一的“文明国家”。其文化价值是否还具备现实意义？中国人的文化认同是否还存在？其次，中国在这种剧烈的变革中，怎样保持清醒理性的认知？中国传统文化所强调的价值观对中国，乃至于整个人类而言，意义何在？就中国的传统文化而言，比较强调“道”的存在与意义。这种“道”，既关乎“天”之“道”，也包括“人”之“道”，是中国文化对自然运行规律的一种把握。但是，随着对先发国家的学习模仿，现实中关于“道”的思考、体验却越来越稀薄。知识分子终于蜕变为拥有某种“知识”的分子，而不是对自然之道进行思考体验，拥有思想的思想者。当思想从现实的舞台隐退，各种形形色色的“知识”占据我们生活的中心时，危机已经降临。这就是，人们不再追求有意义的生活，而是追求有功利的行为。人们也失去了存在的终极目标，蜕变为获取眼前利益的工具。在这种思想稀薄、利益至上的文化环境中，凸显了刘慈欣存在的意义。他的小说，虽然借助于科学技术的“想象”，却直指宇宙与生命存在的意义。这种艺术的思考超越了具体的、短视的功利目的，把人类的思考领域拓展开来。正如《朝闻道》中献身于科学的物理学家丁仪的女儿文文向自己的母亲提出的疑问：宇宙的目的是什么？人生的目的是什么？在小说中，丁仪与世界各国三百多位为了了解宇宙奥秘的科学家一样，以生命为代价，走上了“真理祭坛”。他们的死，既表现了个人的牺牲精神，也表现了人类追求真理把握宇宙真谛的必然与信心。因此，当我们被现实的功利所遮蔽的时刻，就越发需要有寻找、探求宇宙与人生终极意义的勇气与精神，以使人类从短视的功利主义中获救。而刘慈欣正在做着这样的努力。

第二节　宇宙与生命：中国人的想象

人类的成长与进步不能脱离自己的想象力。这种源于社会实践而作用于人内心的力量是人类探求自然与存在奥秘的动力。没有了想象，人类就会成为仅仅满足生理需求的低级动物，大自然就会蜕变为一种自足的孤立的存在。其美妙的结构、和谐的运行方式、复杂多样的动力体系就不会为生命所感受。那样的大自然将是多么落寞、无聊、缺乏意义。存在不仅是一种自足的存在，同时也是其对相的存在。因为有了能够感受存在的对相，才使存在表现得活色生香、多姿多彩。不过，不同的人有不同的想象。从远古神话来看，西方人的想象有别于东方人。西方人更多地强调的是人自身的力量，而东方人则更多地强调自然与人的和谐。也就是说，西方人希望通过强化人，特别是个体的人具有强大的自身能量，以实现自己的目的。而东方人则希望大自然与人能够和谐相处、共生共存。以尧时对天象的观察为例，地处"中国"的以农耕为主的人们力求掌握大自然运行的规律，以顺应天道，从而在合天道的前提下，顺民心。因此，尧时中国天文学的成就，既是科学精神的表现，也是中国人丰富旺盛的想象力的表达。试想，如果缺乏想象力，科学技术无论如何发达，也是没有意义的。在刘慈欣的小说中，充分地表现了中国人这一时代瑰丽壮观、神游八极的想象力。不过，他的想象，不是为了突出人类所具有的强大乃至无限的力量，以控制自然、征服自然，而是为了探求宇宙以及生命的意义，使二者实现和谐共生、守道得天的存在。

刘慈欣的小说基本上从以下三个维度展开自己的想象。一种是所谓的"微纪元"，就是人类作为宇宙生命，相比现在缩小到一个十分微小的程度。之所以如此，乃是因为文明的无限制发展，使人类需要的自然资源越来越稀薄，到了难以支撑人类生存的地步。这时，人类面临两种选择。一种是因为没有足够的资源而毁灭。另一种则是使自己"微"化，即缩小自己存在的体积，进而大幅度减少对自然资源的消耗。这样，虽然人的体积小了，但是人类的文明还能够存在并延续。这时，人类进入了一个"微人类"的纪元时代。从主导地球文明的轨迹来看，这并非空想。因为地球生物正是经历了这样一个从大到小、由巨而微的变化过程。在《微纪元》《吞食者》等作品中，作者表达了这一思想。他借小说中人物"元帅"的口指出，地球上的文明生物有越来越小的趋势。恐龙、人，然后可能是蚂蚁。这样，人类对自然资源的需求将大大减少，就可以在日益稀少的资源中延续下去。地球文明就可以重生。

刘慈欣的另一种想象则是直接介入现实生活。通过描写“当下”人们的生活来揭示某种具有超越现实情境的思想。当然，这仍然是建立在科幻基础之上，以表达宇宙、生命的终极意义的。一般来说，科幻作品很少进入现实生活。因为现实是有充分的局限性的。科幻作品似乎并不经意现实中人们的生活，而是更关注非现实的“未来”可能。刘慈欣的贡献在于，他能够以科幻的手法来表达现实情怀，并因此而揭示超越现实的思想。在《朝闻道》中，刘慈欣为我们描写了以丁仪为代表的一群献身于宇宙真理的科学家。他们在人类的科学领域具有重大的贡献。然而，他们并不具备揭示宇宙最终秘密的能力。但是，为了科学，为了人类的未来，为了了解感受宇宙的真谛，他们宁愿以身相许，用自己的生命感悟、探求宇宙的真相——宇宙的和谐之美。他们认为，当宇宙的和谐之美一览无余地展现在你面前时，生命只是一个很小的代价。尽管小说中设计了对这种在常人看来是变态的选择的批评，但是，从小说的真意来看，刘慈欣是肯定这种选择的。在丁仪即将步入真理的祭坛时，他的妻子说，我绝不会让女儿成为一个物理学家。但是，小说的结尾，丁仪的女儿文文已经做出了自己的选择：就读当年父亲的母校物理系，并攻读量子引力专业。这似乎在告诉我们，人类探求宇宙终极真理的努力将永远继续下去。在另一篇题为《镜子》的小说中，刘慈欣似乎把关注的目光投射到当下热门的反腐题材上。不过，作者的本意并不在于如何进行反腐，而是借助一种具有终极容量的超弦计算机进行镜像模拟的技术，使人类时空能够穿透过去与未来，以此讨论人类的存在方式。在这样的镜子面前，通过超弦计算机的运算，人们可以清楚地看到曾经发生的一切与将要发生的一切。这种计算机的准确性可以把人们希望了解的东西，包括其细节真实地再现出来。但是，这似乎成为人类的一个陷阱。那时，人类将面临一个没有黑暗的时代，阳光将普照到每一个角落，人类社会将变得水晶般纯洁。但是，如果真的是这样的话，人类也将面临一个“死了的社会”，人类文明将消亡。

如果说，“微纪元”表达的是对极微观世界的想象，现实世界表达的是对“现世”，也可以按刘慈欣所言——“宏纪元”的想象，那么，最能够体现刘慈欣想象力的是那些关于宇宙世界的小说，我们不妨称之为“宇宙纪元”。这也是刘慈欣小说的主体，是他关于宇宙生命终极意义的集中表达。在这些作品中，刘慈欣为我们创造了众多的宇宙“镜像”，使我们进入了一个很少涉及、极少关注的“宇宙世界”。由于人类的渺小，一般来说，我们只关心自己身边的事情。只有那些胸怀天下的杰出人士才经常考虑“天下”，考虑人类的过去与未来。但是，在这芸芸众生中，又有多少在思考宇宙的生命及其意义呢？可以说，刘慈欣就是这极为少数的人之一。他带我们走进了宇宙的生命之中，感受到了宇宙及更大的世界之存在状态、运行规律及其终极意义。这不仅需要基本的科学常识，也需要斑斓瑰丽的想象力，以及生动的艺术表达能力。这是一个仅仅依靠我们的日常感知难以企及的世界，是一个与人类生存状态完全不同的既充满了陌生又充满了期待的世界。在《坍缩》中，刘慈欣把事件置于一个需要两百亿年的时间段中来表达。其中，小的尺度是亿亿分之一毫米，大的尺度则是百亿光年。这是一个怎样的“世界”呢？人类无法感知，只能用想象来把握。宇宙膨胀了两百亿年之后，似乎面临着另一个两百亿年，即坍缩的时代。在这样的时空背景下，人类是什么呢？在《时间移民》中，作者虚构了一个移民的时代。不过，这种移民不是从甲地到乙地的空间移民，而是由现在至未来一百二十年、五百年、一千年、一万一千年的时间移民。在这些不同的时间节点中，作者为我们想象出了人类的未来与过去，并且表达了人类所拥有的理性力量。在另一些作品中，刘慈欣描绘了浩渺自然的变化及力量。《山》是一部充满了神奇想象与壮丽之美的作品。刘慈欣在这里为我们想象了一座“海水高山”。曾经的登山运动员冯帆有一个强烈的愿望，就是远离高山。为此，他选择了做海洋地质工程师。但是，在一次考察中，他却意外地登上了一座被外星飞船引力拉起来的“海水高山”。在这里，他经历了严峻的考验，但是也感受到了大自然极致的魅力，并使自己的身体技能得到提高，意志得到升华。在《吞食者》中，作者虚构了一个宇宙中的“吞食者”。它靠吞食太空中的星球维持自己的生命。地球当然也是它非常合适的吞食对象。于是，人类与这能量巨大的吞食者展开了一场斗智斗勇的博弈。

刘慈欣对宇宙世界的描写并不是单纯的知识性展示，而是深刻地把这些宇宙存在的变化与地球人类的命运结合起来。他所要表达的不是从宇宙知识出发的神奇世界的平面知识，而是努力体现自己对宇宙意义及人类命运的关注。如果说，当年英国的科幻作品表现了一个经过工业革命之后的新世界对大自然的好奇的话，后起的美国的科幻作品则在努力展示人类，尤其是以美国人为主的人类所具有的超能力。而刘慈欣，则企图在自己的作品中表达源于中国文化所形成的关于自然与人类命运的智慧。

第三节　宇宙意义、人类命运与中国智慧

工业革命之后，人类的发展进入一个崭新的阶段。以技术为动力的生产力突飞猛进，不仅改变了人们的生产方式，也改变了人们的价值追求，进而改变了整个世界。农耕时代——主要是自给自足的时代——自然与人类基本和谐平衡的存在形态被打破。由于技术的进步，人类似乎变得更加具有控制自然的主动性、冲动力。没有止境的消费欲望、疯狂的生产欲求因为技术的可能而日益成为人类的价值追求。与此相应的是，自然的承受能力正在面临考验。大自然是否能够为人类提供如此奢靡没有终结的资源，成为一个必须面对的话题。其中有一个人们如何认识自然、对待自然的价值问题。大自然真的能够像人们所期待的那样无止境地提供资源吗？这显然是不可能的。那么，人类又该怎样在这种天然的先决条件下生存？人类所创造的文明怎样才能延续？刘慈欣似乎希望通过自己的作品思考并回答这样的问题。在他的作品中，一个非常突出的描写背景即是“终极性”。宇宙的尽头是什么？宇宙是不是会终结？人类的生命状态是什么？作为个体的生命当然有其终结的时刻。但是，作为整体的生命，其终极状态是什么？人类的生命是否会终结？还有，

与此相关的是人类生存的社会及其创造的文明有没有终极状态？等等。这似乎是非常遥远玄妙的问题，但事实上也是非常现实的问题。如果人类失去理性，不能解答这些问题，其毁灭也可能是为时不远的现实。

但是，人类之所以具有希望，就是在人类文明中，总是能够寻找到比较好地回答这些问题的思想。当人们前呼后拥地追求工业化、现代化的时候，对工业化与现代化的反思、批判之声也从未消失。一些观点是因为感受到这种技术至上主义所带来的困境而发出的声音。另一些则是从构建人类有效秩序而提出的带有根本性意义的思考。不论前者，抑或后者，人们都认为，技术虽然带来了生产力的进步，但并不是万能的，甚至难以解决生命的终极意义。它并不能增强人的幸福感，反而强化了人的失落感。尤其在强大的技术优势面前，人，被自己发明的技术异化了。人们认识到这些问题的时候，开始重新从人类已有的智慧中寻找出路。这时，只有很少数的人们发现，在中国古老的传统文化中能够找到人类通达美好未来的希望。

首先是中国传统文化中的价值观，直到今天仍然具有极为重要的启示。比如，中国人讲究“天人合一”，“人”也是“天”的组成部分。人的行为应该与天的运行是一致的。人道必须符合天道。再如“中庸之道”，就是说，人在处理问题时应该考虑多方因素，找到多方因素均能够接受的合适的办法。而不能只考虑某一个方面，比如只考虑人的欲求而忽略自然的可能性，等等。其次，在方法论方面，中国传统文化也具有极为重要的智慧。比如，辩证思维，就是说，事物是相互作用并相互转换的。在一定的条件下，强可以转化为弱，弱也可能转化为强；大可能成为小，小也可能成为大。那么，即使是诸如宇宙、生命这样的存在也将遵循这种法则。还有，中国传统文化关于理想世界的构想，也可能对强大的技术世界具有积极的启示。读刘慈欣的作品，应该说，他在为我们虚构的种种关于宇宙、生命、社会等存在状态时，自觉不自觉地表达了这种价值观与方法论，以及社会理想。可以说，刘慈欣的世界体系是以中国传统文化为出发点来面对现代与后现代的人类困境的。

在刘慈欣的小说中，我们发现他对事物的终极性很感兴趣。比如宇宙的终极状态、生命的终极状态，以及社会道德的终极状态等。什么是终极状态？就是其最彻底的状态、最纯粹的状态，或者说其能量得到最大饱和的状态。那么，当宇宙达到这样的状态时，将会发生什么？是不是存在一个“无限”的宇宙？尽管宇宙浩大无比，仅仅依靠人类自身的力量，仍然只能了解其部分。但是，刘慈欣认为，即使如此，宇宙也不是具有无限可能性的。世界上没有无限存在的事物。在《坍缩》中，作者为我们描绘了了解宇宙终将要“坍缩”的科学家与现实世界中人们之间的错位。他认为，在经过了两百亿年的膨胀之后，宇宙不可能无限膨胀下去，而是在到达某一终极点时，开始“坍缩”。这时，时光将倒流，过去所有的一切将重现。尽管其“坍缩”的过程可能非常长，需要约两百亿年。只是，由于这个过程的漫长，对于我们人类而言似乎没有知觉。我们可能不会感知这种存在状态。在《微观尽头》中，作者为我们描写了宇宙的反转状态。正如其中的科学家丁仪所言，地球是圆的，从其表面的任何一点一直向前走，就会回到原点。而宇宙，如果我们一直向其微观的深层走，走到微观的尽头时，就会回到宏观。小说中的科学家们正在做撞击被认为是物质最小单位的夸克的实验。当这物质中最小的存在“夸克”被击破后，这些科学家亲身经历了由物质的微观尽头向宏观反转的奇迹。这就是说，任何存在都是有条件的。当这种存在走向其终极状态时，就会发生逆转。其蕴含的选择是，人类文明的延续不应该走极端，而应该选择一种“中道”，即最适宜的“道”。

《易经》是中国传统文化的重要源头。而《易经》所讨论的正是事物存在的基本规律。它并不注重具体事物的特性，而是具有建立其上的最大的概括性，是在超越一切具体事物的前提下进行的分析与归纳。其核心是事物的“易”，或者说“变化”与“不易”，或者说“不变”。在一定条件下，事物有其稳定性，它是不变的。正是因为这种稳定性的存在，人们才可以认识事物，把握规律。但是，如果仅仅认为事物是不变的，还远远不够。人们还必须认识到事物也是时时刻刻在变化着的。新的事物在旧的事物中萌芽、生成，并发展成改变了旧事物的新事物。这是一个否定之否定的过程。其最形象直观的表达就是太极图。其中的圆点代表着事物的本质。而另一种事物在其中逐渐生成，并转化成新的事物，走向自己的对相面。在刘慈欣的小说中，基本上浸染着这样的理念。他认为事物的变化正是如此。只是，由于人们存在于一个比较低级的层面，还难以感知更广阔的宇宙，乃至于超宇宙的这种变化。他的堪称经典的小说《吞食者》就用自己奇妙的想象与文字，为我们描绘了宇宙当中的这种太极图变。吞食者——一个人们不知道从何而来又向何而去的靠吞食行星维持其存在的世代飞船——与地球及地球生命——人类发生了一场吞食与对抗吞食的战斗。为了吞食地球，这艘巨无霸飞船按轨道向地球移动。为了避免被吞食，地球人利用在月球上发射核弹来改变其运行轨道。为了躲避这种打击，吞食者不顾一切地使用超限四倍的加速度飞行。但是，由于超限，导致其巨大的飞行器开裂。当它接近地球并开始吞食地球的南极时，其裂缝越来越大，以至于要解体。但是，随着其吞食了越来越多的地球时，地球的拉力反而使吞食者的裂缝复原。终于，地球被完全吞食了。不过，吞食者只是要吞食地球中它所需要的部分——生命、水、地底资源，并不是全部。在一定的时间之后，它将吐出被吞食后的地球。就像人们在吞食了一颗大枣之后，要吐出自己不需要的枣核一样。这时，地球虽然已经不再是原来的地球，但是，地球的生命依然存在。在这里，我们看到了地球及其地球生命与吞食者之间的博弈。他们相互否定对方，但是又因为自己的存在而完成对方。这种变中的不变，以及不变中的变，似乎在阐释着相互因果的辩证之易。

《天使时代》描写的是掌握了舰载机与激光智能炸弹技术的文明世界对落后非洲“桑比亚”国的毁灭式打击。单纯从技术与武器装备而言，所谓的桑比亚处于绝对劣势。他们的武器十分落后，在国际上得不到支持。相对于文明国家的技术来说，确实是不堪一击。但是，就是在这样明显的强弱对抗中，在小说描述的特定条件下，强转换成了弱，弱变成了强。那些只会使用现代高科技武器的所谓的“文明”人无法与使用落后的近战短兵器的桑比亚“天使”飞人部队抗衡。这同时似乎也在说明，技术虽然是衡量国家实力与文明程度的重要标志，但却不是唯一的标志。拥有先进的技术是一回事，能够取得胜利，实现最终目标却是另一回事。

刘慈欣似乎也在努力表达他关于人类未来理想世界的模式。虽然这样的描写并不突出。在他的小说中，透露出对强权的批判、对人类平等的向往。他的《西洋》反转了历史与世界，虚构了一个在郑和下西洋时形成的帝国——中国。这个虚构的庞大帝国正如现实中的某一超级大国一样，控制着世界的金融、经济、政治版图。现实中主导世界发展数百年的所谓的“白种人”在《西洋》中被歧视，欧洲、美洲被这个现实中并不存在的“帝国”所统治。但是，时代在变化，曾经的帝国日见衰落，殖民地开始独立。统治者甚至与被统治与被歧视的“白种人”产生了爱情。虽然这是一部“非历史”的历史题材科幻作品，但其中却寄托了作者关于人类理想关系的温情构想。他的这种非现实的“反转”在于对人类平等的呼唤。虽然刘慈欣是一个从事科幻文学创作的作家，但是，他并不是一个技术至上主义者。在他的小说中，并不倡导极端的技术意义，而是多处描写那种简单快乐的田园般的理想社会。在《时间移民》中描写了发达的技术由于其发达反而异化了人类，对极端的技术至上主义进行了否定。作者让那些移民回到了距今一万一千年的新石器时代。在那里，有阳光、河流、高山、土地、绿色的草。但是，没有“文明”的痕迹。因为，这些移民可以重新开始人类的世界，并且少犯错误，包括极端的技术至上、无尽的欲望等等。“看看这绿色的大地，这是我们的母亲！是我们力量的源泉！是我们存在的依据与永恒归宿！”在《吞食者》中，巨大无比的吞食者正面临着无食可吞的考验。因为他们信奉的法则是自己的生存是以征服和消灭别人为基础的。“文明是什么？文明就是吞食。不停地吃啊吃，不停地扩张与膨胀，其他的一切都是次要的。”而地球人认为，难道生存竞争是宇宙间生命和文明进化的唯一法则？难道不能建立起一个自给自足的、内省的多种生命共生的文明吗？事实是，这种自给自足的、内省的、多种文明共生的理想人类社会正是中国传统文化中倡导并且已经践行的社会。

第四节　科学精神与人文关怀

毫无疑问，刘慈欣是一个热爱科学与技术的人，至少是一个热爱科学与技术知识的人。这不仅是因为他作为一名工程师的职业所在，当然也因为他对科幻事业的热爱。更主要的是，他在自己的艺术创造中总是把艺术与科技紧密地结合起来。如果说，在他的作品中没有科技元素的话，他的想象空间将不复存在。更何况，他是如此绘声绘色、美妙绝伦、奇思妙想地为我们创造了许许多多的科幻的虚拟世界。

但是，这并不能说，刘慈欣是一个科技至上主义者。事实上，刘慈欣对人类科技的发展是持谨慎态度的。也就是说，他并不单纯地认为科技的发展进步能够拯救人类。人类的得救可能离不开科技的进步。但是，人类的进步不等于科技的进步，而在于人类自身，在于人自己的选择。与弱肉强食、物竞天择的“天择原理”不同，作者似乎更倾向于“人择原理”，就是说，人类应该理性地选择自己的发展之路。在刘慈欣的小说中，我们可以感受到作者这种浓郁的人文情怀。他对技术进步带来的破坏性充满忧虑，对现代化对人类人文精神的伤害充满批判。在他的小说中，没有简单地对科技的强势唱赞歌，反而，总是对人的责任感、奉献精神，以及人与人之间的了解、同情、平等充满了肯定，表现出对弱者的同情、关怀，并描写他们的智慧、努力与高尚的品格。他反对种族主义，反对技术至上，忧虑人类在现代化潮流中可能迷失的价值追求。他借助一位神奇的“镜子”向人类宣布：我讲英语，是因为人们大都使用这种语言。这并不代表我认为某些种族比其他种族更优越。在《朝闻道》《吞食者》《山》等作品中，他肯定了那些为了真理、道义、人类生命而献身的人，塑造了一种震撼人心的崇高之美，并希望有后来者承续他们的事业与志向。这种“朝闻道，夕死可矣”的人文精神既是中国传统文化中完美人格的境界，也是刘慈欣所赞赏的人类品格。在《天使时代》中，他让那些被歧视的非洲“飞人”取得了终极性的胜利。在《欢乐颂》中，他让人们因为聆听了“镜子”弹奏太阳而演奏的《欢乐颂》之后，内心得到了沟通。因为，宇宙间，通用的语言除了数学之外就是音乐了。他多次提到了艺术，这几乎是能够使人类及宇宙不同天体之间沟通、理解，并得到拯救的法宝。所以他在《梦之海》中说道，艺术是文明存在的唯一理由。他营造了一些消除困苦、烦恼的理想世界，就是那些恬淡的、简单的、欢乐的、充满爱的人间时光。

人们观察事物有不同的角度，因而会得出不同的结论。如果我们把自己的视角锁定在一个生命个体上，那么，他的生命就是一切。如果我们把视角放大到一个国家、民族，那么，这种生命个体只是其中的一分子。而当我们把视野转移到浩瀚无际的宇宙，那么，人类的文明可能只是一瞬间。同时，所有的社会体系、道德伦理、价值观都可能发生改变。在刘慈欣的作品中，因了他视野的宏大，有很多地方涉及社会伦理等问题。但是，不论视角如何转换，他同情弱者，赞美奉献者，展示人类智慧的精神没有变。他是不是正在努力把科学与艺术融为一体，从现代科学技术与传统人文精神的融合中探寻人类未来的希望？也许，这正是我们唯一可能获救的道路。

许多年前，我曾经阅读过他较早前的小说《带上你的眼睛》。那位美丽的、献身人类科学事业的女科学家在进入地心并永远不可能返回时的情景令我窒息，并为她的美丽——不仅是外在的容貌上的，更包括她内在的心灵世界的——而潸然泪下。这种阅读感觉直到今天还留在我的内心。有人说，刘慈欣的科幻小说是“硬科幻”。我不知道该如何理解“硬科幻”。也许，这是指他的小说对科技内容的描述比较多，或者成为构建小说的主体条件。从科幻的角度而言，这也许是一种肯定。但我不希望这是对他浓郁的人文精神的漠视。当然，我希望他有更多的像《带上你的眼睛》那样的深深打动人心，直击人的灵魂的作品。他近期的小说，确实是科技多了，细节少了，描写简单了。在很多时候，似乎只是一种由科幻而表达的理念。我还没有机会阅读他的全部小说，这种轻易做结论的做法也许有些武断。但是，我希望，刘慈欣能够一如既往地为这个时代创作出更多打动人心的科幻作品，展示中国人的想象力与通达人类未来的智慧。

第九章　它给你一个秘密的启示，耐人寻味

——刘慈欣小说的思想资源

尽管刘慈欣认为，他的创作只是要讲好一个“故事”。但实际上，在他的故事之外，人们还是感受到了很多。他为我们提供了当今时代人类精神世界的诸多思考——当然是以艺术的方式——关于宇宙与自然、人类与社会、个人与他人、现实与未来等等。我们很难确定，刘慈欣在创作这些作品时，是不是特别研究了中外相关的典籍，从中捕捉可供启示的思想资源，以面对这个时代人类的挑战。我更愿意相信，是刘慈欣在自己充满才华的想象中自然而然地契合了时代。也许，当他营造自己精骛八极、神思飞扬的科幻世界时，那种关于宇宙存在与人类未来的思考已经从他的笔中蜂拥而至。一旦他的作品成为一种研究对象，我们就只能把这些生动的思绪肢解开来。

第一节　科技与现代，以及人类的未来

人类从诞生的那一刻起，就再也没有放弃思考。区别只是思考的方式不同，面对的具体问题各异。尽管如此，有些根本性问题仍将贯穿人类成长进步的始终。诸如宇宙是怎样的存在？大自然的意义是什么？人的价值应该如何体现？等等。在原始初民时代，由于自身体力、智力与能力的局限，人们更主要的是依靠自己的直接行为来感知、判断。当这种感知积累到一定阶段的时候，也就是人类的实践能力发展到一定阶段的时候，人们就有了更多的可能从理性的高度分析概括，得出结论。这既是人类认知水平的进步，也是人类实践能力的提高。在轴心时代，不仅出现了极为重要的人文学者，

以他们的思想影响了人类之后几乎所有的基本范畴，而且在自然科学领域，也出现了几乎是同样的情形——关于人的劳动的可能性，科学的基本领域与基本技术等等。与此同时，在社会形态方面，也形成了影响之后人类生活的构成样式——阶层与阶级的出现、社会分工的细化、基本的社会细胞即家庭的模式，以及家庭与家族、民族、国家等诸多方面的关系等等。之后的一切社会形态都是在那一时期的基础之上演化的。欧洲是中世纪之后，中国是唐宋时期，科学技术、人文思想再一次出现了巨大的进步。用恩格斯的话来说，这是一个需要巨人并且产生了巨人的时代。

伴随着文艺复兴的脚步，欧洲迎来了启蒙运动。这是一个彻底地把欧洲从宗教的、封建的社会中解放出来的思想运动、科学革命。正因为启蒙运动的出现，人类前行的方向逐渐发生了改变，欧洲开始了引领世界潮流的节奏。人类出现了新的生产方式——大工业生产的机械化、规模化与标准化，以及商业贸易的进一步全球化——简单说，就是出现了以资本为纽带的生产方式。而科学在这样的历史性变革中发挥了至为重要的作用。科学在人类社会生活中的地位发生了革命性改变。这种改变首先在孤悬海外的英国出现，之后遍及相邻的欧洲大陆。在经过一段时间的发展之后，跨越大西洋，在美洲显示出强劲的活力。科学及其技术的飞速发展，为人类创造了更多的便利。人类获取自然资源的可能性大大增加，利用科学技术成果改善人类处境的可能性也变得丰富起来。与此相伴随的是人的主体意识日见增强。在莎士比亚说出“人是万物的灵长”之后，人似乎具有了主宰万物的“权力”。似乎只要拥有知识——尤其是科技知识，人就拥有了改变一切的力量。的确，随着科学技术的发展，人类改变了传统的时空形态，改变了自然物的存在形态，改变了现实世界的运动形态。甚至在现实世界之外又创造了一个虚拟的但与现实世界紧密相关的世界——互联网世界。人们自豪地宣称，人类创造了一个与传统世界不同的“现代”或“后现代”世界。

社会生活的现代化，已然成为不同地区人们的努力方向。人类已经步入了一个“不得不”如此的发展轨道。谁能实现现代化，谁就把握了发展的主动权。谁被现代化所抛弃，也就等于被时代所抛弃。但是，随着现代化的不断演进，人类也面临着前所未有的挑战。“人类得到了操控周围世界、重塑整个地球的力量，但由于人类并不了解全球生态的复杂性，过去做的种种改变已经在无意中干扰了整个生态系统，让现在的我们面临生态崩溃”。尤瓦尔·赫拉利在其《今日简史》中敏锐地看到了发展与生存之间的矛盾。他不无忧虑地指出，“人类发明工具的时候很聪明，但使用工具的时候就没有那么聪明了。”[①]正因为此，大自然，首先是人类的地球母亲无法承受这种现代化的改造。而地球面临的危机，正是人类面临的危机。尽管人类已经拥有前人无法企及的科技，也难以逃脱这一严峻的、生死攸关的挑战。仅仅依靠科学技术，能否为人类寻找到通向未来的道路？这是今天的人们需要回答的问题。

刘慈欣在他的小说中以极富创造力的想象为我们描绘了人类的种种努力。在他的作品中，科学技术的发展达到了目前人类难以想象的高度。人类的基因发生了重要变化，演变出与其他动物结合而形成“人”的“组合体”（《魔鬼积木》）；人也可以通过基因变化演变为“微人”（《微纪元》）；人们对宇宙的探索达到了前所未有的境界，可以在不同天体之间随意地往来行走，就如同今天的人们乘坐汽车、高铁、飞机一样方便（《三体》）；人类可以推动地球滑出原有的运行轨道，去寻找新的留驻地（《流浪地球》）；人类的社会结构也发生了极为重要的改变，形成了新的组织形式，出现了新的生产生活方式（《三体》《流浪地球》《微纪元》）等等。所有这一切想象，当然是基于人类现代科技的发展。如果没有这样的发展，人类的想象力也将受到相应的限制。当人类还没有电话的时候，人们只能想象出“顺风耳”，但是还无法想象出即时通信的微信视频。当现代航天技术没有出现时，人们也难以想象出在外太空不同宇宙区域中的生活。尽管在中国古典文献中已经出现“南柯一梦”之类的对时间变异的描

① [以色列]尤瓦尔·赫拉利著，林俊宏译《今日简史》，中信出版社，2018年第1版，第7页。

写，但当时的人们并不知道这种时间关系的改变乃是由于星球运行的速度不同所致。正如恩格斯在其《自然辩证法》中评价文艺复兴及其之后所发生的自然科学的革命一样，“这是人类以往从来没有经历过的一次最伟大的、进步的变革”[①]。实际上，现代科学技术的变革远比那一时期的变革更深刻、更广泛、更具颠覆性。基因技术、航天技术、数字技术、材料技术，以及由此催生的新经济、新服务、新农业、新能源与新商业形态已经与此前的存在形态有着极为重要的不同。可以说，现代科技的发展为科幻作家提供了想象与虚构的现实基础与思想资源。

刘慈欣对现代科技的了解与研究自然十分深入。举例而言，他在小说中多次描写了宇宙的多重形态。这当然是人类现代宇宙认知的体现。哥白尼提出“日心说”时，对世界产生了强烈的震撼。人们在一定时期内还难以接受这种把人从宇宙中心驱逐出去的观念。尽管历经曲折，人类最终还是承认了“地心说”的错误。而现在，“多重宇宙”已经成为现代宇宙学的争论热点。随着量子理论、弦理论的出现，人们更热衷于承认在现有的宇宙之外仍然存在更多的宇宙。如天体物理学家亚历山大·维兰金认为宇宙就像肥皂泡泡一样，不断地生成。而另一位天体物理学家雷欧纳德·苏斯金德曾参与创立了“弦”理论，认为存在着不同的宇宙。刘慈欣为我们描绘了“多重宇宙”的存在形态。如《三体》中的地球人类与游戏世界中的“三体”等。在《命运》中，他想象了现实中的人进入“时空蛀洞”后到达了另一个宇宙。这是一个恐龙并没有被灭绝的宇宙。这种描写与多重世界理论中亚历山大·维兰金所说的“貌合神似”理论非常一致。就是说，在不同的宇宙中存在着与我们貌合神似的现象。现实宇宙中发生的一切，在另外的宇宙中会以不同的发展趋向存在。

刘慈欣对当代最具影响力的科学家如史蒂芬·霍金非常认同。霍金的一些观点对他的创作产生了重要影响。《三体》的主要结构就与霍金所言之“不要与外星文明联系”的思想相同。有人考证认为，

---

① 恩格斯著《自然辩证法》，人民出版社，2015 年 12 月第 1 版，第 9 页。

是刘慈欣首先提出了这一观点，霍金在之后才谈到相关的话题。所以我们并不能简单地说这种描写源于霍金。但刘慈欣确实说过，对外星人保持警惕，这个想法从十九世纪就有了。“即使外星文明是好意的，和他们接触也是一件危险的事，地球文明也可能会因此产生不可预知的蜕变……所以不要抱一种很天真的态度。”[①]在他的《中国太阳》中，虚构了“活过一百岁”的霍金在“中国太阳”中与水娃的交流。他给水娃介绍宇宙大爆炸、黑洞、量子引力等，并向水娃倾诉，自己之所以喜欢在“中国太阳”中生活，是因为可以忘记尘世的存在，全身心地面对宇宙。在《朝闻道》中，刘慈欣虚构了为了获得宇宙终极奥秘而献身的科学家们。他们将向宇宙提出一个问题，但在得知答案后被宇宙毁灭。最后一位走上“真理祭坛”的就是霍金。他向宇宙提出的问题是——“宇宙的目的是什么？”这是一个连宇宙都不知道的“终极”之问。由于宇宙无法回答，霍金也没有被宇宙毁灭。刘慈欣通过虚构的“霍金”为人类保留了一点信心，也说明了一个深刻的道理：宇宙可能是没有目的的。它的存在本身就是目的。

现代科技的发展使人的主体性得到进一步的增强。人们似乎越来越认为自己“真的”具有主宰世界的能力与权力。那些具有先发优势的人们同样也拥有了更多的话语权，认为自己不仅是自己的主宰，也是世界的主宰，甚或是宇宙的主宰。整个宇宙存在、世界秩序均需要“人”——以自己为代表的——来制定维护。这种思想虽然能够激发人类对科学技术的探求欲望，却也必然导致人与自然宇宙的尖锐对立。在《三体》中，刘慈欣为我们描绘了科学技术的超现实发展——数字技术改变了人的生活方式，智能技术为人类探索世界提供了更多的可能，航天技术使人的活动范围发生了根本性变革，人们可以在不同的天体、星系中自由往来，但仍然难以改变一个必然的事实——当人类的科学技术得到了超乎想象的发展之后，

① 杜学文、杨占平主编《刘慈欣现象观察：为什么是刘慈欣》，北岳文艺出版社，2016年1月第1版，第223页。

宇宙仍然会以自己的方式运行。当宇宙发现了宇宙中存在着危及宇宙正常运行的现象时，将会以自己的方式进行“排除”。这就如《朝闻道》中所描写的一样，尽管人类能够制造出“爱因斯坦赤道”——人类最大的能够环绕地球的粒子加速器，但在宇宙排险者面前，这一人类奇迹却可以在瞬间被“排除”。人的力量仍然难以改变或逆转自然的力量。

刘慈欣说过一句充满忧虑的话，认为“当人类面对巨大的宇宙危机时，必须依靠高度发达的科技来取胜”。尽管在小说中，刘慈欣毫不隐晦地为我们描写了人的理性精神这些并不属于“科技”的人文力量，但我们仍然认为这句话在一定程度上有其合理性。但从宇宙来看，并不具有规律性。真正的规律性意义体现在，当人的创造性行为在没有为宇宙运行带来伤害的前提下，所谓发达的科技是有意义的，否则，就是无意义的，或者说是反意义的。一旦这样的情况出现，宇宙将用自己的方法解决——包括人类。尽管刘慈欣说过“我是一个疯狂的技术主义者，我个人相信技术能够解决一切问题”[①]。然而一旦进入创作领域，即使刘慈欣为我们描绘了科学与技术的非凡进步，却仍然不能解决人类面临的“一切问题”，甚至人类的一切问题也很可能是因为盲目滥用技术引起的。这其实就是人类自身的遭遇。“没有任何别的东西像科学那样带来那么大的进步，那么令人神往和充满希望，但也没有任何别的东西像科学那样给人类造成空前的不安和迷惑。……科学技术掀起的巨浪，已把人类冲击得头晕目眩。”[②]人类面对的现实问题是，科学技术真的能够使人类得到解放吗？地球，乃至于银河系，甚或更为广漠的太阳系或宇宙世界真的能够为人类发明的科技提供足够的能量与资源吗？即使科学技术得到了难以想象的发展，是不是就代表着人类自身彻底的解放与自由呢？

对此，刘慈欣保持了充分的清醒与理性。这也使我们有信心相信，人类并没有因为自己的“成就”而疯狂。人类仍然保有自省、

---

① 刘慈欣著《流浪地球——刘慈欣获奖作品》，长江文艺出版社，2008年11月第1版，第5页。

② 刘青峰著《让科学的光芒照亮自己：近代科学为什么没有在中国产生》，新星出版社，2006年10月第1版，第1页。

修正、反思的能力。这当然是源于现实生活为作家提供了思考的土壤。他没有盲目地为人类的“伟力”大唱赞歌，而是通过一系列惊心动魄的“故事”来警醒人类，让人们从这些前所未有的成就中冷静下来。在其宏大的《三体》中，刘慈欣为我们描绘了人类科技的巨大进步，以及由此而来的生产生活方式的改变。人类在太空中建立了用科技支撑的太空城，可以在不同的宇宙时空中做自己想做的事情，似乎实现了宇宙之中的“自由”往来。但是，所有这一切都脱离不了一个与人类科技进步相伴随的事实——人类必须面对宇宙中存在的另一种力量——并不由人主宰的“非人”的自然之力。在强大的三体星体面前，人类几乎不堪一击；在歌者的“二向箔”面前，整个太阳系，包括三体都被二维化，变成一种“二维”存在。宇宙以自己的方式运行，并毫无顾忌地排除一切有碍宇宙运行的存在。人类所存留的只有“精神”与“品格”——可能的文化，而不是肉体。《全频带阻塞干扰》中，在惨烈的战争中取得最后胜利的并不是拥有先进武器装备者，而是能够与太阳——宇宙存在的一种——的力量融合统一的一方。恐龙虽然能够无视蚂蚁的存在，但并不能改变宇宙自然赋予自己的能量。当他们企图违背这种宇宙法则时，结果只能是灭亡。在《白垩纪往事》中，刘慈欣借用蚂蚁联邦执政官之口说道：“我们已经犯了文明史上最大的错误，没有资格再活下去了。”[①] 也就是说，当蚂蚁与恐龙破坏了宇宙自然律之后，就失去了“活下去”的可能。尽管这只是刘慈欣虚构的一种“文明世界”，却也同样是对人类的警示——当人们忙于发挥自己的聪明才智去创造“理想”世界的时候，必须保持清醒——为自己的未来存留起码的理性。

第二节　来自东方的智慧

恩格斯在《自然辩证法》中谈到“自然界不可能是无理性的，

---

① 刘慈欣著《魔鬼积木·白垩纪往事》，长江文艺出版社，2008 年 11 月第 1 版，第 107 页。

这对于希腊人是不言而喻的……理性不可能是违反自然的。"[1]这就是说，宇宙自然的存在遵循一定的规律。这个"规律"就是"理性"。理性与自然的规律是一致的。在古希腊时期，人们强调存在的"和谐"状态，人与人、人与自然之间的关系是相互协调匹配的。例如毕达哥拉斯学派就认为整个宇宙就是数与和谐。尽管他们把宇宙和谐解释为对"数"的规律的遵循仍然可以讨论，但其强调宇宙的"和谐"秩序却是深刻的。对于古希腊人而言，这种相互的协调适应是当然的，不证自明的，不能破坏改变的。正如恩格斯所言，是"不言而喻"的。但是，随着中世纪神权绝对地位的确立，神被提升到了最高的位置。在工业革命之后，资本与技术又受到了人们的追捧，曾经的那种协调、相适被人为地扭曲——从两个极端——一种是因为神权的强化而使人的主观能动性受到遏制；一种是因为技术的兴盛使人的主观能动性被无限地放大。人类从自身的角度来看，一直处于与宇宙自然矛盾的状态。不过，这种"矛盾"的状态有一个适应度。一旦突破了这个度，将带来灾难——来自宇宙自然的惩罚。所以，恩格斯认为，自然界也是有理性的。而这种理性应该就是自然对人类活动的承受度。

从东方的观点来看，这种理性一直被强调，并逐渐成为一种潜意识存在。中国最古老的经典《易经》的基本出发点就是人与自然相互适应统一的理性精神。其首先以整体联系、变易统一的方法来讨论宇宙自然的存在，包括人与人相互之间的关系。《易经》强调天与人、自然与社会、不同存在之间的整体和谐。不仅其单个的卦象是一个整体，是一种宇宙模式，而且每一个卦象之间也是相互联系的统一体。在此基础之上，《易经》强调天、地、人的整体性、同一性。它们之间的关系不是割裂的、独立的，而是具有表象之后的统一性的。人的存在之道在于体悟、遵循自然之道，"把人看成是一种随天地而产生的原始自然力，所以他的途径（道）就必须和天地之

① 恩格斯著《自然辩证法》，人民出版社，2015年12月第1版，第100页。

道相符合”[①]。正是在这样的思想基础之上,《易经》提出了“太和”的价值理想。所谓“乾道变化,各正性命,保合太和,乃利贞”,宇宙自然万物都在不停地变化运动,但它们的这种运动变化都是遵循其本性的,是按照宇宙自然赋予其具有的能量与规律进行的,这样才能形成一种相合、相应、相生的正确的、正常的运行状态,并使宇宙自然能够存在下去。这样的运行秩序就是超越了具体存在的最高存在状态——太和,不是具体事物之间的“和”,而是不同存在之间统一的、整体的“和”。由于它超越了具体存在而成为整体统一的存在之“和”,就形成了“太和”。相应地,人作为宇宙自然的一种存在,也当然在这样的运动之中处于属于自身的地位、轨道之中。人的活动不能脱离这种轨道,不能偏失宇宙理性。一旦破坏了这种总体的“太和”,宇宙“排险者”就会出现,来排除这种存在。如同刘慈欣在《朝闻道》中为我们描绘的,宇宙排险者会毫不费力地把人类最先进的科技成果——被称为“爱因斯坦赤道”的粒子加速器消除,代之以充满生机的草坪。

在恢宏的《三体》三部曲中,刘慈欣为我们展示了人类可能取得的最为先进的科技成果,虚构了另一些比人类伟力更加先进的文明形态,包括其科技形态。在我们——人类有限的想象之内,科学技术的发展已经到了登峰造极的地步。人类不仅改变了自己,也在改变着地球、星空。但是,相对于浩瀚的宇宙而言,这种改变并不能超越宇宙之力。在宇宙面前,人类并不具备主宰意义,只具备被宇宙主宰的意义。一旦出现了可能威胁宇宙正常运行状态的现象,将被宇宙之力清理。虽然相对于地球文明而言,三体文明更先进,更有力。但在宇宙面前它仍然是一粒尘埃。当三体可能破坏宇宙的和谐时,只能既偶然又必然地被宇宙摧毁。在《乡村教师》中,刘慈欣似乎为我们描绘了一种宇宙自然反向和谐的状态。拯救地球文明的并不是科技这种外在的力量,而是人的道义精神。当人在自己

① [德]阿尔伯特·史怀特著,常晅译《有大用的中国思想史》,江苏人民出版社,2018年6月第1版,第79页。

的行为中体现了自然道义的时候，就会获得一种看似偶然实则必然的可能性。乡村教师与他的学生们在懵懵懂懂之中拯救了地球与人类，并不是因为他们具有多么高超的技术能力，而是因为他们具有与宇宙必然相适应的品格。这种品格是建立在适应宇宙自然之道的本质要求之中的，也是人类应该具备，也能够具备的崇高追求之中的。

在这种整体统一的“太和”境界中，事物的发展变化是相互联系、相辅相成的。人应该能够看到这种联系之中的相互依存、相互作用，及其逐渐出现的变化。不同的事物既有其相异的一面，又有其相同的一面；既存在一定条件下的差异，又存在其运动过程中使这种差异发生转化的必然。所谓“易”，就是说事物的存在是变化的，但在一定条件下又是不变的，具有某种稳定性。失去了这种稳定性，事物就失去了基本属性，难以存在；而只有稳定性，事物就不会发展变化，就成为一种失去了生命力的存在，也就是一种僵死的“存在”。因此，事物又是逐渐变化的。在某种条件下，这种变化会达到本质性的改变，蜕变出具有延续性的新事物。所谓“为道也屡迁，变动不居，周流六虚，上下无常，刚柔相易，不可为典要，唯变所适”，这就是说事物存在之“道”就是不断地变化，人们不能执滞于一般的典常纲要，只有把握了“变”的规律才能适应“变”的要求。这种强调宇宙存在相互联系变化的思想揭示了事物存在的基本规律。刘慈欣在其作品中深刻而普遍地描写了这种“变化”，揭示了不同存在之间相互联系中的转化。这种转化可能是即时性的，也可能是在一定的时空范围内实现的，或者是在虚构的不同时空中存在的。

在《魔鬼积木》中，作家虚构了两个国家之间的某种博弈——代表发达世界的大国与代表落后世界的小国。他们为了生存发生了道德与技术层面的博弈。一方面是发达国家强大的政治、经济、科技与军事，以及建立在道德标签上的话语优势；一方面是仍然处于生活贫困、经济落后、技术水平低下，没有基本话语权的落后国家。一般而言，前者的胜利是一定的、合乎常理的；后者的失败也是当然的、正常的。但是，从小说的叙述效果来看，这样的描写将落入窠臼，没有新意；从作品的思想表达来看，也缺乏深刻性。刘慈欣的过人之处在于，他描写了二者相互作用之中的转变——不是一般的转变，而是一种带有根本性的“逆转”。落后的、贫穷的小国取得了最后的胜利，而貌似强大的发达国家却不得不面对自己的失败。这就是“不可为典要，唯变所适”的文学体现。当然，刘慈欣不是简单地把这种“逆转”的结果告诉了读者，而是详细生动地描写了这种“逆转”曲折而合理的过程。在《地火》中，刘慈欣为我们描写了一次因实验而引发的超级矿难。工程师刘欣为改变煤矿工人矿井中艰苦的工作环境，执意要进行把地底的煤在矿井中通过燃烧转变成可燃气体的实验。这样人们就可以把煤气直接开采出来，而不用人工下井采掘煤炭。但是，这个实验是极度冒险的，实际上也引发了空前的矿难，导致矿井废弃，城市瘫痪，附近的田园荒芜。大火燃烧了十八年之久才熄灭。从当下而言，这是一次极度失败的实验。但从长时间的角度来看，又正是因为这次实验使人类发明了煤炭开采的新方法——直接开采被燃烧过的煤炭生成的可燃气体。这一发明不仅使开采技术实现了飞跃，亦使生态环境进一步优化。当时光过去了一百几十年后，人们已不能理解今天现实中的煤矿——尽管今天的煤炭开采技术已经非常“现代化”了——人们集体无意识地忘记了煤炭竟然是固体的。在小说的最后，事情发生了逆转。曾经的悲剧成为人类进步史上最悲壮的一页。而这一历史性代价也成就了人类技术，乃至生活生产方式的进步。在《命运》中，刘慈欣为我们描绘了平行时空中人类的不同处境。在一个人类利用时空跃迁的方式进行恒星际旅行已经成为常态的时代，一对新人乘坐宇宙飞船完成自己的蜜月旅行。他们在天空中发现了曾经撞击地球使地球上的生物毁灭的小行星。为了拯救地球，他们用飞船的发动机撞击了那颗星球，改变了它的运行轨道，使地球避免了一次灾难。但是，这对新人也因此进入了“时空蛀洞”，回到了六千五百万年前。地球正按照另一种模式运行。曾经的恐龙并没有消失，而是继续主宰着地球的文明。而人类却成了恐龙的“宠物”——被豢养，被当作美味的食物与观赏动物。在这种虚构的平行世界中，人与宇宙的关系发生了改变。人类并不是万物的灵长，而是被豢养的“宠物”；人类也不可能创造伟大的文明，而是被文明所创造。

如果从人类的角度来考虑的话，人类从出现到不断地进化，终于演变为宇宙中人类所知的唯一的智慧生物，其中充满了各种各样的艰难曲折。所幸的是，在人类仍然不够强大的时期，已经争取到了自己成长发展的各种机遇。但是，在人的主体性被不断确立、重塑的进程中，人类的主体意识不仅被理解为属于自己的，也被放大为针对自然宇宙的。这使人类处于十分危险的境地。人类正遭遇着莎士比亚所说的“生存还是毁灭”的严峻考验。事实上，就人类而言，这样的考验并不是只有今天才出现，而是在不断地重复遭遇着。那么，人类应该如何面对这样的考验，历史也为我们提供了很多具有规律性意义的镜鉴。除了我们一直在讨论的理性精神外，人类也应该具备积极健康向上的品格。这实际上也是人类理性精神的一种体现。

形成积极健康的人格精神，是《易经》中最为强调的价值操守。“天行健，君子以自强不息”。天——宇宙自然的运行如果刚健强劲，那些具有高尚品格的君子就会因此而积极地自我强健，奋发图强，即使遇到困难与挫折，也能够“独立不惧，遁世无困”“以致命遂志”。这是因为人具备了这样的品格，才能“穷则变，变则通，通则久”。这些思想成为中国传统文化中最具影响力的体现，对后之儒家精神等产生了重要影响。孔子“发愤忘食，乐而忘忧，不知老之将至”；孟子强调“君子自任以天下为重”；后来如“先天下之忧而忧，后天下之乐而乐”“天下兴亡，匹夫有责”等，均要求“个人”要承担积极的社会责任，要有积极刚健的精神品格，要把“个人”的存在建立在自身的强健与作为之上。这种作为不是为了满足一己之需，而是要为天下——社会、自然承担责任。个人的义务要先于个人的权利，要在整个社会运行机制中奉献自己的才华、能力，在此基础之上才能讨论个人应该拥有什么。个人的利益需要服从群体的利益。而群体——作为社会整体的人的利益要服从于道的规定，遵循自然宇宙运行的基本规律。尽管道家强调守弱，反对强梁，但老子仍然在其《道德经》中提出了“自胜者强”的观点，认为只有战胜自己的弱点而达到强大才是真正的强大。强不是蛮横豪强，而是顺应自然规则。如果违背自然，不论表面或暂时有多么“强”，也是一时的，难以为继的，终于要归结于“弱”。个人要使自己适应自然的要求，不断地刚健起来，为社会自然承担责任。正如《易经》所言，“圣人所以崇德广业，备物致用，立成器以为天下利”。因此要刻苦修身，躬身自省，增进德行，要苦其心志，累其筋骨，不断学习，要日日有新，持之以恒。这样才能明道守道遵道，使人道与天道统一起来，达成天人之一统，万世之太平，生生而不息。

刘慈欣在他的小说中极为充分地描写了这种积极向上、刚健有为的精神品格，使他的作品拥有了强烈的激励人心、奋发图新的艺术感染力。其《朝闻道》似乎是一篇“人”“道”关系的激情寓言。那些为获得宇宙终极真理而义无反顾走上真理祭坛的科学家代表了人类这种至高的纯粹品格与修身精神，表现出人类所应拥有的代代相承的高贵品性。所以刘慈欣认为“用生命来换取崇高的东西对人类来说并不陌生”[①]。这也就是说，人类本身具有为崇高的追求献身的精神。而这种精神之所以能够续而不绝，是人本身具有相应的人格养成。这种养成具有先天的必然，也有后天的修炼。在《山》中，刘慈欣撼动人心地描绘了“人”在与宇宙自然的交汇中经受锤炼战胜自我实现自我的情景。热爱登山运动的冯华北在攀登珠穆朗玛峰时失去了战友，心理受到了极大的伤害，发誓不再踏上陆地，改名为冯帆，成为一名海洋考察船上的地质工程师。但是，在海上考察时，他遇到了宇宙奇观——被外星飞船引力造成的海上高峰——比珠穆朗玛峰还高两百米的“山”。冯帆在这海的“山峰”中再一次经历了登山的考验，并对人生有了新的觉悟。正如外星人所言，登山是智慧生物的本性。他们都想站得更高些看得更远些。但这并不是生存的需要。登山并不是为了求生。人类之所以要登山，那是因为有与生俱来的了解更为广阔的宇宙并实现自己价值的强烈愿望。所以，当发誓不再登山的冯帆终于登上了“海山”之后，对人生产

① 刘慈欣著《时间移民》，江苏凤凰文艺出版社，2014年12月第1版，第97页。

生了顿悟，希望自己能够攀登更多的真正的山。与冯帆这种搏风击浪式的人格蜕变不同，在《思想者》中，刘慈欣用委婉低沉而又充满浪漫情调的笔触为我们描写了两位执着于探寻宇宙奥秘的科学家——一位脑科学家“他”，一位天文学家“她”。他们叫什么名字，我们并不知道，而且他们相互之间也不知道。但是，他们有着共同的兴趣、愿望——对宇宙恒星秘密的热爱。从青年到老年，他们之间秘密的联系持续了数十年。在那些并不多的约定的日子里，他们来到了那个曾经的观测站，为了看到恒星闪烁的传递现象。这个在普通人看来难以理解的行为却是他们终其一生也难以完成的。因为这样的闪烁每十七年才发生一次。但是，他们的纯粹就表现在个人生命的短暂与恒星运行的漫长之中。尽管他们的行为并没有掺杂任何性别之间的暧昧，也没有任何功利性意义，但是，在对宇宙自然奥秘的执着探究中，他们有了共同的秘密——感受了解宇宙神秘的美。这使他们的人格表现出一种超越世俗功利的纯粹性、高尚感，以及浓郁而浪漫的自然人文之美。

在刘慈欣的作品中，最为典型地体现了积极刚健的人格精神的是《三体》中的章北海。他一家三代都在一个伟大的军队中服役，具有精神与信念上的坚定性，能够为自己认定的未来而努力，直至献出生命。虽然出于叙述的需要，刘慈欣一直到最后才告诉读者章北海的真实思想——他从一开始就认定人类与“三体”的博弈终将失败。但在小说中，刘慈欣为我们塑造了一位明知其不可为仍勉力为之的中国军人形象。他“信念坚定，眼光远大又冷酷无情，行事冷静决断，平时严谨认真，但在需要时，可以随时越出常轨，采取异乎寻常的行动”①。章北海的一切努力只是为了在这一必然失败的博弈中能够让人类文明还有存留的机会。为此，他首先提出“增援未来”计划，把一批意志坚定的战士冷冻到数百年后，自己也成为其中之一，以为那时的人类保存一支具有“过去精神”的坚强战士。这些战士“责任与荣誉高于一切，在需要的时候，毫不犹豫地牺牲

---

① 刘慈欣著《三体Ⅱ·黑暗森林》，重庆出版社，2008年5月第1版，第232页。

生命”[①]。三体的水滴探测器将要与地球人类遭遇，当人类被其完美的外表迷惑，认为三体将要与人类和谈时，章北海却命令自己负责的“自然选择”号战舰飞离即将发生的末日之战战场。他在承担着“逃跑”罪名的同时，为人类保留了最后的希望。在《全频带阻塞干扰》中，天体物理学家米沙一个人留在“万年风雪”号天空组合体中执行任务。当战争进入白热化状态时，需要阻断敌方的电子信号来获取胜利。这时，唯一可行的办法就是让在近日航行中的“万年风雪”号去撞击太阳，产生电磁爆，以阻断地面电子信号。而米沙，一个从小就对政治、战争、军事缺乏兴趣而迷恋星空的科学家，终于成为一名最出色的战士。他驾驶“万年风雪”号毫不犹豫地撞向太阳，用自己的生命保证了战争的胜利。米沙，终于完成了从科学家向战士的转换或科学家与战士两种身份的统一。他虽然并不关心政治，但在内心仍然执着地保有着责任。他对父亲说过，“到了需要的时候，我也会尽自己的责任的”[②]。实际上，刘慈欣并不是仅仅描写了这些具有英雄气概的人物体现出来的崇高人格，他同样赋予那些“小人物”以令人钦佩的精神世界。在《中国太阳》中，他塑造了水娃的形象。水娃从一个偏远贫困山区逐步走向更广阔的天地，终于成为“中国太阳”上的一名清洁工，并与在“中国太阳”上休养度假的“霍金”相识，对宇宙、自然、人类有了非同一般的认知。当“中国太阳”完成了使命后，水娃选择了终身不能返回地面，向宇宙更深远处探索的使命，终于成长为一名宇宙探索者。在《乡村教师》中，正是那位身患重病仍坚持为偏远乡村的孩子们教书的乡村教师在不经意间拯救了地球人类。他的坚守，已经超越了一般的教书育人的意义，成为人类理性力量的生动体现。

《易经》认为，“天地之大德曰生”。也就是说宇宙自然最重要的品格是万物的“生”——生成、生长、生存，以及由“此生”形成的“彼生”——从一定的事物中生发出来的有相关性与延续性的事物。

① 刘慈欣著《三体Ⅱ·黑暗森林》，重庆出版社，2008年5月第1版，第140页。

② 刘慈欣著《带上她的眼睛》，长江文艺出版社，2017年3月第1版，第116页。

这种观点在中国其他思想家中产生了重要影响。如宋代的二程就认为“生生之理，自然不息”，“天地之化，自然生生不穷”。宇宙自然的变化使存在万物处于生生而不停止、不中断的状态中。“生”是一种恒久的存在状态。但宇宙万物是如何“生”的呢？答案是肯定的，就是在不断的变化之中出现了新的因素，而使存在万物拥有了新的生存可能。所谓“苟日新，日日新，又日新”，因为每时每刻都有新的元素生长出来，使旧的东西被取代，在达到一定的度后，新的事物就生成了。而这种变化乃是因为宇宙存在不同力量作用所致。《易经》中把这种运动想象归结为“阴阳”之互动。这种思想也影响了之后的道家等流派。如道家就认为“抱阴负阳，冲气以为和”。阴阳相互作用，才能形成“和”，使万物达成一种适宜于生长与存在的状态。在宇宙中，不同的存在按照宇宙的法则运行，是为“生”。但是，这并不是存在的自运行，而是要与构成宇宙的其他存在共同协调运行。就是说，在运行本体之外还存在非本体的存在。这些非本体的存在同样会对本体产生作用。所以，阴阳的协调互动、和合共行影响甚至决定了万物的存在。在刘慈欣描写的宇宙世界中，不同存在之间的相互影响、博弈构成了“生”的壮阔景观。

在《吞食者》中，地球按照自己的运行规则存在。但这并不是一种纯粹自主的存在，而是在宇宙整体运行规则中不同存在相互作用下的存在。当地球遭遇到另一种天体——“吞食者”时，其运行将发生变化。吞食者同样是宇宙中的天体，按照宇宙法则运行——必须吞食相应的天体才能保持自己的正常能量。而地球正是这样的将要被吞食者吞食的天体。也就是说，作为运行主体的地球并不仅仅是自运行的，它要受到相关存在的作用。而就吞食者而言，同样也要受到包括地球在内的其他存在的影响。如果吞食者能够战胜地球，它就会完成自己的运行。而地球能够战胜吞食者对自己的“吞食”，也才能完成自己的运行。在宇宙之中，它们发生了相互影响的“夺命之战”。其最后的结果是，吞食者取得了胜利，将地球吞食。但地球并不是彻底的失败，它还存有吞食者不能吞食的部分，并将在其中养育新的生命——具有延续意义的新的生的开始。在《三体》

中，三体文明为了摆脱“乱纪元”状态，将向地球发起攻击，以占领地球。但是由于地球人类为了对抗三体的入侵，暴露了三体在宇宙中的位置，当然也同样暴露了自己的位置。三体首先被宇宙中更先进的文明“清理”了。而地球，也随着太阳系的二维化而成为“二维”状态。但是，三体并不是被彻底地清除，它仍然保留有逃离母星的飞船，存留有自己的文明。地球也同样保留有自己的飞船——“蓝色空间”号与“万有引力”号，以及被发射至宇宙中的由云天明为代表的人类文明。更重要的是，在《三体》的最后，代表人类文明的程心、关一帆与代表人类之外的文明的三体智子，共同完成了保护宇宙的“回归运动”。他们离开了云天明赠送的小宇宙，飞向了浩渺无垠的宇宙太空。人类，以及三体的种子仍然在宇宙中生存，将为宇宙带来新的文明。

在刘慈欣一系列奇幻精妙的想象之中，往往那些表面上看起来处于“弱势”的存在将取得最后的成功。在《魔鬼积木》中，落后贫穷的非洲国家“桑比亚”终于取得了最后的胜利，击败了拥有世界最发达的军事、科技的大国航母集群。那些看起来很落后的贫穷之地，却生活着“美妙”的人们——“能轻而易举地飞越高山和大海，蓝天和白云是我们散步的花园，我们可以去任何地方，甚至国境都挡不住我们”[①]。在《三体》中，为了对抗三体的入侵，人类选择了四位面壁者。其中的三位都是社会名流，有宏伟的看似十分可能的反击计划。而第四位面壁者却是名不见经传的，看起来胸无大志且不愿意承担面壁者使命的罗辑。他是一个普普通通的人，学业没有突出的建树，人生没有明确的目标，生活也几乎没有什么可圈可点之处。但正是这位并不起眼的罗辑在经历了各种各样的人生之后，成为能够威慑三体的执剑人，拯救了人类。

在《三体》最后的“回归运动”中，由三体文明创造的智子与地球人类的代表程心、关一帆成为朋友。他们不再是三体占领地球

① 刘慈欣著《魔鬼积木·白垩纪往事》，长江文艺出版社，2008年11月第1版，第207页。

时相互敌对的关系，而是命运与共的宇宙文明。他们把小宇宙归还大宇宙时，有了共同的信念、机遇与命运。“放心，我在，你们就在！”[①]这是宏大的《三体》三部曲中的最后一句话，也是全书中非常重要的一句话。它似乎表达了作家，在某种程度上也代表了人类的一种认知——由共同的命运而结成的责任与使命的相关性。这使由人类面对共同境遇而形成的命运共同体转变为宇宙的命运共同体。程心为代表的人类相互之间的爱心升华为对宇宙存在的爱。正如程心所言，“现在，我将登上责任的顶峰，要为宇宙的命运负责了。……每个文明的历程都是这样：从一个狭小的摇篮世界中觉醒，蹒跚地走出去，飞起来，越飞越快，越飞越远，最后与宇宙的命运融为一体”[②]。这也就是说，人类的命运与宇宙的命运是密不可分的。尽管从宇宙的角度来看，人类、地球，乃至于太阳系都是很小的，甚至也可能是微不足道的。但即使如此，其命运也是统一的、相关的、不可分的。人类对自身的爱，不仅推及于对自己群体的爱，还将延展至对自然存在的爱，以及对宇宙存在的爱。

人类在讨论爱的时候，有很多经典之论。如儒家就认为“仁者爱人”。这种爱是基于人个体以血缘亲情为基础的爱，并由此及彼，由近及远，扩大延展至所有生命万物之中。孟子就提出“亲亲而仁民，仁民而爱物”的思想。至清之戴震提出“仁者，生生之德”的观点，认为生生不息的运行是人与自然存在的共同本质，把“爱人”的思想扩展到对天地万物的仁爱。墨家倡导“兼爱”。墨子提出了“兼相爱，交相利”的主张，要求平等地关爱天下的所有人。而道家则从“自然无为”的思想出发，倡导人与物之间的平等无私之爱。庄子认为，“爱人利物之谓仁”。这些论述，把“爱”从个人延展至亲人，又从亲人延展至众人，即所有的人，进一步再延展至万物，表现出“爱”的丰富性。同时，把对人的“爱”与对物——存在的“爱”统一起来，表现出“爱”的深刻性。这些论述尽管强调了“爱”对

① 刘慈欣著《三体Ⅲ · 死神永生》，重庆出版社，2010 年 11 月第 1 版，第 513 页。
② 刘慈欣著《三体Ⅲ · 死神永生》，重庆出版社，2010 年 11 月第 1 版，第 509 页。

人与物的统一，但还没有把它们作为一种宇宙同一性的存在。在《三体》中，刘慈欣把这种古典思想中的仁爱观拓展为对宇宙的爱，就使人与物统一为宇宙存在。人类不仅要对自身承担责任，也要为自己存在的外在条件承担责任。这种“外在条件”就是宇宙——由近及远、由具体而抽象的宇宙。

在人类为宇宙承担责任的时候，人类具有了排除了种族、性别、地域、宗教、国家等把人区分开的品格。人成为一种存在的统一体。刘慈欣认为在宇宙中存在着“黑暗森林”法则。那是因为宇宙中不同的文明——假如存在的话，它们之间的沟通、交流，以及建立认同是很困难的。它们相互之间无法在最短的时间内传达对对方的善意。因此，为保护自己的存在往往首先采取攻击性行为。但是刘慈欣认为，在人类社会，“黑暗森林”法则却是不存在的。因为人类尽管有很多的不同，但其共同性仍然大于差异性，相互之间的沟通、理解是非常容易的。也许刘慈欣的这种观点是比较乐观的。但实际上即使人与人之间存在着很多的区别，也并不能否认人类仍然存在着更多的共同性——物种的基本特性，生存的条件，自然社会资源，价值观，以及面对宇宙存在而生成的共同的挑战与考验——环境恶化、资源匮乏、气候变暖、市场分割、由资本与技术而导致的人的异化等等，以及可能的太空灾变。这些问题仅仅依靠某一国家或某几个国家是难以解决的。新冠病毒实际上也是一次对人类全球化能力的考验。即使中国首先控制了新冠病毒的大面积传播，也难以独善其身。人类必须结成统一的共同体，有共同的价值追求、共同的行为准则才有可能取得最后的胜利。在《流浪地球》中，不同地区、国家的人们结成了统一体，为地球寻找新的家园。在《三体》中，地球人类的组织方式、宗教信仰、技术发明等都出现了新的变化。在毁灭性的灾难面前，人类终于团结起来，结成了统一的命运共同体。

人类的未来如何？人类的理想社会是怎样的？这应该也是人类从具有意识以来的一个带有根本性的问题。我们还难以说清在那些没有文字的时代，人类对自己的未来有何设想。但我们知道，在那些流传下来的典籍中，人类对理想社会有很多的想象。如柏拉图的理想国，托马斯·莫尔的“乌托邦”等等。尽管这只是“空想的国家”，但也是人类的一种思考、设想、理想。而在东方，人们则提出了“大同思想”，希望“大道之行也，天下为公，选贤与能，讲信修睦”。《礼记》中《礼运》的这些论述仍然是人类对理想社会的一种期望与想象。刘慈欣并没有为我们描绘这种理想状态的社会，但在他的作品中却表现出在人类结成命运共同体之后，迫于延续文明的需要而体现出来的“天下大同”。首先，这种社会结构是消除了种族、血统、地域、国家、文化、宗教等把人与人区别开来的形态。在他的描写中，虽然有美国人、俄罗斯人、日本人、澳大利亚人等带有国别意义的“人”的活动，但这只是一种具体的人的具体属性，而不是为了强调其国家属性。不论他们是什么地方的人，都是“地球人”——与地球之外的智慧生命相对的“人”。在这里，没有东方与西方的区别，也没有发达与发展的不同，更没有宗教的征战、党派的纷争。在共同的命运面前，所有这些都是次要的，存在才是最重要的。人类具有共同的命运——不仅是本质性的，而且也是显现的、现实性的。如果人类不能团结起来，共同承担拯救自己的使命，毁灭就是一种不可逆转的必然。

在这样的共同命运际遇中，并不是人类自身的理性觉醒而结成了共同体，而是人类在巨大的毁灭性灾难面前“不得不”如此的被动选择。与《白垩纪往事》中颟顸自大、目空一切的恐龙不同，刘慈欣寄予人类理性的品格。尽管在人类之间仍然存在由于理念不同出现的争执甚至战争，存在出于私利而形成的悲剧，但总体来看，刘慈欣对人类充满了希望。人类仍然能够形成统一的联合体、命运的共同体，具有远大的理想与高尚的情怀，非凡的智慧与坚忍的信念。所以，罗辑才能够从一个非常“佛系”的人转变为一个对三体具有巨大威慑力的执剑人，成为地球上最后的文明守护者。

第三节　传统中的现代性

科幻文学的出现是现代文明的结果。是工业化的发展、科学技术的进步拓展了人类的想象力。尽管从“幻”的角度来看，这种非现实的想象并非在现代社会才出现。但“科幻”毫无疑问是伴随着现代科技的发展才形成的。这使“科幻”具有了传统与现代的二重性。这就是传统“神怪”想象与现代“科技”背景的融合而形成的全新的人类精神形态。当人类在这样的条件下面对不确定的未来时，仍然是站在传统基石之上的现实努力。

当我们讨论现代性的时候，却不能忽略或回避传统。欧洲现代社会的开启乃肇始于对失落了的传统的承续——对古希腊文化的重新发现与继承。现在我们称之为“文艺复兴”。而欧洲的文艺复兴并不是一个独立的事件，它与世界的相互联系——东西方文明的交流互动密不可分。没有十字军的东征，就不会在阿拉伯世界发现被欧洲人遗忘了的古希腊典籍。当然，如果没有东方世界的发展进步，特别是科技的进步，就没有欧洲科学技术的飞跃，也不会出现大航海时代。世界就仍然会处于一种“弱联系”状态。今天我们所说的现代化也就可能是另一种样子。所谓“现代”，从社会发展的沿革来看，应该是指那些最能够代表生产力发展要求的社会形态。但是这个问题也非常复杂。一是这种形态可能不是单一的，而是多样的。即使我们认为的先发国家，也多有不同。如英、日等国仍然保留了君主，这与所谓的“现代”应该是格格不入的。但其社会管理结构却并非如此简单，体现出比较突出的“现代”特色。美国的总统制与法国的总统负责制、德国的总理负责制等也多有不同。不过总体来看他们的社会治理体系具有许多共同之处，在文化渊源方面也有非常重要的一致性。这就是说，当我们说“现代”的时候，“现代”并不是一个固定的形态，而是表现出多样性与复杂性。

实际上什么是“现代”也存在不同的认知。如周有光就认为现代社会是“一个动的概念，不是一个静的概念，是一个相对概念，不是一个绝对概念。历史在延长，现代在推移。今天的现代就是明天的古代”[①]。这样来看，任何一个时代都有属于那一时期的“现代”。而这种“现代”也将成为“传统”。今天来看属于传统的，在某一时期就是“现代”。如果这种认知具有合理性，那就说明所谓的“现代”并不是恒定的，而是一种话语的即时性表现。这也从另一个方面说明，在传统中仍然包含着某种具有“现代”意义的存在。其主要表现是某种文化形态、文化要素仍然具有能够解决今天“现代”面临问题的思想与方法。

不过，当我们今天讨论“现代”时，仍然指的是今天的“现代”，是现实的“现代”。我们并不能认为之前的某个历史阶段如欧洲之中世纪是“现代”。如果说是“现代”的话，那也只能是那一时期的“现代”。我们需要从“传统”中寻找发现那些对今天仍然具有意义的东西来完成今天的“现代”进程。很难说刘慈欣的小说对传统与现代的表现有什么刻意的追求。事实上我更希望是他在创作中暗合了这样的话题。刘慈欣似乎对传统具有突出的认知，并在其小说中自然而然地表现了出来。他所描绘的世界是现代的，或者说是超现代的。所谓“现代”，是指其中涉及的问题是今天我们面临的问题。这就使其作品具有了“现代性”。所谓“超现代”是指，他描写的具体生活场景超出了今天社会生活的现实可能，具有超前性。今天的人类仍然生活在一个以地球为半径的宇宙之中。即使是最先进的航天器也没有飞出太阳系。但是，刘慈欣在他的小说中赋予了我们更大的可能性——时间的与空间的。从时间的角度来看，在他的小说中，人类能够返回文明初始生成时代，也可以生活在数百万年之后。如《时间移民》，人类经过了“大厅时代”“无形时代”约一万一千年的时间长度终于“回家”，返回了“大地”。但是，同样是“大地”，大地的形态却与移民之前大不相同。这里“没有人类活动的迹象”。在《三体》中，刘慈欣为我们描写了“危机纪元”，及公元 201× 年

---

① 周有光著《从世界看中国：周有光百岁文萃》，生活·读书·新知三联书店，2015 年第 1 版，第 244 页。

至2208年，一直经过威慑纪元、广播纪元、掩体纪元、银河纪元、DX3906星系黑域纪元至647号宇宙时间线的公元18906416年启动的计一千九百万年左右的时间。这种设计当然是超现实的。从空间的层面来看，刘慈欣小说中的生活场景已经大大地超越了地球、太阳系，而更多的是太阳系之外的宇宙空间。如宇宙中遥远的外太空三体世界、歌者文明所存在的宇宙时间等。其中的生活也完全与现实的"现代"不同。即使是地球也不同于今天的地球。在《流浪地球》《三体》中，地表发生了巨大的变化，曾经的城市已经荒芜，人们转移到地底生存。甚至人类在宇宙中建造了太空城。伦理关系、社会结构、管理方式、情感形态等也发生了巨大的变化。更重要的是，刘慈欣为我们描绘了三维世界之外的多维并行世界。这已经是超越了现实时空的"另外"的时空宇宙。如《纤维》中就描写了不同"纤维"系统中不同智慧生物——假如说仍然是"人"的话，由于其所处宇宙存在的位置不同，对同一存在的认知就表现出很大的差异。如人类认为从太空来看，地球是蓝色的。但另一"纤维"系统中的人却看到地球是"深灰色"的、"粉红色"的。"一个量子系统每做出一个选择，宇宙就分裂为两个或几个，包含了这个选择的所有可能，因此产生了众多的平行宇宙"①。他为我们描绘了平行宇宙存在的不同可能。

但是，这并不是我们所说的现代性。现代性应该是"现代"表现出来的一系列属性。即使刘慈欣为我们描绘了超越现实时空的存在，仍然不能否认其根深蒂固的对现实社会现代性的关注。在某种意义上可以说，这种现代性构成了他小说思想与结构的主体。尽管他力图要写出好看的科幻故事，但这种好看的故事却是建立在对现实的关注之上的。也就是说，刘慈欣的小说难以疏离现实存在——人的行为、思想与价值观。

也许人类对自己的认知是随着社会及其生产力的发展不断深化的。人类仍然处于懵懂的时代时，能够满足自己基本的生理需求以

① 刘慈欣著《宇宙观察者刘慈欣精选集》，希望出版社，2016年8月第1版，第290页。

维持生命应该是最重要的。但是，人类真的是具有非凡能力的生物。他与其他生物不同的一点就是不论经历了多么严酷的考验，仍然能够取得进步——生理的、情感的、精神世界的，以及对存在世界的认知能力的等等。随着生产力水平的提高，人类思考的问题也越来越复杂，体现出特定历史时期与社会发展程度相适应的特点。当人的自觉意识出现之后，人不仅思考如何才能满足生理需求，还思考人与存在的关系——与他人、自然以及宇宙。当科技进一步得到发展，特别是现代科技飞速发展的时代，人类的生存生活条件发生了翻天覆地的变化。曾经拥有的主动性逐渐弱化。资本、利润、技术、权力、市场、话语等规定、制约了人的行为。人不仅要思考诸如“我是谁”“从哪里来”等根本性问题，还需要更多地思考“往哪里去”“如何去”，以及这个“哪里”在哪里的问题。简单地说，就是当人被存在异化的程度越来越严重的时候，人是否具有自身的独立性、独立价值？人类能否拥有未来？如何才能通达未来？刘慈欣在作品中，非常突出地为我们表达了这样的思考，以及与此相关的人的行为。

现实的世界是，发达国家占有了强势的话语权，并依据自身的利益制定了社会规则。这种规则往往具有道德与伦理的意义。但这种规则不仅对欠发达国家存在漠视，对发达国家而言也存在极为明显的短期效应。在《魔鬼积木》中，非洲裔的生物学家奥拉为祖国的贫穷、落后、困苦而痛心。“经济起飞是以破坏环境和资源为代价的，那里成为西方高污染工业的垃圾场”，“少数富人在狂奢极侈，而占大多数的穷人则面临着饿死的危险”。[①]这里我们看到了世界发展严重的不平衡状态，以及以发达国家为标志的“现代社会”对落后国家的漠视与抛弃。因为这样更有利于发达国家的财富积累。而对这样的问题，发达国家的代表菲利克斯将军却认为只是“现代化的代价，是一个必须经历的阶段”。在这里，现代化是一个“不得不”的“目标”，被赋予了某种神圣性、必然性。而先发国家对此并不需

---

① 刘慈欣著《魔鬼积木 · 白垩纪往事》，长江文艺出版社，2008 年 11 月第 1 版，第 119 页。

要承担什么责任。因为它是“必须经历”的。也就是说，这种贫困、饥饿、污染是合理的、正常的。这种描写其实也表现出人类在实现“现代化”进程中面临的困境与挑战。如果环境被污染——尽管可能并不是某些具有话语权的人生存的区域——但这种污染对人类的未来预示着什么？发展的不平衡将对人类产生什么影响？这些都是极为重要的挑战。

在另一些作品中，刘慈欣为我们描绘了人类非凡的创造能力——人类的科技得到了高度的发展，以至于人类能够在宇宙中建造一系列类地球的生存“场”。人类在地球与太阳系不同星球之间的行走已经十分普遍，但是人类仍然难以逃脱毁灭的可能。人类不再追求如何发展，而是极力为保存自认为伟大的文明而努力。但是，人类创造的文明是不是真的很伟大呢？当然，从人类的角度来看是非常伟大的、璀璨的。这是人类智慧与情思的结晶，是数千年创造奋斗的体现。但是，在宇宙中，从其他的存在形态来看，它是不是仍然“伟大”，就是另一个问题了。正如《吞食者》中的“大牙”所言，“那东西没意义”。也就是说，人类认为有价值的存在在另一种智慧生物看来是无价值的。那么，从宇宙的尺度来看，人类这种“没意义的”存在是不是还有存在的价值就值得考虑了。这其实是在现代化进程中人类面临的一个非常“现代”的终极问题。

刘慈欣固然没有为我们回答这样的问题，但他用自己的笔为我们描绘了这样的问题，并在设计那些好看的故事时透露出他的忧虑与思考，试图从这种描写中得出答案。虽然他希望人类能够拥有高度发达的科技以应对可能发生的生死抉择，但实际上他仍然从传统思想资源中寻找能够解决这些问题的办法——人与天的关系，及其相处的方法。这就使“传统”具有了“现代”的意义。虽然在中国传统文化中并不否认天与人之间的分别，认为这二者之间是具有某种各不相同的独立性的。但是，总体来看，天、人是具有同一性的。二者具有本质上的一体性，遵循共同的规律。这也就是我们所说的“天人合一”。在《三体》的描述中，我们看到了人类即使在科技发达到今天的人们难以想象的高度，仍然不可能成为宇宙的主宰。但是，人类如果具有理性精神的话，就会选择维护宇宙的终极之法，使宇宙能够保持正常的存在状态，从而为人类提供生存与发展的可能。

当人类面对现实，应对挑战时，至少有两个方面的努力。一方面是根据现实来向前拓展，包括思想观念的创新解放，科学技术的发展进步，以及社会管理的现代化等等。这种努力证明人类具有不间断的创造力。而另一方面则是回望历史，从中寻找可供前行的精神力量。最典型的就是欧洲之文艺复兴。文艺复兴从欧洲来看是对古希腊文化的重新认知，但其中也包含着对人类全部文化的认知，特别是对东方文化的认知。也就是说，要解决属于“现代”的问题，仍然需要把人类创造的一切精神物质遗产作为资源、武器。至启蒙运动，欧洲出现了极为重要的“东方”热潮，“中国风”席卷欧洲大陆。几乎所有欧洲重要的思想家、艺术家，以及政治家都不能回避东方，特别是中国。他们甚至以拥有中国风物器具为时代之风尚。思想界如伏尔泰、狄德罗、莱布尼茨、康德、黑格尔、谢林；艺术界如歌德、席勒、赫尔德尔等等，均对中国历史文化、文学艺术产生了极大的兴趣，并进行了属于自己的研究。中国文化在政治、经济、审美与价值观等诸多方面对欧洲产生了极为重要的影响。这种本来属于“传统”的资源转变为解决欧洲现实问题的工具，具有了某种“现代”意义。当新兴的资本主义得到快速发展，其局限性与缺陷日渐显现时，那些具有理性自觉的人进一步思考人的意义与价值，以及人类的未来走向，对中国文化中关于人与自然的关系、人与人的关系等寄予了巨大的希望。在文学与艺术领域，一方面自身的发展达到了一个空前的高度，需要寻找突破创新的路径；另一方面，社会现实中现代化所带来的人被资本、技术、利润挤压异化的现象也空前突出，需要用新的表现手法来反映。从东方寻找资源，解决现实存在的问题亦成为一时风尚。毕加索、塞尚等对中国传统绘画手法进行了积极的借鉴，形成了现代派艺术；心理学派如弗洛伊德、荣格等从中国书法、道家典籍中寻找到了证明自己理论的依据；现代派的开山祖师卡夫卡终于认为自己是一个“中国人”；意象派则从中国古典诗词中找到了诗歌变革的方向等等。这些在一般情况下被视为“传统”的东西在特定的现实要求中纷纷转变为“现代”的要素。歌德在其法兰克福故居中把他二楼的主厅称为“北京厅”。“厅中陈设着中国式的描金红漆家具，蓄着八字长须的彩色小瓷人，墙上挂着的也是印有中国图案的蜡染壁帔。在同一层楼的音乐室里，摆着一架仿照中国家具风格的古老风琴，琴盖上绘有一幅典型的中国风景画：山水、杨柳、宝塔、垂钓，一派中国乡村的静谧气氛。”[①]在被认为富有中国情调的《中德四季晨昏杂咏》中，歌德写道，“此时在那东方 / 该有朗朗明月”。而在其《二裂银杏叶》中，歌德说：“生着这种叶子的树木 / 从东方移进我的园厅 / 它给你一个秘密启示 / 耐人寻味，令识者振奋。”在这样的诗句中，透露出诗人对东方智慧的向往。这并非仅仅是对某种文化形态的认可，也体现出诗人对人类现实与未来的思考感悟。而刘慈欣也从这样的现实中表现出了基于“传统”价值生发出来的“现代”思考。

① 曹艳兵著《卡夫卡与中国文化》，首都师范大学出版社，2019 年 12 月第 2 版，第 17 页。

第十章　给岁月以文明

——刘慈欣《三体》的史诗品格

刘慈欣在《三体Ⅱ·黑暗森林》中写道，面壁者罗辑冬眠近两百年后被唤醒，回到了现实世界。但是，人类经历了太多的事情，社会发生了剧烈的变化。在近两百年的时光里，人类的科技得到了飞速发展，人们正生活在一个几乎是全智能化的时代。不过，这一现实得来并不容易，而是由环境的急剧恶化、人口的大幅度减少，以及大低谷所带来的异乎寻常的艰难等换来的。在大低谷时期，人类意识到，应该是“给岁月以文明，而不是给文明以岁月”[①]。这就是说，在人类生存的漫长时光中，应该保有文明的状态，使岁月成为文明的岁月，而不是为了延长文明的时间长度，使岁月成为“不文明”的岁月。因为，这样的岁月是没有意义的。但是，如何才能“给岁月以文明”，恰恰是对人类的一种考验。这需要人类拥有极高的智慧与能力。同时，也需要——时间。这样，人类才能寻找到拥有文明、通达未来的正确道路、方法与价值体系。也许我们可以这样理解《三体》，它其实是通过一种宏阔的想象来讨论人类在创造了自己的世界之后，如何才能更好地拥有并延续这一世界。这种博大的思想与人类充满变异与复杂性的努力过程可能是属于“未来”的，但却是非常现实的。《三体》这一努力过程的描写使我们感到它是一部具备史诗品格的非凡之作。

“史诗”作为文学的一种类型，特指那些描述民族创世历史的韵文作品。一般来说，它结构宏大，时间跨度较长，有许多能够带领

① 刘慈欣著《三体Ⅱ·黑暗森林》，重庆出版社，2008 年 5 月第 1 版，第 334 页。

族群人民战胜艰难困苦走向胜利的英雄人物。这样的作品主要在民间流传，是一种集体创作，而不是个人式的文人作品。这类史诗被称为“创世史诗”。但在文学史上，还有一种被称为“史诗”的作品。它们是由诗人或作家个人创作的。其传播并不是前者那样靠口耳相传，而是与其他的文学作品一样，通过文字的物质形态——抄写品与印刷品来传播的。只是由于这些作品在品格上具有与“创世史诗”相同或相近的特点，被称为“史诗”。这类作品人们称为“文人史诗”。大致而言，我以为文人史诗具有这样几个方面的特点：一是相应的历史深度，二是典型的人物形象，三是强烈的现实精神，四是崇高的审美品格，五是积极的思想启迪。当然，我们还很难说一部作品必须全部具备以上几个特点才能算史诗。但我们至少可以说，一部作品如果基本具备或者具备了与之相近的品格，就可以算是史诗。如果从这样的角度来讨论《三体》，我们就会发现，《三体》是一部现代文人创作的面向未来的宏阔史诗。

第一节　相应的历史深度

一般而言，历史是属于“过去”的，是一种“完成式”。但是，我们往往又认为历史在延续。这就是说，历史是动态的，它可以是昨天，也可以是现在，还可以是未来。这种理解把历史的“时间度”拉长至无限远。事实上，历史是不能完结的。因为“今天”就是“明天”的历史，过去也曾经是现在。更何况所有的今天都是由于过去的“历史”铸就的。历史实际上决定或影响了现在，乃至未来。如果从创世的角度来看，史诗肯定是说“过去”的。但人们一直把自己的创世史诗传播下来，在某种程度上也可以说影响了现在乃至未来。文学表现历史有很多方法。但就史诗而言，应该是“有深度的历史”。它不是简单地叙述一个历史故事或事件即可。所谓“历史深度”，就是说文学要表现能够影响历史进程的存在，而不是在静态“历史”中存在的人与事。这种“影响历史进程的存在”，可能是较长的时间段，也可能是某种事件。它们影响历史的程度往往决定了作品的深度。尽管时间可能是恒定的，但空间却是多样的。在不同的空间——社会空间与宇宙空间，时间是不同的。时间在不同空间发生了改变，存在的意义也发生了改变。与这种改变一致的历史就是我们所说的“相应”的历史。举例来说，辛亥革命是影响历史的事件，它是在特定的时间内出现的。但在不同的空间，其意义是不同的。比如在欧洲，辛亥革命的影响只是潜在的，而不是直接的。在李劼人《死水微澜》中表现的川蜀地区，其影响远不及武汉、京沪等中心都市。在这些地区并没有发生激烈的革命，而是仍如“死水”一般。改朝换代的大事件“辛亥革命”只是激荡起一点“微澜”。可以看出，同一事件在不同的时空中产生的作用并不相同。而文学要表现这种影响，必须与具体的时空一致。这就是我们所说的“相应”的意义。相应的历史深度就是说，作为史诗性的作品，要表现出一定历史时期或历史事件对社会影响的程度。《三体》探讨了人类如何走向未来这一具有根本性的问题，当然体现了相应的历史深度。

刘慈欣在时间的可想象长度中展开自己的描写。从书中涉及的时间来看，有以下几个方面。一是现实的时间，故事从“现在”，也就是二十一世纪初期开始。二是过去的时间，回溯二十世纪中后期，工业化漫卷全球的时代，并延及两千多年前人类文明的轴心时代，甚至更遥远的“过去”。三是未来的时间。即现实中还不存在但作家依据故事情节的发展在作品中所需要的时间。这一段从二十一世纪初期直至两百多年之后。四是宇宙时间，从距今两百多年之后至六百多年之后，一直至可想象的两千万余年的时间长度。五是时间之外的时间。即不在情节之中的另一种时间。或者说不属于地球人类时间的时间。《三体》主要描写的对象是人，但其时间概念并不仅限于地球，而是包括了所有存在的“宇宙时间”。这使《三体》呈现出与其他作品不同的“全时间”视角。

但是，史诗并不是描写了有长度的时间即可，更不是表现的时间越长越好。它还需要表现出相应的历史深度，表现那些具有历史感的、对历史进程产生影响的人和事。仅仅是简单平面的描写，并不能说具有了历史感。在这样的描写中，时间只是简单的存在，并不发生变化。或者其变化只具有时间意义而不具有社会意义。因而，只有表现了人在历史发展变革中的作为，以及这种作为对人情感意志和精神世界的触动，才能真正进入历史，具备历史的深度。《三体》从人对现实世界扭曲的反应开始叙述，触及人类应该如何处理好人与人、人与自然的关系，进入对人类来说具有根本性意义的思考层面。这些思考涉及人存在的意义；人类如何才能在宇宙时空中延续自己的文明；依靠强大的、发达的现代科技能不能为人类获取未来；理想社会是怎样的形态等。显然，这些问题都将对人类历史产生重要的影响。

不过，从小说的角度来看，需要虚构能够表现这些问题的人物与情节。《三体》中推动故事发展的是一些优秀的科学家自杀或被杀。其背后是对现实社会及其文明失望至深而走上极端主义的人类三体运动组织。其精神领袖是天文学家叶文洁。她因为父亲被害而深受伤害。特别是她的母亲在父亲去世后立即嫁给了一个权贵，并从情感与道义上舍弃了自己的父亲。这使叶文洁对人类的现状感到失望，心理产生了畸变，希望有更高级的文明来地球拯救人类。正是在这样的心理左右之下，她向宇宙发送了信号。但在宇宙中，这是非常危险的。如果宇宙中还存在其他智慧文明，就很可能有比人类更高级的文明，拥有更为发达的科技。他们将会因“猜疑”人类文明的恶意而对人类进行毁灭性打击。事实上，叶文洁的信号被三体文明截获。而三体，正面临着三颗质量相近或相同的星球相互作用影响，处于无法确定运行规律的“三体问题”的纠结之中。尽管他们的文明程度比人类先进，但这种“乱纪元”现象的存在对三体形成了严峻的考验。他们期待能够寻找到一颗有运行规律的、处于“恒纪元”状态的星球，并迁移其中。另一方面，激进的地球三体运动组织已经在某国石油大亨的儿子伊文斯的领导下形成了庞大的组织系统，并与三体文明保持了联系。伊文斯看到人类对地球生物的蔑视，以及因现代工业的需要造成了对生态环境的严重破坏对人类文明产生了极端的失望。他也希望宇宙中更高级的文明来拯救人类。而这拯救者就是三体。于是，三体文明为了自身的生存需要入侵地球，而地球文明为了自己的生存必须抗击入侵者。《三体》由此而构架出一场惊心动魄、宏阔壮丽的宇宙之战。无论结果如何，都将根本性地影响并决定人类的未来。

实际上，《三体》设计了许多极为重要的事件。无论哪一个事件，即使是单独来看，也足以影响历史的进程。而刘慈欣的非凡就在于他以精密的思考把这些事件在艺术逻辑的前提下统一起来，在一个涉及人类生存未来的“大故事”中，整合了若干个同样也可能影响人类未来的“小故事”，构成了一场波澜壮阔的人类未来之战，描绘了一幅此起彼伏、终而又始、始而似终的宇宙人类生存抗争的奇幻图景。从《三体》的故事情节以及所思考的问题中，我们可以充分地感受到，这是一部具有深厚历史感的作品。它可能并不表现人类的某种“创世”努力，却表现了人类的“存世”追求。这就是，人类应该怎样才能使自己的生命延续下去，使自己文明地生存在宇宙之中。

第二节　典型的人物形象

就小说的发展来看，写法呈现出越来越丰富的趋势。一些作品仍然坚持比较典型的现实主义表现手法，讲究情节与人物形象。另一些小说则比较现代，注重对人的内心世界的描写刻画，并不在意是否塑造人物。不过，我们讨论的是“史诗”类作品，除了作品需要有宏阔的历史意味之外，还有一个极为重要的因素就是要有典型的人物形象。这一方面是源于“创世史诗”的传统。在这样的作品中，必须有出类拔萃的英雄人物带领众生走出困境，创造历史。否则，历史就会中断或改写。另一方面则是“文人史诗”的要求。虽然我们承认历史是由人民创造的，但人民之中也必须有能够代表他们意愿的杰出成员——属于特定时期与特定族群的英雄。这样的人物，虽然存在这样那样的缺点——性格的、头脑的、能力的、社会经历的等等，但相对而言，他们具有适应特定历史要求的品格，在历史进程中起到了重要作用或关键作用，他们在一定程度上代表了历史发展的必然要求，并且往往预示了历史发展的方向。

尽管《三体》中的人物众多，但我们仍然可以就其中最主要的人物进行讨论。首先是叶文洁。从人类社会的整体来看，她的精神世界具有某种正面性。这就是对扭曲了的人类精神世界的批判。但就其本质而言，又表现出对人类文明的否定。她希望由更高级的文明来改造人类，并在不自觉中成为地球三体组织这一极端组织的精神领袖。她在小说的结构中担当着推动情节发生与发展的作用。所有的一切均是因为她向宇宙发射了信号，引起了三体文明的注意。叶文洁的另一重要意义在于她对人类文明的某种认知批判。这就是人类随着自身能力的不断强大逐渐变得狂妄，甚至蔑视本应遵循的道德伦理秩序。这对人类具有警示意义。也正由此出发，叶文洁发现了所谓的“宇宙社会学”公理。这种把自然世界社会化的思想既有突出的现实意义，也具有某种危险性。虽然我们并不能把她等同于一般的地球三体组织成员，特别是伊文斯这样的极端主义者。但叶文洁仍然代表了一种社会的必然性——发现人类的病兆，并警醒人类实施救治。

伊文斯是生长在最具现代意义的发达国家中掌握了社会巨额财富的石油寡头之子，本来应该是最承认或者顺应既有社会形态及其生产生活方式的资本与利润的继承者。但问题就在伊文斯背叛了自己的家庭、阶级与财富。他目睹了父亲的油船大量泄漏后对自然生态造成的灾难，感到“这就是世界末日了”。而他的父亲，那个制造了这一灾难的人却告诉他：“地球生命物种的灭绝速度，比白垩纪晚期要快得多，现在才是真正大灭绝的时代！”既然如此，他的父亲并不是去拯救地球，而是强调这种灭绝的“合理性”：“我们可以没有海鸟，但是不能没有石油。你能想象没有石油是什么样子吗？”“文明的游戏规则，首先要保证人类的生存和他们舒适的生活，其余都是第二位的。”[①]只要文明像这样发展，灭绝只是迟早的事情。既然人类的文明已经现实到如此漠视人类自己的未来，那么，伊文斯对人类文明的绝望，以及拯救改造人类文明的愿望也就成为

① 刘慈欣著《三体》，重庆出版社，2008 年 1 月第 1 版，第 232 页。

一种正当的要求。但是，他认为，“人类文明已经不可能依靠自身的力量来改善了”。这是一种悲观的认知，却也是决定伊文斯，包括叶文洁人生的主要思想。只是，伊文斯采用更为极端的手段——利用父辈的财富建立了一个遍布全球的恐怖组织——地球三体组织。他们与三体世界联系，并执行三体的指示，想当然地认为三体文明可以改造拯救人类，却不知道三体文明正在觊觎地球，希望用自己更先进的科技实力来消灭人类，占领地球。从这一角度来看，伊文斯及其组织又是反人类的。由于叶文洁、伊文斯等人的存在，构成了地球与三体之间的联系，也引发了即将展开的三体文明与地球文明的终极决战。这就是《三体》的全部故事。那么，地球在这样的生死之战中又将怎样面对呢？

章北海，祖孙三代都在一个伟大的军队中服役，具有睿智的头脑、坚定的信念、非同一般的能力。在他的血液中早已流淌着崇高的责任、集体主义观念，以及强烈的献身精神与自强不息的奋斗品格。他以冷酷而理智的头脑洞察到在与三体的终极之战中，人类必败。但是，他却表现出必胜的信心，并且为人类未来的失败进行准备。他最早提出要强化人类太空军的思想政治工作，培养一支信念坚定、意志坚强，能够应对非凡挑战的部队；他预测到未来的人类由于现代科技的作用将变得精神脆弱，首先提出“增援计划”，要求冷冻一批现代将士到未来，以迎接最严酷的战斗；他在毁灭性的“末日之战”中，并没有莽撞地开赴战场，而是冒着叛逃人类的罪名让“自然选择”号太空飞船“逃离”战场，为人类未来保留了文明的种子与希望。为了得到更多的燃料动力资源，他冷酷地决定袭击追击“自然选择”号的其他飞船，反而被击毁。他在这保存人类文明的“黑暗战役”中贡献了自己的全部智慧，一直到生命的最后一息。章北海代表了人类最具信心、智慧与能力的决定性力量。人类之所以能够发展进步，与章北海这种自强不息、致命遂志、执着精进的品格是分不开的。

另一个极为典型的人物是罗辑。与章北海不同，罗辑是一个散淡的对生活没有太多追求的人，缺乏积极向上、敬业精进的精神。

他曾经研究过天文学，却没有什么成果。后来转向人类社会学研究，也同样没有突出的成就。在偶然的情况下，他从叶文洁那里知道了宇宙社会学的公理，成为三体智子的攻击对象，不断遭到暗杀。为了更有效地打击三体，人类决定实施“面壁者计划”，选择了四位“面壁者”。罗辑成为其中之一。与其他的面壁者不同，他不是国际名流，也没有掌握相应的社会资源。更主要的是，他并不愿意做面壁者，不愿意承担这样的责任。但是，为了隐藏真实意图以免被三体文明发现，面壁者可以不向任何人透露自己的计划，可以用各种假面出现。这使罗辑成为一个实际上不愿意而其他人均认为在伪装的被动的“面壁者”。他没有向其他面壁者那样去开展自己拯救人类的工作，而是要求到一个处于纯净的原生态，能够幻想地球上从来没有出现过人类的自认为最美的梦想之地来“度过余生”。同时，还希望有一个具有“东方情调”的女孩来陪伴他。“她来到世界上，就像垃圾堆里长出了一朵百合花”，“那么地纯洁娇嫩，周围的一切都能伤害到她！你见到她的第一反应就是去保护她”。[①]果然，罗辑爱上了她——庄颜，并有了自己的孩子。在人类与三体漫长而尖锐的生死对峙中，罗辑尽管想置身事外，但实际上已经成为十分关键的人物。经过了三体探测器“水滴”与人类太空舰队的末日之战，人类真正认识到了自身的危机。无情的具有人类无法想象的杀伤力的“水滴”将要来到地球。为了地球人类，为了深爱的妻子与孩子，罗辑义无反顾地担负起了面壁者的使命，开始了对三体的威慑打击。正是他的智慧与勇敢，使三体文明与地球人类保持了“恐怖平衡”，暂时处于“和平”状态。罗辑也因此庄严地成为人类执掌威慑钥匙的执剑人。在后来的日子里，罗辑不再是一个普通的人个体，而成为人类智慧与力量的精神象征。

罗辑的形象具有突出的典型性。他的散淡，对未被所谓的“文明”污染的自然及其社会形态的向往，代表了人类最深刻的生活理想。人类并没有也不应该对自然宇宙充满敌意。他们有自己本来纯

① 刘慈欣著《三体Ⅱ・黑暗森林》，重庆出版社，2008 年 5 月第 1 版，第 134 页。

朴宁静、安乐祥和的生活。在遭遇外来力量的打击时，人类的智慧与能力、道义与力量被激发出来，成为能够抗衡对手的存在。尽管这种抗衡还没有取得实质性的胜利，但至少显现出胜利的希望与可能。但是，人类的命运并不是一帆风顺的，必然要经历更多的挑战与考验。或者也可以说，这种挑战与考验从未停歇。人类的成长就是在这样的挑战与考验中完成的。当罗辑年岁已长，不适合再做“执剑人”时，人类选择了程心。

不同于罗辑，程心的成长基本上一帆风顺，没有经过太多的曲折，也没有经历过生死的考验。完全是机遇使然，是人类对三体认知的局限导致她替代了罗辑。但是，三体从来没有放弃自己攻击地球的图谋。几乎是在程心取代罗辑的同时，三体就再次开始了对地球的进攻，并且以人类措手不及的速度占领了地球。出于对人类文明的怜惜与爱，程心没有对三体实施威慑打击。事实上她已经难以对三体形成威慑。这时，人类的苦难开始了——大移民，物质的匮乏，社会秩序的混乱，文明形态的倒退，等等。人类终于认识到，即使三体不可能把地球人类全部消灭，也会让人类的文明倒退。在这时，逃至太空深处的人类飞船向宇宙广播了暴露三体与地球位置的“咒语”，其结果很可能就是三体星球与地球被更高级的文明消除。这使三体被迫向宇宙深处逃逸，但仍然被击毁。人类的三体威胁解除了，但地球的危机并没有解除。因为地球也可能遭遇同样的命运。事实正是如此。尽管人类利用高度发达的科技建立了太空中的城市、国家，开始了逃离地球的生活。但是宇宙更高级的文明中负责“清理”工作的“歌者”只是随手向太阳系扔了一张小小的“二向箔”，就使太阳系全部二维化。当然地球也不可能幸免。程心与同伴开始了宇宙中的流浪生活，在云天明送的小宇宙中得到了暂时的安宁。但是，宇宙中的高级文明为了自己的利益，消耗宇宙能量建了太多的小宇宙，使宇宙能量降至毁灭的临界点。宇宙中具有使命感的文明发起了“回归运动”，号召人们把小宇宙送还大宇宙。这是人类面临的又一次抉择。如果大家都保有小宇宙，大宇宙将要毁灭。如果大家把小宇宙送还大宇宙，虽然宇宙可以继续运行，但拥有小宇宙的智慧生命就可能消亡。这确实是生与死的道义考验。但是，程心更希望宇宙的存在，即使自己的生命受到威胁。在道义与利益面前，程心做出了圣女般的选择。

可以说，程心代表了人类爱与理性的精神。尽管她缺少战士般的决绝，却具有母亲般的仁慈。小说写道，程心抱着婴儿的照片“真的像一个美丽的东方圣母”[①]。她一再阻止人类的疯狂行为，把自己的财富、权力与生命都给予了别人。她似乎是人类理性与良心的终极象征，告诉人们，善待宇宙自然，人类才能获得生存之可能。

刘慈欣善于在宇宙大背景中描写重大事件中人的精神世界。这种重大事件往往是事关人类存亡的努力与抉择。实际上他并不刻意描写人的内心活动，而更注重人的外在行为，通过行为来显现精神。这使他的描写不同于一般的作品。他也极其注重表现人物的复杂性，描写人的多样特点。很可能，他把一种表象呈现出来，但这并不是人物的本质。人物本质性的特点在情节发展到一定阶段才暴露出来，往往形成本质性的反转。如章北海，表面上看他是一个坚定的人类必胜的乐观主义者，而实际上他是一个相信人类在与三体的博弈中必败的“失败主义者”。但是，他又不同于其他的失败主义者因为失败而放弃努力。章北海则是因为认识到失败的不可避免却积极努力，希望通过努力来尽可能地减少损失，为人类保留文明的种子，具有一种知其不可为而为之的悲壮。因而，他比一般的“必胜主义者”更具思想深度，更具人性的力量。在另一些情况下，刘慈欣描写了人物从一种状态向另一种状态的逆转。如罗辑，本性散淡，事不关己，消极躲避，企图“安度余生”。但是，当意识到自己有责任而且有可能承担责任时，又转变为一个勇于担当、敢于奉献，系人类命运于一己的英雄。这种从消极到积极的转变显现了人类所具有的精神品格——潜在的热情被唤醒之后的能量爆发。而程心，似乎是作者寄托理想的一个形象。她一直处于比较被动的状态，既不同于章北海，有很多积极有效的作为；也不同于罗辑，企图回避面临的挑

① 刘慈欣著《三体Ⅲ·死神永生》，重庆出版社，2010 年 11 月第 1 版，第 186 页。

战。她是一个一直身在其中而又基本置身其外的人物。她是人类应对危机行动中的重要成员，但又缺乏章北海的主动自觉。即使有一些作为也是在适应环境与他人决定的情况下做出的。但是，在是否维护宇宙的应有能量，进而保有宇宙生命的抉择中，她又表现出非常决绝的主动——即使是牺牲自己也要维护宇宙的正常运行。这种复杂性源于她内心深处强烈而执着的善与爱——对人类、自然、宇宙等存在世界及其秩序。也许这是人类应该拥有却往往失落的本性。

《三体》塑造了极具典型意义的人物群像。其中许多形象是过去的作品中很少涉及的。他们身上，体现了人类精神的不同侧面，展示了人类精神世界的丰富性与复杂性，以及走向未来的可能性。这应该是刘慈欣对人类文学宝库的重大贡献。

第三节　强烈的现实精神

刘慈欣虚构了从现在出发至遥远未来的人类宇宙故事，似乎是一种“非现实”的书写。客观地说，他所描写的一切在现实生活中并不存在。但是，《三体》并不是一种纯粹的“科幻娱乐”，而是在科幻的表象中渗透了作家对人类命运的关切与思考。在“科幻斗篷”的遮掩中，流露出作家对人类未来的焦虑。因此，我们并不能认为这是一部“非现实”或“超现实”的作品，而是一部充满了现实关切，具有强烈现实精神的作品。

人类在不同的地域创造自己的生活，逐渐形成了具有独特品格的文明形态。文明的发展进步是人类自身努力创造的结果。在这一进程中，人类逐步形成对自己、社会，以及自然与宇宙的认知体系。在某种文明形态中，人们通过与大自然的密切接触逐渐认识到自然宇宙对自己的重要性。人，如果没有自然宇宙的存在，就失去了栖身的家园，是大自然及更广袤的宇宙涵养了人。因此，人要顺应自然的运行规律，要善待自然。他们认为，人是自然的组成部分，与自然宇宙共生于一个统一体中。而在另一些自然条件相对恶劣的文明形态中，人们发现通过自己的努力可以改变自然，使自然适应人的需求。也正因此，人们似乎认为，并不是自然养育了人，而是人改造了自然才使自然适应了人。人并不是大自然的宠儿，而是大自然的对手。工业革命之后，人类的创造力空前激发，人们发现了新大陆，发现了大自然中蕴藏着极为丰富的资源可资利用，发现了很多的技术与能量可供自己使用。局部的文明形态向外部扩张，有限的资源被扩张改变，人们可以从更遥远辽阔的地方获取自己本来没有的财富，以改变自己、满足自己。更多的财富被集中起来，更多的技术被发明并运用。生产已经不再是为了满足人们的使用，而是为了获取更多的利润。这些越来越多的利润闪闪发光，摄人心魄，转换成了更多的资本——以获取更多的利润，并把这些利润不断地转换成资本。人们大规模地开采，大规模地消耗水、空气、土地、矿藏，把某种植物转变成另一种植物，把某种矿物改变成另一种从来没有的原料，并改变动物、植物的生长周期。当大地上的资源不够消耗时，人们开始消耗大海中的资源，但是，这并不是长久之计。有限的资源仍然难以满足无限的欲望。聪明的人类终于学会仰望太空，并以探索宇宙的美名为获取宇宙资源而夜以继日，希望能够从太空宇宙的其他星球中得到资源，以供消费。消费——这是一个多么正确的经济学概念，遮蔽了多少人间的欲望与无知！但是，人类仍然保有自己的良知，保有自己的理性。尽管人们早已意识到问题的严重性，但却被轰轰烈烈的利润追逐所掩盖遮蔽。当资本由于资源的匮乏不断出现危机时，人们终于再一次开始发问：用什么来养活我们，满足我们无穷的欲望？谁为我们提供相应的资源？科学与技术能不能解决我们面临的问题？人类还有没有未来？这些问题并不是一个属于不可知的“未来”的问题，而是一个实实在在、真真切切的现实的问题。

尽管从小说情节来看，《三体》主要讲述了地球人类与三体文明之间的生死博弈，但在这一故事背后却隐藏着极为重要的人类生存生产方式及由此决定的未来命运问题。小说故事的起因即是人类道德文明的崩坏。为了利益可以消灭人的肉体，可以抛弃家庭人伦，抛弃亲情爱情，可以疯狂榨取自然资源并形成难以改善的污染，可以灭绝其他物种，等等。这使一些人对人类的信心产生怀疑、反抗，并引发人类意想不到的灾难、挑战。人类如何应对这种现实，是对人类智慧、能力的严峻考验。在《三体》中我们可以看到人类的种种努力——依靠发达的科技来发展武装力量形成抗衡；建造地下城市以应对可能的打击；移民至太空以躲避将要出现的毁灭；等等。但事实证明，所有这一切都是失败的。在更发达的科技面前，它们不堪一击。在宇宙运行的总规律面前，它们将不复存在。任何企图改变宇宙自然规律的努力都是失败的。那么，人类还有希望吗？

《三体》也为我们描写了一些人类暂时的"成功"。不过，它们并不是由于科技力量的强大，而是由于人类的勇敢与智慧。或者也可以这样说，人类的智慧乃是建立在洞悉宇宙规律基础上的智慧，如罗辑的"威慑打击"。宇宙中的智慧文明在暴露自己存在的位置后将被更先进的文明摧毁。因为宇宙中存在"猜疑链"与"技术爆炸"的公理。这当然是刘慈欣虚构的宇宙规律，并不一定是真实的现实存在。事实是尽管并不能证实，但我们直到今天仍然没有发现人类之外的智慧文明。但是，出于叙述的需要，这种虚构成为传达作家思想的基石。当罗辑开始实施"威慑打击"时，三体强大的技术力量也难以发挥作用，与地球人类进行了暂时的妥协。而当地球被三体占领之后，又正是人类向宇宙广播了"咒语"，逼退了三体。但是，正如一句俗话所言，"不作不死"。三体企图占领地球，却在地球之前被宇宙中更高级的文明摧毁。而地球也同样地不幸，被"歌者"的"二向箔"二维化。高度发达的科技并不能拯救改变人类的命运。

那么，人类如何才能够生存下去？怎样才能拥有未来？似乎《三体》并没有给出明确的答案。但我们还是可以从小说的描写中感受到一些启示。在《三体》中，前三个执剑人踌躇满志，也具有隐藏很深的"计谋"。但是他们的基本出发点还是依靠人类已有的技术成果。但是，这些浩大的"计谋"都被三体识破而失败了。第四个面壁者罗辑，出于本性，对担负这样的角色并不热心，基本上是迫不得已才承认了自己的身份。但是，他最向往的是到一个宁静的、没有被人类文明污染的地方来隐居。他希望的爱人是一个纯净的、质朴的东方女孩。这实际上暗示出一种生活状态，也描绘了一种文明理想。在庄颜来到罗辑身边后，他们做的第一件事不是如何谋划实现面壁者的任务，而是到卢浮宫欣赏艺术。也许，艺术、美在刘慈欣的观念中是最具有吸引力的。在人类实施阶梯计划后，云天明被送往外太空。程心要为他带上人类的种子。而在云天明在天空被三体截获后，开始了自己的另一种生活：在太空中当农民。他自己开荒、耕种、收获，变得不再忧郁，成为一个具有极强谋略的太空人类。他对程心的爱使他一刻也没有停止对人类的关注，并在太空中向程心传送三体的秘密。最后，他再一次送给程心一个小宇宙，希望她能够在这小宇宙中存身。这小宇宙的形态是一个典型的田园之地，那里有农具、土地、河流，可以养花种草，种植庄稼。但是这里没有城市，没有科技园区，没有市场与交易，他们必须耕种才能维持生活。受三体指派的“智子”不再是敌人，而是与程心成为命运相连的朋友、战友、同志。按照小说的描述，那些有幸脱离“末日之战”的人类正在宇宙中开创新世界，创造新文明，试图恢复末日之战前大自然的原貌。“那真是一个美丽的田园”，也因此被称为“宇宙的田园时代”。这些描写告诉人们，一种与大自然亲近的，人与自然同一的文明形态是人类最理想的存在方式。这一点也可以在其他描写中得到补充。如叶文洁，尽管对人类文明极度失望，却对曾经生活过的山村充满了感激。那里宁静、纯朴，有未被现代文明污染的村民。在另一部小说《吞食者》中，人类向吞食者的使者“大牙”发问：“难道不能建立起一个自给自足的、内省的、多种生命共生的文明吗？”这是人类的期待，却也是人类的历史，因为人类曾经确确实实建立了这样的文明。但这种文明已经被人类的狂妄与无知淘汰了。如果人类能够认识到自己的鲁莽，并反省自己，进而选择这样的文明，也许就是人类的未来。

除了选择文明理想外，人类还必须改变自己的生存方式、道德准则与行为规范。那就是要遏制私欲，以人类整体命运为最高目的，用仁爱之心——爱人类、爱天下、爱自然与宇宙来对待他人，对待自然宇宙。从整体来看，人类要为自己的发展、未来负责。人类的每一个成员也必须承担这样的责任。在《三体》中，爱与责任改变了一切。这是小说一个极为重要的主题。尽管叶文洁在一个特殊的年代受到了“人”的欲望的扭曲，但是三体文明其实无比地向往地球文明。那位三体世界中卑微的1379号监听员，拥有人类没有的生命长度。他仅仅在这一监听站工作就已有上千年。这对于希望长寿的人们来说，是一个难以企及的生命理想。但这位监听员，却是怀疑人生的现实。人类的生活方式，以及人类创造的文明令他羡慕、向往，他认为不能失去这样一个即使是非常遥远甚至只能在梦中才可出现的天堂。他警告人类不要回答三体的呼唤。他反省三体的存在价值：“我们没有文学，没有艺术，没有对美的追求和享受，甚至连爱情也不能倾诉。这种没有财富、没有地位、没有爱情，也没有希望的生活还有意义吗？”他对罗辑诉说道：“也许爱的萌芽在宇宙的其他地方也存在，我们应该到处鼓励她的萌发和成长，甚至为此可以冒险。”[①]唤醒罗辑承担责任实施威慑打击的正是这种爱——对人类，对自己妻子的爱。而程心，正是一个拥有爱并且释放了爱的典型。云天明爱她，以至于为她购买了一颗星星。后来，在天空中虚构充满隐喻的寓意“故事”，是为了告诉程心人类拯救自己的办法。最后，当程心飞往太空深处时，云天明又送给她一个可以寄生的小宇宙。程心在爱中成长，又以爱来判断。所以，她不愿意毁灭地球，甚至三体，以至于被三体利用了这个“弱点”。她反对极端的行为，阻止了星环集团制造环日加速器的计划。最后，为了宇宙的存在，她义无反顾地把小宇宙交还。所以，在程心与关一凡飞出蓝星的时候，关一凡说道：“人类世界选择了你，就是选择了用爱来对待生命和一切。爱是没有错的。”[②]

《三体》在表面宏阔博大的宇宙图景描写中蕴含着一种人类文明的理想形态。这就是人类具有内省自身的能力，而不是狂妄与自大，作者希望人类能够认识到相对于宇宙而言自己的渺小与卑微，并因

---

① 刘慈欣著《三体Ⅱ·黑暗森林》，重庆出版社，2008年5月第1版，第470页。

② 刘慈欣著《三体Ⅲ·死神永生》，重庆出版社，2008年11月第1版，第486页。

此而常常审视自己存在的问题：人类应该为生存而生活，而不是为了利益或利润而生活。生产应该是为了自己生活所用，而不是用来交换以获取生活之外的利益；人类也不应该损害自然宇宙，而是要遵循自然宇宙的法则，成为自然宇宙中相互包容的一员，而不是简单地依靠技术来改造自然宇宙；人类应该尊重、热爱其他的存在，包括不同地区文化、不同民族形态、不同文明的存在，形成一种相互支撑、相互补充、相互完善的生存形态。只有这样，人类才能消除相互之间的猜疑、恶意，才能拥有足够的资源，才能避免因为私欲而引发的对抗、战争与毁灭，人类才能从现实中极度的迷狂、极度的消耗、极度的对他者的排斥中出走，拥有可能的未来。刘慈欣用一部恢宏的《三体》启示人类，什么是宇宙存在的规律，什么是人类应该拥有的生活秩序与道德。

第四节　崇高的审美品格

一般来说，创世史诗描写的是先人筚路蓝缕、坚韧不拔，开创民族历史的伟大业绩。这一过程必然充满挑战、艰辛，需要足够的勇气、责任、智慧与能力。从审美的层面来看，小桥流水、轻歌曼舞的呈现肯定难以担当这种使命，更多的应该是铁板铜琶、重鼓响锤式的表达。据说毕达哥拉斯曾经描述了美的两种形态：一种是男子气的、尚武的、粗狂而又激动人心的；另一种则是甜蜜蜜的、软绵绵的。我们似乎可以把前者视为比较早的对崇高之美感进行的论述。据说古罗马时期的朗吉诺斯对崇高有比较重要的阐释。他认为天之生人，不是要我们做卑鄙下流的动物；它带我们到生活中来，到森罗万象的宇宙中来，仿佛引我们去参加盛会，要我们做造化万物的观光者，做追求荣誉的竞赛者。[①]他还指出了崇高所应具备的五个特征。如庄严伟大的思想，慷慨激昂的激情，辞格的藻饰，高雅的措辞，尊严和高雅的结构等。总之，朗吉诺斯强调的是人的强大的主

① 朱志荣著《西方文论史》，北京大学出版社，2007年11月第1版，第46页。

体意识与行动力量，是作品所呈现出来的撼动人心、催人奋进的庄严品格。

崇高之美当然是《三体》最突出的审美品格。《三体》结构宏大，思想深刻，充满激情，震撼人心，为我们描绘了一幅宇宙世界的人类之战——追求未来的命运搏击图景。这首先需要能够容纳宇宙图景的时空设定——全宇宙，与全时间。在这样宏阔浩瀚的背景中，刘慈欣开始了他充满庄严意味的描写。着眼于人类的命运，作品更多地描写了地球及其存身的太阳系。但是，作者并没有把视野局限于此，而是从宇宙存在运行规律的视角切入。这使作品呈现出极为宏大的品格，从地球出发，延展至整个宇宙。小说叙述的时间也表现出超越具体时间段的追求：可想象的时间，以及地球时间之外的时间，以及时间之外的另一种时间，等等。这种“天文学式的结构”赋予作品非同一般的宏阔壮观。它既涉及人类的现在当下，更讨论人类与宇宙的未来可能，实际上，《三体》还极为玄幻地描写了过去——人类已经完成的时空活动及其文明形态。需要注意的是，它还描写了我们所能够理解的时间之过去、现在、未来之外的时间存在，使小说呈现出多维时空的格局。

《三体》生动地描绘了宇宙存在与运动的奇异景象及其非同一般的美。宇宙闪烁、三日凌空、三日连珠、大撕裂、黑洞、四维空间、二维化……这些宇宙异象在作品中不断呈现，创造了一幅幅在人们日常生活中极少了解甚至难以理解的宇宙图景，使人惊讶震撼。比如在远太空的奥尔特星云外，“蓝色空间”号宇宙飞船上的人们进入了四维空间。而四维的空间是怎样的呢？刘慈欣为我们进行了详细的描写。首先在四维之外的三维之中，人们的感受是不同的。那就是进入四维的部分会“消失”。但这种“消失”并不是真正的不存在，而是三维世界的人看不到而已。但是当人进入四维空间之后，他们却可以看清在三维世界中所有被物体遮挡而看不到的一切，直至视力不及的远方。人们在这样的空间当中，需要适应全新的视觉现象：无限细节。这对人的理解能力、想象能力当然是一种全新的考验。小说也为我们描写了“二向箔”对太阳系的二维化情景。太阳系的各个星球以及它们存在的太空逐渐变成一个平面向更大的空间展开。其中的一切，包括生命体也同样如此。在很多时候，刘慈欣为我们描绘了宇宙的相互运动，以及人类能够感受到的“美”。如程心与关一凡在外太空中飞行时看到的宇宙图景：她首先看到处于太空两端的两个星团，前方星团发出蓝光，后方星团发出红光……它们的形状疯狂变幻，像两团狂风中的火焰。这种宇宙变化的景象并不是丝竹管弦式的表达可以完成的。它带给我们一种强烈的震撼，一种宏阔的宇宙图景。我们在小说中也总是能够看到作家为我们描绘的宇宙的辽阔壮丽之美。正如关一凡所言，“我很想看到新宇宙是什么样子，特别是当它还没有被生命和文明篡改扭曲的时候，它一定体现着最高的和谐与美”[①]。

但是，文学的崇高之美并不仅仅体现在外在存在的雄伟壮阔之中，更重要的是，体现在人的精神世界之内。我们不仅需要，而且总是要表现那些具有坚强的信念、崇高的理想、奉献的品格、百折不挠的追求、非同一般的智慧，以及富有人道色彩的情怀的人与社会现象。这是人类不同于一般动物，进而能够创造文明、实现进步的原因。在《三体》中，我们看到了人类波澜壮阔、自强不息的奋斗——勇气、智慧、才干等。面临生死抉择，为了应对难以准确判断的危机，人类采取了能够采取的一切办法——策略的、科技的、军事的；经历了种种磨难——政权形态的改变、国家形态的变化、经济形态的波折、生活方式的转变、情感与理智认同的交织，以及生存时空的转换，等等。在可计算的三百来年中，以及可想象的更长时间内；在地球、太阳系、银河系与更遥远的外太空，以及宇宙的其他空间——黑洞、黑域、死线，二维、三维、四维，以及更多维的空间，人类不断地努力，不断地奋斗，只是为了创造更美好的世界，为了拥有美好的未来。罗辑，为了拯救人类，承担了极大的考验。程心，即使牺牲了自己也要把小宇宙还回大宇宙。褚岩，“蓝色空间”号飞船舰长，在末日之战后的漂流中，发现三体已经占领了

① 刘慈欣著《三体Ⅲ·死神永生》，重庆出版社，2008年11月第1版，第500页。

地球。出于人类的责任，他主导实施了向太空广播三体位置的威慑计划，进而逼退了三体的进攻，三体也因此被宇宙中更高级的文明摧毁。章北海，一个坚定的理想主义者，即使是献出自己的生命，也能够淡然处之。当他带领人类的五艘飞船开始脱离地球向外太空流浪后，唯一的信念就是“为人类文明在宇宙中保留一粒种子，一个希望”①。尽管这种流浪还没有明确的目的地，甚至不能保证找到可以栖身的星球。但是，只要有一线希望，就要做最大的努力。“这艘飞船本身则像一粒金属种子，携带着人类文明的全部信息，如果能够在宇宙的某处发芽，就有可能再次成长出一个完整的文明。……宇宙很可能是全息的，每一点都拥有全部，即使有一个原子留下来，就留下了宇宙的一切。”②这种绝望中的希望、失败中的胜利，明知难为却非为不可的信念给人以悲壮与震撼之美，也透露出人类之所以具有超越一般生物品性的理性光芒。

康德曾经对崇高进行了区分。他认为一种是数学的崇高，以体积的巨大使人震慑；一种是力学的崇高，以力量的强劲使人倾倒。但是，我们却可以说，刘慈欣把这样两种崇高有机地统一起来。既表现了宇宙之“宏大”，又表现了人性力量的“强劲”。因而，《三体》为我们呈现出的崇高品格是异乎寻常的、人所少见的。这使小说的崇高品格得到了强化。的确如此。尽管宇宙很大，但生命更大！这是人类能够战胜一切艰难困苦，应对各种挑战考验的精神力量。

第五节　积极的思想启迪

在浩瀚无垠的宇宙中寻找人类的未来之路，这一构想给人以强烈的震撼。但是，如果作者仅仅满足于讲一个类似于“寻宝”的故事，不论其情节多么曲折离奇，仍然是一种“娱乐性”表达。它只能满足人的好奇心。但是，真正具有思想深度的作品从来不会使自

---

① 刘慈欣著《三体Ⅱ·黑暗森林》，重庆出版社，2008 年 5 月第 1 版，第 353 页。

② 刘慈欣著《三体Ⅱ·黑暗森林》，重庆出版社，2008 年 5 月第 1 版，第 398 页。

己停留在浅层次的感官享受上，而是要启迪人对自己、社会、自然与宇宙等存在进行思考。这种启示的深度决定了作品思想价值的高度，超越了一般满足感官需求的审美，深入到人的存在及其价值的本质之中。刘慈欣在瑰丽多姿、变化无穷、出乎预料又具有某种必然性的描写中，给我们很多建立于情节之上的启示。他让我们从人与宇宙自然的关系中深入地思考自身存在的意义。

作为一种宇宙存在物，人类从诞生的那一刻起，就脱离不了对自身价值的追寻。在没有文明的所谓野蛮时代，人类追求的目标应该是获得一个稳定的能够满足自身生存需要的环境。而在文明时代的初期，人类不仅对自身生存条件有了更多的欲望，而且开始讨论诸如公平、正义、幸福等超越物质生活的形而上问题。人们提出了种种基于生产力发展条件想象的社会形态。如柏拉图转述了他听来的“理想国”，孔子则在描绘“天下大同”。但是，人类要实现这些目标并不容易。要有相应的生存理念，要有适宜的发展方式等。在这样的进程中，人类做了各种各样的探索，承受了各种各样的考验。当文艺复兴拉开欧洲人本主义的大门时，很多颇具智慧的人惊呼：这是人类以往从来没有经历过的一次最伟大的、进步的革命。因为，欧洲开始觉醒，进入从神的绝对控制——人生意义、一般行为、创造力与权利，甚至包括对世界的解释权等各个方面中出走的时代，它终结了愚昧、停滞、落后、黑暗的中世纪，迎来一个知识大爆炸、生产力大发展、世界大联通的时代。人的主体性得以确立，从神的仆人转变为自己的主人，进而似乎成为世界，包括自然与宇宙的中心。在这看似进步的变化中，人类也开始走上了一条无限放大自己的欲望，不断征服他人，也不断征服自然的道路。不过，这样的发展在一开始就隐藏了巨大的危险。这就是，人是不是宇宙自然的中心？是不是一切皆为人而存在？这样的存在有没有，或者能不能持续？人类是否还拥有未来？这些问题，对具体的人而言，可能是遥远的、虚无的，但是对于人类整体而言，却是十分现实的、真切的。事实上，即使是曾经为开创这样的时代而做出重要贡献的人们，也对此产生过疑问、警示。亚当·斯密在其著名的《国富论》中已经洞察到这种发展方式的不可持续性，认为西方的全球扩张，将在二三百年之后达到极限，在积累了充分的财富后，经济的下降就会开始，最终形成贫乏的停滞。从十八世纪后期出版到今天，在不到三百年的时间里，亚当·斯密的预言似乎正成为现实。他所代表的这种发展的焦虑，一直伴随着工业革命后的人类。在以资本为核心的发展方式轰轰隆隆阔步前行的同时，人们实际上讨论热烈的是，如何纠正这种发展带来的人类困境，并希望为人类拥有未来指明方向。

如果我们不仅仅把《三体》当作奇幻的娱乐的话，那么，小说为我们构建的世界，及其存在的人类行为对我们的思考具有积极的启示。它以艺术的手法回答了人类必须面对、很好解决的现实问题。首先要回答的一个问题是，宇宙存在的真相是什么？与人类的关系如何？尽管从科学的角度来看人类对宇宙的了解还甚少，但可以肯定的是，宇宙浩瀚无垠，有自己运行的客观规律。这种规律是不以人的意志为转移的。就如同神不可能创造宇宙一样，人也同样不可能决定宇宙的运行。即使人类拥有了强大的科技，能够局部地改变宇宙的某种形态，对宇宙而言，仍然是意义不大的。实际上，地球的存在只是对人类有意义，对宇宙的意义几乎是零。宇宙并不会可怜或者珍惜人类创造的“伟大”的文明。我们之所以说人类创造了伟大的文明，只是相对于人类自己而言的。这种数千年努力的奋斗成果，从宇宙的尺度来看，也只是一瞬间。而相反，人类却需要尊重、遵守宇宙的运行变化规律。人是宇宙存在微不足道的一种元素，也必须按照宇宙的要求来存在。就如同《三体》所描绘的情景，即使人类建立了庞大的恒星际宇宙飞船，在宇宙天体中非常微小的三体星体面前，也不堪一击。即使人类发挥了不可想象的巨大的创造力，能够迁移至太阳系的其他星球上，也难以抵挡“歌者”随意抛出的一片小小的“二向箔”。人类并不是宇宙的中心，只是自己的中心；人类也无法从根本上改变宇宙，而宇宙却可以在不经意间改变甚至毁灭人类。

其次，人类需要对自己有清醒的认知。在中世纪，欧洲的人们认为一切皆被神所决定控制，人没有主体性、自主性，人过着非人的生活。在文艺复兴，特别是启蒙运动之后，人的主体性被人自己确立。人的创造力也被人自己释放。人开始创造了一个与前大为不同的世界——全球化的、快速发展的、欲望极度释放的、资源被滥用且临近枯竭的世界。尽管在这样的发展中，人类存在的贫困、发展的不平衡、极端主义、战争与歧视等问题并没有得到很好的解决。但人类，特别是那些拥有话语权与规则制定权的人，却在一片颂歌声中放飞自我，并塑造了人的虚幻影像——可以主宰世界甚至自然宇宙的形象。但实际上是，这种虚幻的影像正在一点一点地跌落，如同坍塌的天体一样，面临毁灭的考验。相对于地球文明，正如先进的三体，自以为可以控制地球，却先于地球被宇宙清理。人类的傲慢、骄横、疯狂正在遭到自然宇宙的惩罚——资源的枯竭，生化制品的泛滥，以及对人自身的戕害与改变，人被资本与机器控制而异化，以至于逐渐丧失了最起码的生存能力，并面临着消亡的危险。即使是发明了发达的科技，也难以改变这一趋势。人类并不拥有超宇宙的能力，也不能主宰宇宙。因此，在现实面前，人类需要重新认识自己，需要谦卑与自省，才能寻找到通达未来的路径。

还有一个极为重要的问题就是，面对现实，人类怎样才能拥有未来？《三体》为我们描绘了许多理想化的场景。首先是人存在的基本情感——爱。人类要爱自己，更要爱他人，爱养育自己的自然宇宙。这种爱在宇宙中到处都存在。人类应该激发爱的萌芽，并使之不断壮大。其次是人类对自身满足程度的态度——更多地追求精神的富有而不是物质的占有，以艺术的美来替代占有的快感。即使如三体文明一般，虽然占领了整个地球，也无法完善自己，而是被宇宙中的清理者摧毁。宇宙的最高原则是和谐与美，而不是其他。正是这种和谐构成了宇宙各种物质存在的有序运动。它们相互作用，不可分离；相互吸引，又相互排斥，保持在一定的有序的“度”中，形成一幅多姿多彩、斑斓瑰丽、变化多端又稳定有序的宇宙图景。在刘慈欣看来，这种宇宙的终极图景就是宇宙的意义——艺术之美。因而，人类如果激发精神世界的享受与创造，不仅不用消耗更多的自然资源，而且会使自己的精神与情感世界强健起来、完善起来。再次是人类与自然宇宙的关系。既然人类没有超宇宙的能力，那么就应该很好地适应宇宙所赋予我们的一切。在某种程度上，人类的进化伴随着对自然界的认知与改造。但这种改造必须在“适度”的范围内。在满足人的基本需求之后，人不能对自然宇宙有更多的苛求，更不能掏空地球，污染大气，改变生物的自然品性与生长规律，扭转自然宇宙的运行规律。人类应该与自然宇宙和谐相处、一体运行、相伴相随，形成人类与宇宙的命运共同体，达至“天人合一”的至高境界。这样，才能使人类所拥有的岁月具备文明的品格，而不是岁月空过，文明不再。这就是刘慈欣强调的，给岁月以文明，而不是给文明以岁月。在这样的拥有文明的岁月中，人类才能拥有养育自己的母体，才能减少相互的对抗与伤害，才能在宇宙自然的完美运行中使自己的精神世界丰富起来，并在对美的追求中实现自己的价值。

丹麦著名文艺评论家勃兰兑斯曾经这样评价巴尔扎克，认为他的小说“用一切奇异的幻想的光辉显示给我们”[①]。尽管勃兰兑斯并不是在讨论科幻小说，但我们却可以认为他对巴尔扎克的评价完全可以用于刘慈欣。毫无疑问，刘慈欣的《三体》是一部宏阔壮丽、浩瀚多姿，把人类丰富想象力发挥至极致的史诗式作品，是展示中国人智慧、想象力与精神品格的华彩乐章。它生动而博大，丰富且单纯，具有撼动人心的想象力与摄人魂魄的表现力。即使是在文人史诗的创作方面，也多有新貌。他描写了人类已经拥有的宇宙空间与可想象的时间，具有超常规的历史表达。他不同于一般史诗性作品对历史——过去、现实与当下的描写，而是承续了历史与过往，立足于现实与当下，直指未来与希望。《三体》更关注的是人类的未来，并且描写了未来人类寻找出路的奋斗与努力，成为一种“未来史诗”。当然，作为科幻小说，《三体》借助于人类科技的历史积累

① ［丹麦］勃兰兑斯著，李宗杰译《十九世纪文学主流第五分册：法国的浪漫派》，人民文学出版社，1997 年 10 月北京第 1 版，第 184 页。

与现代成果，为我们描绘出基于科技想象的人类争取未来的壮丽史诗。如果说刘慈欣并没有为我们表现人类“创世”的史诗画卷的话，他却为我们描绘出人类“继世”的史诗乐章。这些努力，使《三体》在艺术创造的维度上呈现出别样的魅力与光彩。

附 1：刘慈欣写了什么？

——与读者朋友谈谈刘慈欣的科幻小说

同志们：

上午好！

今天是 2019 年的最后一天。我们在这里讨论刘慈欣和他的作品。我不知道在座的各位对刘慈欣了解不了解，或者了解到什么程度，也不知道大家看过他的作品没有。所以我不知道跟大家交流到什么程度比较合适。但愿我的介绍能够帮助到大家。

开头的话：谈一下怎么读科幻小说

好多读者说，看科幻文学作品比较困难。为什么困难？因为它里面有好多物理学、天文学、生物学等方面的概念。我们平时也不接触这些，就感觉特别难理解。我觉得，确实是有这么一个问题。比如说，刘慈欣的科幻作品主要讨论人和宇宙的关系，里面天体物理学的概念非常多，基础物理的概念也非常多。我有个同事，他说要看刘慈欣的作品就非常困难，必须不停地去百度上搜索书里的概念。不然的话就不知道他那概念说什么。我说你要是这样看的话，你就永远看不下去这本书。为什么？因为你老去查词典，老去电脑上搜索。比如说看到“超弦计算机”，你就要先搜索一下超弦计算机是什么东西。然后你发现它在给你解释超弦计算机的时候又涉及其他的概念，出现了弦理论。这样你就又去搜索弦理论，然后它又有其他相应的概念出现。最后你觉得你成了一个物理学者，而不是在欣赏科幻文学，不是一个文学爱好者，所以，你就会觉得特别困难。

我们不可能都是天体物理学家，因为要看科幻作品，而去钻研天体物理学的概念，当然就非常困难。那怎么办呢？我告诉你一个办法就是，你要假装知道这是什么东西。比如他写到了超弦计算机，我们不知道是什么。但是如果你说我不知道，我就要研究一下它是什么，这下你就完了。这时候你要假装知道，接着往下看情节。这样逐渐地就适应了。如果你一直要追究这个概念是什么，科技现象是什么，比如说，黑洞是什么，黑域又是什么，黑洞和黑域有什么区别，等等，我觉得，对我们不从事天文学研究的同志来说，太困难了，也没有必要。对我来说也一样困难，我也是假装自己知道。要不然的话我就看不下去了。我觉得，这是我们读科幻文学作品的一个技术性操作，就是你千万不要去追究它的物理学概念，研究它这个对不对，到底有没有宇宙大爆炸。大部分人都说有，也有人认为没有。你说有还是没有？你要研究一下到底有还是没有的话，你就成了一个宇宙学家了。一般来说是宇宙形成于奇点爆炸。但是有的人认为不是这样。到底怎么样？实际上谁也不知道。非要细究作品你就看不下去了。所以我们读科幻文学有一个技巧，就是假装你懂那些科技概念，而不要去追究它到底是什么意思，有没有这个东西，正确不正确。如果你这样去追究，你把科幻文学当成科学著作来读的话，那确实是非常困难了。你想，我们从小学到中学到大学，考了好多年，好不容易考了一个学校，然后你终于不用考学校了，突然你开始研究天体物理学了，你要成为一个天体物理学家，多困难啊！肯定是不可能的。所以我们不要去抠对我们来说非常陌生的科技概念。这样才能解除阅读过程中的障碍，比较顺畅地读下去。不然的话你就会陷入一个概念魔阵。这个概念还没弄清楚，可是还有很多概念更难弄清楚，你就完全无法阅读。你要假装懂它们，要放过它们继续往下读。这是我的一个建议。

对刘慈欣，大家也还是有相应的了解的。首先，他是目前中国作家当中在国际上产生影响最大的一位作家。他的国际影响力是有代表性的。这就是代表了新中国或者说中国作家在国际上的影响力。这种影响力主要源于他对未来世界的想象。因为他写的是科幻作品，现实中这种生活可能是不存在的，但又和我们的生活密切相关。其实，从刘慈欣的创作中，我们也可以感觉到，中国人对未来的想象力还是非常丰富、非常瑰丽、非常奇幻、非常具有魅力的。我们在这儿，就是简单地给大家介绍几个问题。大概有这么四个方面。第一，刘慈欣是谁，他的意义是什么？第二，刘慈欣为我们描绘的宇宙世界是什么样子的？第三，刘慈欣笔下的宇宙与人的关系及其意义；第四，刘慈欣小说中的思想与中国精神。

第一个问题：刘慈欣是谁，他的意义是什么

大家都知道了，刘慈欣的作品很多，也有根据他的作品改编的电影上映，主要是《流浪地球》和《疯狂的外星人》。当然《疯狂的外星人》有些特殊，它是我们太原的一个导演，叫宁浩，就是电影《疯狂的石头》的导演，现在也是影响非常大，应该说是我们山西人、太原人的一个骄傲。他买了刘慈欣一个小说的版权，叫《乡村教师》。但是在改编电影的时候，他们的创意一直在变，最后就变成了《疯狂的外星人》。而这个《疯狂的外星人》所呈现的画面、故事和《乡村教师》已经没有太大关系了。你说《疯狂的外星人》和刘慈欣没关系吧，它是因为买了《乡村教师》这个作品的版权，从这个作品出发的。但你要说有关系吧，它的人物与故事情节又不一样。所以就说，它的创意是源于《乡村教师》。

2019年元旦《流浪地球》和《疯狂的外星人》上映，使中国的科幻文学，包括刘慈欣以及由科幻文学改编成的科幻电影成为一个文化现象，再次掀起一股强劲的科幻热潮。实际上刘慈欣的影响并不仅仅是在他的作品改编成电影之后。刘慈欣一直很热。他的主要作品，当然是《三体》，还有现在比较受关注的《流浪地球》，包括我刚才说的《乡村教师》，都是他最有代表性的作品。他的作品很多，大概是七部长篇，若干中短篇，有四百多万字，获了一些非常重要的奖项。除了我们国内科幻文学界的奖之外，主要有几个国际奖。一个是2015年8月获得了第七十三届世界科幻大会颁发的雨果

奖最佳长篇小说奖。这个奖的获取，对刘慈欣来说意义非常大，对中国科幻文学来说具有标志性意义。什么意义呢？就是中国科幻文学终于得到了世界的承认，走在了和世界发展同步的轨道上。这是它非常重要的意义。很多报道当中说，刘慈欣获得雨果奖，是亚洲人首次获得这个奖项。获这个奖后，刘慈欣就受到了更为广泛的关注。2016 年，他又获得了科幻文学轨迹奖，这个国际奖项，在科幻界影响很大。2018 年，他获得了克拉克想象力服务社会奖。

那么，人们怎么评价刘慈欣呢？我们找几个比较有权威的专家来看看他们怎么说。上海复旦大学的教授严峰，他一直关注科幻文学，有深入的研究。他对刘慈欣的评价很多。其中有一句话非常关键。他说，“毫无疑问，刘慈欣凭借一己之力，把中国科幻文学提升到世界水平”。这里面有几个关键词。一个是“一己之力”，就是他一个人的力量。但是这个话，我觉得也有点极端。因为中国科幻文学有近百年的发展史。当代科幻文学，目前除了刘慈欣，还有王晋康、韩松等一批作家。但是获雨果奖肯定是刘慈欣一个人获得的，这个是毫无疑问的。另一个是“世界水平”。也就是说，科幻文学的发展，它有一个生成、发展，成熟、壮大等不同的阶段。到了刘慈欣这儿，中国的科幻文学和世界的科幻文学实现了同步。这是非常重要的。

刘慈欣有这样一个观点，就是科幻文学的发展不仅仅是作家个人的问题，它和国家的国力是相应的。就是说，你这个国家的科技水平、综合实力如何，和科幻文学的发展的水平是有关系的。他获奖之后，我们对他表示祝贺。但是刘慈欣特别客观地说，这不是我一个人的事，也不是我写得好，主要是中国的国力增强了。他说，科幻文学源于十八世纪的英国。英国是科幻文学的滋生地、发源地。那时，科幻文学最兴盛的国家是英国，而当时世界上英国的国力是最强大的，号称“日不落帝国”。它的殖民地遍布全球。但是后来科幻文学的重镇发生了转移，在英国反而衰落了。那么在什么地方兴盛呢？在美国。美国是世界科幻文学的重镇。美国人创作的科幻文学在全球影响最大。我们也经常看一些电影像《阿凡达》这样的，都是美国人创作的。美国有非常强的科技实力，国家的综合实力也是最强的。所以作家依托它的科技想象也是非常有现实基础的。刘慈欣认为现在他获了这个奖，其实也有一种意义。什么意义呢？就是世界发展的重心在向中国转移，是中国国家的综合实力增强了，才使从事科幻文学创作的人有了一个坚实的现实基础。所以他认为，虽然奖是颁给他个人了，但这个奖并不是他自己的，而是反映了随着时代的变化，中国国家实力在强大。世界发展的领头雁，最强大的国家从英国转移到美国，那么现在正在往中国转移。他是这么认为的。那么，严峰教授说，刘慈欣凭一己之力把中国科幻文学提升到世界水平，就是说，在刘慈欣获奖之前，虽然中国科幻文学已经有很多很优秀的作品，但是没有被其他国家更多地关注。他获奖，使全世界的目光开始聚焦中国科幻文学。

当然其他人还有一些评价。我再举个例子。比如莫言，大家都知道，他是获过诺贝尔文学奖的一个中国作家。获过诺奖的人怎么看待获雨果奖的人呢？莫言说，“利用深厚的科学知识作为想象力的基础，把人间的生活、想象的生活融合在一起，产生了独特的趣味，这样的能力我就不具备”。我觉得，莫言这个话说得还是很有意思的。首先他对刘慈欣是一种肯定，同时他主要从创作的特点出发，说他利用“深厚的科学知识作为想象力的基础”。我们一般的作家不需要太专业的科学知识，不需要像刘慈欣那样。像我们普通人这样知道一般的知识也是可以的。“把人间的生活、想象的生活”，所谓想象的生活，就是超越了人间的生活。而事实上我们注意到，刘慈欣的作品，他大部分说的是宇宙中的生活，更多的是说人在宇宙中怎么样，不是说我们的日常生活。“融合在一起产生独特的趣味，这样的能力我就不具备”。莫言认为，他是不具备写科幻文学的这种能力的。当然这也是谦虚。也许他写的话也可能会写得不错的。

刘慈欣是二十一世纪中国文坛最值得关注的作家、最具有世界影响力的作家。最具有世界影响力，这是一个很重要的判断。首先，它是有事实基础的。刘慈欣的作品在全球大概被翻译成十五至二十种语言。我们有一个山西大学的年轻老师在马来西亚参加国际学术会议。她去当地的书店，就发现里面摆着刘慈欣的作品。为什么她能认出来？因为它那个封面和我们的封面是差不多的，她是能认出来的。刘慈欣的书在全球的发行量大概是2700万册。这个量是非常大的。

其次，关注他的人很多都是战略家、精英阶层的知识分子、IT行业的领头人。一个最典型的例子就是奥巴马非常喜欢刘慈欣的小说。最先翻译的是《三体》第一部，后来第二部也翻译出来了。奥巴马看了之后非常感兴趣，希望能很快看到翻译过来的第三部。所以他就让工作人员给刘慈欣发了一封邮件，说很想尽快看到你的《三体》第三部，问是不是已经翻译过来了，希望能提供方便，给奥巴马先生一本书。这个邮件刘慈欣也看到了。但是刘慈欣没有认为这是一个真正的邮件。他觉得是一个骗子给他发的，所以就把它删了。删了以后，奥巴马只好通过外交渠道联系。后来他到北京的时候，专门找到刘慈欣，希望得到刘慈欣的著作。当然我们不是说奥巴马喜欢就等于国际上都喜欢。但是这也从一个侧面看出刘慈欣作品影响力。

再次，我们要注意到，刘慈欣在年轻人中间拥有极为广泛的影响。很多人在网络上讨论他的作品，甚至设计某一人物在小说之外的故事。他们亲切地叫刘慈欣为“大刘”，是从内心里感到刘慈欣是他们的兄长。我们到北京开会，都是会议组去接站，但刘慈欣是粉丝去接。他是真正产生了国际影响的作家，是全球关注的一个创作现象。

那么，为什么这个创作现象受到这么大的关注呢？我们下面介绍一些他的创作情况。其实刘慈欣的作品当中，首先关注了一个核心问题，就是人类怎么走向未来。人类即使是拥有了强大的科技，非常先进的科技能力，甚至可以改变地球、改变月球、改变太阳系，但是，也必须遵循宇宙的规律。这是人类面临的一个大问题。人类有本事，人类有科技，但是怎么走向未来？他讨论的是这样一个问题。从影响的深度来说，刘慈欣得到了主导现实社会的重要人物的关注。就是我刚才说的IT行业的企业家、政治家、战略家，这些人都非常关注他的作品。他们往往要决定社会的走向，他们是深刻地影响时代的人。除了这点之外，还有很多非常喜欢刘慈欣的人是年轻人，代表我们未来的这样一些人。他们是我们真正的未来。我们每一个人都要退出人类历史舞台，当我们退出之后，这些更年轻的人登上了舞台，他们要决定人类未来的方向。刘慈欣的作品从影响广度和深度来看，真的是一个关系到人类未来的。现在市场上也出了一些研究刘慈欣的著作。比如说最近卖得比较火的一本书，叫《〈三体〉中的物理学》。这是一个天体物理学家写的，他来讨论这些作品中的物理问题。还有一本书是《〈三体〉的 × 种读法》，是对《三体》的若干解读。我们也编了一套《刘慈欣现象观察》丛书，包括《我是刘慈欣》《为什么是刘慈欣》两种。其中有刘慈欣的自述，对刘慈欣的采访，以及对刘慈欣的研究等。这些书大家都可以关注一下。

2019 年春节期间《流浪地球》上映，反响特别热烈。首先它是一个市场现象，是电影市场的一个标志。什么标志呢？《流浪地球》的票房非常高，在年初达到了 20 多亿，后来达到了 46 亿还多。据说有个排名，目前国产电影票房最高的是《战狼 2》，第二高就是《流浪地球》。这就是说，首先它是国产电影市场占有率的一个证明。就是说国产电影可以获得很高的市场收益，是一个市场现象。其次人们讨论比较多的是中国科幻电影的问题，因为过去也有一些科幻电影出现，但是影响不大，或者人们认可度不高。但《流浪地球》出现以后，人们惊呼，中国人也能拍出拥有最先进科技、代表全球最先进水平的科幻电影了，中国的科幻电影和美国等发达国家的科幻电影可以在一个平台上来审视。所以有人认为，《流浪地球》上映的这一年，2019 年，是中国科幻电影的元年，是起步年、生成年。当然，我觉得这个说法也还是值得讨论的。因为元年就是指你以前没有，现在才有。但以前我们肯定是有的，只是以前没有这么好的科幻电影，这是一个事实。这是大家关注的第二个问题，从中国科幻电影发展和进步的层面来讨论。第三个方面，它是作为一种文化现象被关注的。我们现在不是讨论中国的科幻电影水平如何，票房多高，而是讨论在《流浪地球》中呈现出来的一种文化和价值观。中国人在面对灾难的时候有什么反应，美国人面对灾难的时候有什么反应，在电影里面有不同的表现。有的人把《流浪地球》和美国大片《后天》《2012》来比较，就发现美国大片非常强调个人的作用，个人英雄主义、理想化的个人非常突出。我们看很多美国大片，它一定有一个非常突出的英雄。这个英雄是战无不胜、攻无不克的。虽然他性格上或者是经历上是有污点的，可能有这样那样的问题。但是在面对灾难、面对敌人的时候，他是打不倒、战不胜的。可以极端到什么程度？他的衣服都不会脏。所以，美国电影有强烈的个人英雄主义英雄色彩。这是一个特点。第二个特点就是美国电影里面扭转局面的人是这个英雄，只有他出现才能取得最后的胜利。那么，中国的电影是什么呢？大家发现，在《流浪地球》里面，第一，每一个人都非常充分地发挥个人的才能、承担个人责任，这是在《流浪地球》里面表现出来的个人特点。第二，它更多的是依靠群体的力量、大家的力量。《流浪地球》最后一个大的桥段就是，各国的救援队都到场了。网上有好多讨论，很多研究者或者是热心观众特别细心，说救援队到场的顺序是汶川地震时国际救援队到场的顺序。这里面他说的是一个群体问题，而这个群体是一个大群体，是一个人类群体。不是说我们几个人或是我们这个地方的人，或者是我们这种人、黄种人或者白种人，不是这样的，是人，所有的人，人类，是一个群体概念。在刘慈欣的作品当中，他非常生动地凸显出一种人类命运共同体的理念，就是人类在面临严峻考验的时候怎么办？他说的是这个问题，不是说个人怎么办，而是说人类怎么办。而人类的构成是由各种各样的人构成的，由不同国籍、不同种族、不同地域及不同年龄的人构成的，所有这些人都是我们人类大家庭中的一员，每一个成员都承担了自己的责任。在《流浪地球》中是这么体现的。

还有一个问题是，面对灾难的时候，美国电影中表现出来的人怎么办？美国人想了一个很好的办法。因为它的科技非常发达，他要造一艘诺亚方舟，然后乘着诺亚方舟逃离地球。电影里面有一句台词，他说幸亏诺亚方舟是让中国人来造的，不然的话这个船就造不出来了。为什么这么说？因为中国人的效率非常高。如果要造船，中国人就会以最快的速度、最高的质量造出来。但是船上能坐多少人？它能把所有的人坐下吗？显然是不可能的。但到底上了船的是些什么人？大家也有分析，说上船的人肯定不是普通人，肯定是比较突出的人，比如说有本事的人、有权力的人、有钱的人，不知道包括不包括长得好看的人。反正总而言之，不是普通人等民众，简言之是社会精英，只有他们才能上船。但是中国人是怎么处理灾难呢？面对人类灾难的时候，中国人是要带着地球，带着自己的家园去宇宙中寻找新的栖身之地。这是不一样的。中国人不会抛弃自己的家园，也不会抛弃自己的亲人。所以，中国人想办法要流浪地球。小说里说太阳系要毁灭，当然地球也就要毁灭了。但是人类要改变地球的这种命运，不能让她毁灭。那就要寻找新的栖息地，寻找新的家园。新的家园在哪里？人类还不知道。因为茫茫宇宙太大了，所以人类准备带着地球去流浪。为什么说它是流浪地球？就是这个家园到底在哪里，我们还不知道。但是家园我们是不能舍弃的。我们的族人、我们的同胞，我们的人、平等的人，是不能舍弃的。这是中国文化中非常具有代表性的理念。所以人们关注《流浪地球》的第三个层面，讨论的是文化现象，是中西文化之间的同和异。相同的是都面临着生死存亡的考验，在这种考验中显现出人类的智慧与勇气。不同的是在这种考验面前，大家的选择与行为。所以电影《流浪地球》上映之后引发了广泛的国际性关注。

我们从《流浪地球》也可以看出来，刘慈欣的科幻文学创作在不同层面上满足了不同人群的需要，成为一种非常重要的文化现象。首先，它唤醒人们对科幻文学价值的重新审视，兴起了科幻热。科幻文学更具可能性地展示了人类丰富的精神世界、想象力以及创造力。这是一个层面。另外一个层面是引发了世界对中国文化的关注。今天的世界对中国的认知，包括我们自己对中国的认知，都是非常不够的。中国人自己都不知道中国人是干什么的。我们不知道我们的历史，不知道我们的传统，不知道我们的文化，不知道我们的先人所运用的方法论和价值观是什么。我们自己对自己的了解都很浅，那人家别人怎么能了解你呢？但是刘慈欣的科幻作品，因为有非常浓重的文化色彩，再次引起了世界对中国文化的关注。中国文化古老、悠久，具有顽强的生命力、创造力。那它有没有现实意义呢？它有没有现代意义呢？在我们实现现代化的进程中，中国文化有没有价值？有什么价值？在哪里体现呢？中国文化有没有未来呢？我觉得，这都是一些大问题，影响着人类对未来命运的思考。

人类怎么走向未来？人类处在一个什么样的节点上？我以为简单地说，人类现在就处在一个生死存亡的节点上。为什么这么说呢？我们不是过得挺好的吗？我们处在和平时代，也没有人来侵略我们。怎么就生死存亡了？其实，我们面临着人类能不能拥有未来这样一个关键的抉择时刻。如果我们还是无节制地消耗自然资源，破坏自然生态，榨取宇宙能量，那我们还能活下去吗？我们肯定是活不下去了。那如果我们不是这样的话，我们该怎么办？另外一条路在哪里呢？我们不知道。但有人是知道的。比如说像汤因比这样的历史学家，当然他也应该是一个哲学家。他认为人类应该从中国文化中找到出路。这就是对人类未来命运的思考。所以刘慈欣的小说，不仅仅是一个简单的科幻文学，而是，有非常深刻的文化含量。所以，这些作品能引发世界对中国文化的关注，影响人类对未来命运的思考。

第二个问题：刘慈欣描绘的宇宙是什么样子

首先，我们要讨论一个问题就是，你是怎么来看宇宙的？你是站在什么地方看宇宙的？当我们说宇宙的时候，其实我们都不知道宇宙到底是什么东西。比如我们说张三，这个人我认识，我知道他的高矮胖瘦、年龄长幼、皮肤偏白或者是偏黑等。这个我们是能讲出来的。地球我们基本上也能想象出来。我们会想到高山、河流、土地。宇宙是什么东西？宇宙的边界在哪里？运行状态是什么样子？其实，宇宙对我们来说，它是一个“细思极恐”的存在。你不能想它。你想它的话，它是很令人恐惧的。为什么？因为它太实在又太虚无，太庞大又太具体，无边无际又有模有样，看得见又摸不着，能感觉到又抓不住。这样的存在是什么呢？你不感到恐惧吗？实际上，什么是宇宙，这个问题对人类来说是一个困扰于心的很古老的问题。即使是今天，现代科技已经很发达了，但我们对宇宙的了解仍然是很少的，甚至是扑朔迷离的。比如我们可以通过高倍数的望远镜来观察宇宙。最著名的就是哈勃望远镜。哈勃借助当时，也就是二十世纪二十年代最先进的望远镜来观察宇宙，发现在银河系之外还有很多类似于银河系的天体。这是非常重要的发现。但是科学家也告诉我们，人类现在看到的宇宙存在并不是“现在”的宇宙，而是“过去”的宇宙。为什么？因为宇宙天体在非常遥远的太空中。人类要看到它们，是它们的光从遥远的地方发射来的。但是我们以光年来计算距离的话，经常会说多少光年，比如说一万光年，就是以光的速度要走一万年。那我们看待一颗距我们一万光年远的星球，它是现在的状况吗？肯定不是。它只是一万光年之前的样子。它现在的样子要到一万光年之后人类才能看到。但是一万光年之后有没有人类还是一个问题。那么我们看到一个什么样子的宇宙呢？其实是一个“虚假”的宇宙。真实的宇宙我们根本就看不到。宇宙既存在，这是实实在在的事，但我们又看不到，这也是实实在在的事。我们看到的是一个已经“过去”了的宇宙，现实中很可能不是这样的“假”宇宙。你想这样的宇宙到底是什么呢？

但是人类的伟大就表现在这里。尽管我们很可能看不到“现在”真实的宇宙，但人类仍然要把握宇宙，要抓住宇宙的各种规律与细节。人类有这样的勇气与信心。事实上人类经过数千年的能力，对宇宙有了越来越科学的认知。这也是一个事实。但是，人们是怎样来看宇宙的还是有区别的。很多人是以人为基点来看宇宙的。就是我作为一个人，我来观察一下宇宙。但是发现宇宙是不能想象的。它浩瀚无垠、无边无际，苍苍茫茫、似有若无，有而又无、无而又有，我们居然就生活在这里面。那么这个时候人的心理会产生什么变化？你肯定不会说你与宇宙有一种平等感，没有这种平等感。你肯定是有一种恐惧感或者是敬仰感。你会仰着脖子看它，然后感慨——天哪！还有一种可能就是你会跪下来看。他太令你崇敬、敬仰，把你都压趴下了。当然，还有一种人，他以人为基点来看宇宙会表现出另外一种姿态。他说人是中心、是一切，宇宙必须服从于我。但是他不知道宇宙有多么厉害，不知道宇宙有多大。他只有一个理念，就是宇宙必须服从于我。人是中心，人是至高无上的。我们看到文艺复兴时期，比如莎士比亚和当时很多作家或者哲学家说，人是万物之尊、万物之灵长。但是，是不是所有的"物"都会服从你，你可以任意地消耗其他的存在，无视其他的存在？

但刘慈欣与之不同，他是以宇宙为基点来看宇宙的，他是在宇宙中来看宇宙。你可以想象一下，当你以人为基点看宇宙的时候是一个什么感觉。然后，你以宇宙为基点来看宇宙的时候又是一个什么感觉。当你以宇宙为基点看宇宙的时候，你是不存在的，但是你能感觉到宇宙的那种浩瀚苍茫，宇宙的无边无际、博大精深。当你以宇宙为基点看宇宙的时候，你就和宇宙取得了一个平等的姿态，你要了解宇宙，认为宇宙充满了许多未知的东西。有一个数据，它说人类现在对宇宙的研究，如果关于宇宙的知识是一百的话，我们大概只掌握了五，还有九十五是不知道的。也就是对宇宙来说，我们其实根本就不知道它是怎么回事。它还有太多的东西我们就不懂、不了解。我们知道的只是宇宙中的一点点。宇宙它自身会运动，有自己运动的规律。我们作为人类，所有的事情都是在宇宙自运动当中发生的，是顺应宇宙规律的。我们不可能悖逆宇宙的规律。我们的运动是在它的规律之中形成的。人类自己的规律是服从于宇宙规律的。刘慈欣以宇宙为基点看宇宙，就会有一个和宇宙平等的心态，能够更理性地来思考宇宙的问题。那么，在刘慈欣的笔下，宇宙是什么样子的？它有些什么特点？我觉得，有以下几个方面可以说。

第一，他认为宇宙是多维的，有很多的维度。人们对刘慈欣的作品感兴趣，其中有一个概念特别流行，叫作"降维打击"。这是《三体》里面的一种描写。"降维打击"就是说，维度高的这种存在，为了保存自己，或者说为了消灭别人，可以降低自己的维度。如从三维状态降至二维状态。比如说人类是一种三维生物。我们生活在三维的状态当中。现在我们可以大致了解零维、一维、二维、三维和四维。但是再高的维度我们就无法理解，或者我们只能理论上承认它，但具体描绘的时候是很困难的。为什么？因为你是个三维生物。你所拥有的经验、知识就是这么多。刘慈欣认为宇宙是多维的，最高大概是十一维。我们现在能想象一个十一维的存在是什么吗？我们肯定是想象不出来的。那么一个二维生物，它能理解三维生物的形态吗？也是很难理解的。宇宙也是这样的。我们现在生活的只不过是一个宇宙当中的三维世界——由长、宽、高构成的世界，或者也可以说四维世界，因为还有个时间维度。但是宇宙的五维形态、六维形态是什么呢？我们还不太好理解。

刘慈欣在他的小说里面写到了二维状态，也写到了四维状态，写得也很具体。比如说他写到了在太空舱里的飞行员，他们进入了四维状态。我们可以看一下他所写的四维状态是什么样子。所以，目前，我们所感知和了解到的宇宙只是多维宇宙中的一种形态。其他的形态我们是完全不了解的，而且也是无法了解的。刘慈欣在他的小说里面这样比喻，对二维世界，他用蚂蚁来比喻。虽然蚂蚁是三维动物，但由于它的高度问题，可能更接近于二维。我们可以借助于蚂蚁来想象一个二维生物。它对高度的了解是非常欠缺的，就像我们对五维的了解就很欠缺。所以，实际上是我们现在存在的宇宙当中还有另外的不同形态的存在。这些不同的存在形态是我们所不能理解的。刘慈欣有一部小说叫《镜子》，里面讲有一个人做了一个超弦计算机。他通过超弦计算机可以还原宇宙不同维度的形态。比如说它可以还原宇宙的二点五维形态，或者还原宇宙的十一维形态。在《三体》里面，刘慈欣对四维、十一维的形态也有描写。他认为，宇宙是多维的。但是多维不等于多个。多维是在同一个时空中的不同维度。由于你的存在是适应不同维度的，比如说人类是适应三维的，所以我们感知到的是三维的世界。但是你知道适应十一维的生物怎么看我们吗？我觉得，我们很难想象它怎么看，甚至它们也看不见我们。就和我们看不到它们一样。比如，当我们在像我这样慷慨激昂的时候，自己还觉得很得意。但是那个十一维的生物根本就不知道你在干什么。可能人家的世界里根本就没有你。这是同一时空的维度。那宇宙呢，我们这个既有的宇宙之外是什么？宇宙应该有边际的，出了宇宙是什么呢？我们在有限的生命里，不用说出宇宙了，连地球都出不去。但是我们可以想象出了宇宙之外是什么。刘慈欣也认为，宇宙之外是另外的一种宇宙。也就是说，宇宙还是可能是多样的。一位法国天体物理学家叫茜尔维·沃克莱尔，写了一本《与宇宙对话》，就谈到宇宙是多重的，可能存在着无穷个受不同物理规则支配的不同的宇宙。这种说法与刘慈欣多维的描写是非常接近的。但在刘慈欣的小说中，并没有太多地关注这种宇宙的多样性，而是强调了多维性。

第二是分层。这个分层不是说宇宙是一层一层，像千层饼一样摞起来的，而是说宇宙中存在物的能量是分层的，它有不同量级的天体存在。事实上，我们天体物理学家研究星球，星球还可以分出一种类行星。它不是行星，只是接近于行星。比如说陨石，它不是行星。但是陨石比较大的时候，它就接近于行星。细分还存在卫星、恒星、星系等，有这么多区分，越往后越大。有一个数据说银河系里面有大约两千亿颗恒星。两千亿是多少？我们都没法想象。宇宙里面有多少银河系这样的星系呢？大概也有两千多亿个。那么两千亿乘以两千亿是多少？这基本上是不能想象的。那么，在宇宙当中有多少星系，然后再想想有多少恒星。每个恒星周边有相应的行星，行星周边还有相应的卫星，卫星周边还有相应的天体物质，比如陨石、星状云团和各种气体。那这个宇宙是一个什么东西？它肯定是非常庞大的、复杂的，在某种程度上是我们无法想象的。

刘慈欣认为，宇宙中的星体及它们形成的文明是有不同层次的量级的。这就是我们说的分层。我们的地球已经很厉害了，在上面诞生了许许多多所谓的文明。但是刘慈欣描写的星球当中，还有比地球厉害的。比如《吞食者》中，吞食者是另外一个星球，也有先进的文明。这个星球就比地球厉害。它不仅比地球厉害，比好多星球都厉害。它在太空中要存活，要飞行，要有生命，就必须要有能量。它的能量是怎么来的？就是靠吞食适合它食用的其他星球，然后生成它的能量。所以它在太空中也不断研究、寻找可以吞食的星球，就找到了地球。它要来吞食地球，人类当然要反吞食，于是就发生了人类文明和吞食者文明之间的战争。最后是吞食者惨胜，把地球给吞食了。但是人类也没有失败——当吞食者把地球吞食之后，由于人类的智慧、信念的支撑，给吞食者天体以沉重的打击，使吞食者受到了伤害，不可能把地球那么顺利完整地吞食下去，还残留了一部分地球。地球上的生态和生命都发生了变化，它必须重新开始一切。尽管如此，地球，人类的家园还在。显然，吞食者文明的先进程度比地球要高，能量比地球要大。可是吞食者很厉害吗？刘慈欣还有一个小说叫《诗云》，里面写到出现了另外一个更厉害的天体，它也有文明，叫神族文明，是“神”一样的文明。它的存在就是一个高维形态的存在，像一张纸片立在另一张纸一样的东西上面。到底是多少维，小说没有说。但这个神族天体非常厉害，至少吞食者很害怕它。吞食者吞食完地球之后要离开了，但是神族要他回来，他就回来了。神族最喜欢的是艺术，在宇宙间收集宇宙艺术。他发现地球上有丰富的艺术存在，最喜欢的就是中国的古诗。“白日依山尽，黄河入海流。欲穷千里目，更上一层楼。”他最喜欢这样的艺术。所以他要收集地球艺术，让吞食者返回来。当然，这些吞食者、神族在真实的宇宙中是不存在的，都是作者的想象。神族认为李白是最伟大的诗人，李白很牛，一定要超越李白。怎么超越呢？他穿李白穿的衣服，像李白那样去喝酒，像李白那样去旅行，但是都不行。因为他没有李白那样的人生经历和情感。所以最后他想了一个极端的办法，就是造了一个超弦计算机，把汉语的各种组合方式全部排列一遍，认为这里面肯定有一首诗会超过李白的诗，这样的话就超过李白了。他造这样一个计算机需要能量，需要物质支撑。这些能量和物质是多少呢？需要拆毁整个太阳系才能做成计算机。神族很厉害，拆毁太阳系对他来说是一件轻而易举的事，所以，他把太阳系拆毁了。因为吞食者也正在太阳系内，捎带把吞食者也拆毁了。可以看出来，神族天体是很厉害的，但它还不是最厉害的。在

《三体》中出现了一个“歌者”的形象。刘慈欣没有交代这个歌者是一个什么文明状态。但歌者在他的文明里面是最不起眼的一个人。他的任务是每天在计算机上看宇宙当中会不会发现其他的文明。如果发现有其他的文明就要清理掉，不允许它存在。清理的时候歌者要向自己的“上级”走程序、申请。这说明他的地位是很低的。当歌者发现了地球后，就要把地球清理掉。他只是从抽屉里拿出一张“二向箔”随便扔到了太空中。结果是不仅地球不存在了，整个太阳系都被这个最不起眼的、非常随意的“歌者”给二维化了。对于歌者来说，他清理一个太阳系是很简单、很随意的事情，甚至是很无聊的一个事情。但是对于太阳系来说，那是多么宏阔啊！我们人类感知太阳系的时候，会发现太阳系是多么伟大的一个存在。但对于歌者来说，太阳系是不在话下的，更不用说地球了。地球是个什么，他可能都不知道地球是什么。我们可以看出来，在刘慈欣的小说构架当中，宇宙的存在其能量是有层次的。

宇宙是什么样的？它是怎么出现形成的？刘慈欣小说中的描写认为宇宙的存在是偶然的，不是必然的。首先，宇宙出现之前是什么呢？人类是不知道的。现在我们的科学家也没有研究清楚。宇宙是怎么出现的呢？实际上也还是不清楚。但是更多的人认为宇宙是大爆炸形成的。宇宙为什么要大爆炸？谁让它爆炸了？完全是一种偶然事件，就是混沌之中运行的一个偶然事件。刘慈欣在他的小说中也表达了这种宇宙偶然性的特点。比如说他有个小说叫《命运》，写一对年轻人在太空中旅行结婚。这对新人驾驶着一艘太空飞船在太空中飞行时，发现前面有个天体在运行，而且这个天体将要撞向地球。这对新人有自己的责任感。地球是自己的家园，怎么能让它撞呢？如果撞上地球，人类就会遭遇大灾难。这样他们就决定改变这个天体运行的轨道。怎么改变？他们的太空飞船有两套发动机设备，飞船运行的时候有一套就可以了，另外那套是备用的。所以他们就决定把备用的发动机系统发射出去，撞击这个将要撞上地球的天体，使它偏离了原来的轨道。这个天体就撞不了地球了。他们保护并拯救了地球。这两个年轻人这样做了之后很欣慰。为什么？因为他们拯救了地球，是拯救者、救世主。但是在这个时候，他们无意中穿过了时间的“蛀洞”，飞行到了“过去”的时间。他们回到地球上以后，发现主宰地球的不是人类，而是恐龙。而那个本来应该撞击地球的天体没有撞击地球，地球也就没有发生灾变，恐龙也就没有消亡，仍然控制着地球。有个恐龙过来问他们是干什么的？他们说我们俩拯救了地球，是地球的救世主。恐龙问谁能证明你们拯救了地球？你们分明是人嘛。这个时候的人在干什么呢？人在被恐龙豢养，就像我们养了宠物一样。一些长得好看的，会被当作食物，长得不好看的去劳动。地球的时间给逆转了。当然，这是刘慈欣的一种想象。但是这种想象说明什么问题呢？宇宙现象的偶然性是非常大的。就好比一个我们看着不具备必然情况的事件，却引发了大事件。比如埃及怎么就发生政变了？因为一个小贩被打了。这个小贩他能左右局势吗？他本身是不能左右局势的。这只是一个偶然事件。但在这种偶然中包含了事情发生的某种必然性。再比如说抗日战争怎么就全面爆发了？日本人说他有士兵失踪了。失踪的士兵是多大个士兵，他失踪了没有，我们也不知道，可能都没有失踪，但这里面有日本军国主义者侵占中国领土的图谋。看似偶然的小事件里面隐含着改变历史的大事件。这种偶然性改变了命运，包括宇宙及其中运行的天体的命运。

另外宇宙是运动的。这很好理解。宇宙在不停地运动，有自己的运动规律。这个我们就不多说了。再一个特点就是宇宙可以是反转的。什么是反转的呢？就是说它常常会因为某种原因回到对应的方面。比如刚才我们说的《命运》里面的两个年轻人就经历了一个时间的反转，由现在反转到了过去。那颗漂流天体没有撞击地球是因为他们用发动机改变了天体运行的轨道，反转是他俩造成的。在另外一个小说当中，就是刚才提到的《镜子》里，主人公制造了一种超弦计算机，可以重现过去的时间，实现了时间的反转。刘慈欣还有一个小说叫《坍缩》。他说天体物理学家在研究宇宙怎么坍缩，太阳系怎么坍缩。其中有一个研究是他们撞击物质当中的夸克看会发生什么。结果他们撞击夸克之后发现，宇宙从最小的物质一下到了最大的物质里面，反转了。本来是从宇宙、天体、星系，然后基本物质、分子、量子、夸克，越来越小。但是他们撞击夸克的时候，发现宇宙反转了，所有的时间从现在开始倒回去了。他还有一个小说叫《时间移民》。大家注意到我们说移民，一般都说的是空间的移民。比如，清朝的时候在山西有十八次洪洞大槐树移民，移到北京附近，江苏、安徽、河南等地。这是空间的移民，从一个空间移到了另外一个空间。但是刘慈欣的小说写的是时间移民，是从一个时间移到另外一个时间，比如说移到两百年之后，移到一千年之后。他在《时间移民》里面写移到了一万多年之后。那么移到一万多年之后，地球是什么样子呢？这些时间移民在冷冻苏醒之后发现，地球处于没有文明的原始状态。时间返回去了。这个时候他们很高兴，终于摆脱了消耗资源、漠视生命、与地球对抗的文明。他们要重新开始新文明。这个新文明是什么文明呢？它是和地球的运行规律一致的文明。所以刘慈欣为我们呈现了宇宙的反转。

那么我们总结一下，刘慈欣所描写的宇宙是什么样子的？在他的描写中，宇宙是多维的、分层的、偶然的、运动的、反转的。那么，人类在地球乃至于宇宙中，有什么意义呢？大致来说刘慈欣认为人类在地球中的意义很大，很重要。要了解人类在宇宙中的意义，首先要了解地球在宇宙中的意义。刚才我们已经说了，宇宙当中有两千多亿个银河系这样的天体。在银河系当中有两千多亿个太阳系这样的天体，在太阳体系当中，地球是一个不太大的星球。那么，我们注意到，如果是这样的话，地球在宇宙中算个什么呢？它是不是还那么伟大，是不是还那么耀眼，是不是还那么重要？其实就不是了。所以，那个歌者用一个“二向箔”就把太阳系二维化了，太阳系就不存在了。这对歌者而言就是很简单的事情。就和你在你家把一点灰尘擦了一样，甚至比那还简单。但对于地球，以及地球上的人类而言，就是生死大事。所以我们要讨论一下，在刘慈欣的小说里，宇宙与人类的关系，以及人类的意义是什么。

第三个问题：刘慈欣作品中宇宙与人的关系及其意义

人这种宇宙存在有什么意义呢？人是地球上的一种生物，最有智慧的高级生物。但是地球都很渺小，那人还能伟大吗？如果从宇宙的角度来看，人是很渺小的。所以说从其本质来看，人在宇宙中的地位是极为渺小的，甚至宇宙根本就不知道人的存在。假如说宇宙是一个智慧生命的话，它在两千多亿个星系中能看到地球吗？肯定是看不到的。所以说，人这么渺小，就应该谦卑，应该丢掉自己的狂妄、自大。

大家知道，在很长的时间内，从古希腊到十六世纪，至少近两千年的时间内，欧洲人认为地球是宇宙的中心。这种观点叫“地心说”，是由亚里士多德、托勒密等把这种观点系统化了，产生了很大的影响。他们认为地球位于宇宙的中心，太阳等天体每天绕地球公转。但是到十六世纪的时候，哥白尼提出了“日心说”，写了一本书叫《天体运行论》。布鲁诺坚持并倡导“日心说”，在罗马鲜花广场被烧死。他们都认为是地球绕太阳运行的。这是人类认识进程中的一个大事件，具有革命性意义。他们认为地球并不是宇宙的中心，太阳才是宇宙的中心。在美国有一个从事科学写作的作家叫玛西亚·芭楚莎。她写了一本书《那一天，我们发现宇宙》。这本书用非常详实的资料来介绍人类对宇宙的研究。她写到在二十世纪初，美国宇宙学家哈罗·沙普利发现，太阳并不在银河系的中心，而是在其边缘。这一发现意义重大，颠覆了过去人们认为的太阳在宇宙中心的观点。又过了十多年的时候，另一位宇宙学家哈勃发现宇宙中存在着很多像银河系一样的星系。到这时候，人类才进入宇宙的“现代”认知。玛西亚·芭楚莎在她的书中写道：“银河系曾经是宇宙中唯一的居民，漂浮在黑暗的海洋中，但在望远镜可以观察到的范围内，突然出现了数以亿计的其他充满恒星的星岛。原来，地球比微粒还小，与这广袤无垠、至今难以观测到尽头的宇宙相比，仅相当于一颗漂浮着的亚原子粒子。”从“地心说”到“日心说”；从宇宙等于银河系到宇宙中存在着难以计数的银河系，表现了人类对宇宙认知的演进。但是那位发现了太阳不在银河系中心的宇宙学家沙普利曾经说过一句很有哲学意味的话，他说，“太阳系不在银河系中心，人类亦如此。”这揭示的是一种宇宙现象，但也是对人类意义的一种描述。人类既不在宇宙的中心，也不在银河系的中心，同样也不在太阳系的中心。由此来看，人类也就没有权利要求整个地球或者宇宙以自己为中心，来满足自己的各种欲望。相对于庞大的银河系，人类很小。而相对于宇宙，人类就不仅仅是渺小了。

在宇宙形态当中，地球是一个很小的星球。而地球上的人类，从宇宙的层面来看，同样是非常渺小的。那么，人还有没有价值？我们说人仍然是有价值的，他有自己独特的价值。这种独特的价值体现在什么地方呢？

首先，它的存在就是一种价值。这是从存在的本质来说的。宇宙之所以能够构成，就是因为有不同的存在物。所有的存在物对宇宙来说都是很微小的。但是所有这些微小的存在物如果都不存在的话，就没有宇宙了。我们可以想象一下地球上的各种生物，很多你都不知道它的存在。有一些生物如马，你可以说它的价值是拉车，是让人骑行；牛的价值是用来耕地的等等。但是还有很多生物，比如一种飞虫，一种你根本不知道名字的鸟，它们的价值是什么呢？海洋中除了各种鱼之外，还有很多海洋生物，我们都不知道。它们的价值是什么呢？实际上我们都不知道。但是在我们讨论价值的时候发现，其实我们并不是讨论它们自身所具有的价值，而是在讨论它们对我们人类有什么价值。当我们不知道它们对人类有什么价值时就认为它们没有价值。这是完全不对的。很多生物、植物并不是因为人类出现，需要它们才存在。它们在人类之前已经存在了。它们的价值从最根本的层面来说，存在就是价值。宇宙自然赋予我生命、存在，那么我就在宇宙自然的适宜条件下存在。这就是我的价值。人类也是这样。当大自然运行到一定条件的时候，人类出现了。这种出现并不是证明人类能够为宇宙做什么事情，而是说人类是宇宙的一种构成部分。人类的存在本身就是一种价值。宇宙有一个非常重要的功能就是包容各种存在物，并且由这些不同的、形形色色的存在物统一起来、相互作用，构成了宇宙自己。

刘慈欣在《三体Ⅲ·死神永生》的最后写到一个桥段，宇宙中有很多智慧生物、很多文明存在。这些文明存在为了保护自己，建了很多小宇宙。建这些小宇宙的时候会消耗宇宙中的能量。大家都来建小宇宙，宇宙的能量就会被更多地消耗。一旦达到一个临界点，宇宙就会变成真空，就要毁灭了。所以，宇宙中出现了一种“回归运动”，要求大家把建小宇宙所消耗的、占用的宇宙能量还给大宇宙。刘慈欣的这种想象是有很深的寓意的：宇宙是我们的家园，需要我们共同来建设和维护。

在《三体Ⅲ·死神永生》中，宇宙发起了“回归运动”，要求大家把占用的宇宙的能量都还给大宇宙。这是什么意思呢？就是说每一个存在物都是有它独特价值的。人类也同样如此。尽管人类在宇宙当中是很渺小的，但是有它存在的独特价值。在小说《欢乐颂》中写道，我们明知命运不可抗拒，死亡必定是最后的胜利者，却仍然能够在有限的时间里专心致志地创造美丽的生活。什么意思呢？我们说命运的时候也要分开来看。一种就是它的自然规律，另一种是它的现实存在。人肯定有生老病死，这是一个自然规律，这一点你是无法抗拒的。你能说你长命百岁、长生不老吗？这显然是不可能的。因为违背了自然规律。我们每一个人生下来的时候都有一个命。什么命？肯定要死去。这就是我们的命。但是，死亡虽然是我们最后的结果，但是在死亡之前，我们可以在有限的时间里专心致志地创造美好生活。这就是第二个方面，人类存在的现实价值，或者说现实要求。当然这是对人类而言的，但实际上宇宙中其他的存在，假如也有智慧生物的话，他们也在创造他们认为美好的生活，他们也丰富着他们的精神世界，他们也使他们的物质世界得到改善。那么，宇宙毁灭的时间就可能会大大地推后，智慧生物存在的可能性就会大大地增加。所以说人的价值还是存在的，他的价值的另一种表现就是能够创造美好的生活。刘慈欣在小说中，为我们描写了各种各样的人，塑造了许许多多不同的人物形象——发挥自己的创造力创造美好生活的形象。这些形象就是人类价值的具体体现。

宇宙的终极意义是什么？刘慈欣在他的小说里面也有描写。我的理解，宇宙的终极意义是美，或者说艺术。艺术的根本要求就是美。美是什么呢？美就是各种有序，各种秩序，就是所有这么丰富复杂的天体存在物，它们在一个秩序当中统一起来，形成自己有序的运动。刘慈欣在小说《诗云》中把艺术的价值表达得十分突出，或者说淋漓尽致。他写道，天体神族非常喜欢宇宙中的艺术，并把它们收集起来。特别是他非常喜欢中国古典诗词，认为这是最好的艺术作品。这个神认为自己是很了不起的。他可以颐指气使。比如说对吞食者天体，他是很不在乎的。神族要拆毁太阳系。吞食者问他，那我怎么办？他说把你也拆了呀。毫不吝惜他。吞食者当然不愿意，他们开始和神族打仗，自卫。但是他打不赢。所以神族轻而易举地把吞食者，包括地球与太阳系全都拆毁了，用这些天体的能量造成一个功能庞大的超弦计算机。这时候，神族认为自己取得了胜利。因为他终于可以用这个计算机把所有古汉语排列组合的可能性全部排列了一遍。排列完后需要把它储存起来，就像我们要把资料拷到U盘上一样。那么，这需要多大一个空间呢？需要像太阳系那样大的空间。这个时候，在宇宙当中出现了一个云层。这个云层就是用汉语排列出来的诗，所以是“诗云”。这时神很自豪地说，看，我把所有古汉语排列的可能性都完成了。这里面肯定有一首比李白写得好的诗。这也就证明我比李白优秀，我是比李白更优秀的诗人。

我们在这里要注意到几个问题。第一个问题是，神的价值取向是什么？神的价值取向不是要占有多少物质，而是希望能创造出更优秀的诗，全宇宙最优秀的诗。神认为李白的诗最优秀，他要超越李白。这是一种价值取向。这种价值取向说明什么？说明在刘慈欣虚构的宇宙世界当中，它的终极价值取向是艺术，是美，而不是技术；是精神完善，而不是物质满足。另外一个问题，我们还要注意到，实现这种价值取向的方法是什么？这个神认为他已经达到他的目的了。但当他被问到，你排列的诗当中哪一首诗比李白的诗优秀，你给我们找出来。这时，神没有办法了。为什么没办法了？那些排列出来的“诗”太多了。那么多的诗，如果要找到的话，不知道要花多长时间，耗费多大精力。所以他找不着那首诗，检索不出来。这说明什么问题呢？说明科学技术这种物质的智慧存在是难以超越诗歌这种精神的艺术存在的。这虽然是刘慈欣的一种虚构。但是我们可以从他这种虚构当中理解到，宇宙的终极价值是美，是一种美的秩序。宇宙本身就是一件杰出的艺术品。宇宙本身的存在有自己的秩序。这种秩序形成了宇宙存在的一种常态或者恒态，使不同天体相互作用下达到了一种和谐，也就是实现了美，达到了一种艺术的境界。实际上，从人的角度来看，宇宙确实是一件神奇的艺术品。在工业化程度不高的历史时期，整个社会的污染还不重。我们能够看到天空极为辽远的地方，能够看到天上的星星，看到大地深处的光。宇宙天空向我们人类呈现出最迷人的美，这种美既让人震撼，又使人陶醉。而大自然的声音，或者说宇宙的声音，又是非常奇妙的。古希腊哲学家在研究星空的时候，发现了振动弦乐器，通过数学计算找到了这种乐器最悦耳的声音，认为是音乐的艺术与天体的和谐互相包容、互相阐释，共生共鸣的“天体音乐”。随着科学研究的不断深入，人们发现恒星会发出嗡鸣声。这种由于声波而引发的恒星振动是新的天体音乐，是真正的恒星之声。所以我们可以认为，宇宙的存在，服从于它先验的规律，构成了最辉煌的艺术。或者也可以说，艺术是实现宇宙价值的通道、方法。因为宇宙本身就是一件艺术品。这是我们讨论的第二个方面的问题。

宇宙与人的关系又是怎样的呢？这里我们简单说一下。从宇宙存在来看，人类及其文明的存在是偶然的。它是偶然出现的，不是说必然要出现。如果必然要出现的话，可能智慧生命就很多了，文明就很多了。它是偶然出现的，必须有相应的客观条件、客观环境，也就是机遇。当这种条件实现后，人类才能出现。在《三体》中，刘慈欣就描写了三体文明的不断消亡又不断出现的状态，总共有两百次左右。一旦某种条件达不到的话，其文明就会消亡。人类也是这样的。人类的出现、存在也是很偶然的。没有谁规定你必须出现，你并不是那么尊贵，并不是那么了不起，说你必须得出现。而且人类很偶然地出现之后，之所以能够生存、发展、延续，也有极大的偶然性。我们讲一个历史知识。人类四大古文明，两河文明、古埃及文明、古印度文明、古中华文明（也就是华夏文明），这四大古文明除了华夏文明延续到今天之外，其他的古文明都消亡了。为什么？就是说在宇宙中没有人规定因为你是文明你就必须得存在。你之所以能够存在是满足了各种条件的一个偶然状况。人类四大古文明中为什么其他三个都消亡了呢？因为满足不了它存在的条件。而只有偶然的一个很幸运的文明，就是我们的华夏文明，我们祖先创造的这个文明一直延续到了今天，而且仍然具有旺盛的生命力。所以你想到这个问题的时候，你会不会感到很幸运啊？我也经常想，我们说没有华夏文明中断，在哪儿没有中断呢？主要是在我们的河东地区，临汾、运城这一带没有中断。当然，我们也可以说我们太原这一带没中断。你要这么想的话，就觉得更幸运了。但是它也就更偶然了。所以说，从宇宙的角度来看，人类及其文明的存在，它是一个偶然的存在，没有什么特权或者说必然性。

但是在这个存在过程中，人类必须应对宇宙的挑战。我们知道生命是有限的。当然地球的生命也是有限的，太阳系的生命也是有限的，宇宙的生命也是有限的。为什么？假如宇宙真的是有起点的话，真的是到现在有一百三十八亿年的话，那么时间有开始，它就一定会有终止，宇宙一定会消亡。宇宙是因大爆炸而产生的，它就会因真空而衰变。引起爆炸的能量被消耗完之后，它就会塌陷。宇宙都塌陷了，地球还能存在吗？地球都不存在了，还有人吗？肯定是没有了。所以，人类必须面对宇宙毁灭的挑战。我们不能改变宇宙最终要消亡或者毁灭这样一个结局。但我们可以改变的是努力使宇宙消亡和毁灭的时间延缓，不至于因为我们瞎折腾而使宇宙突然之间就毁灭了。你也想建一个小宇宙，我也想建一个小宇宙，大家都在宇宙里面瞎折腾，那么宇宙肯定很快就毁灭了。刘慈欣在小说中写道，为了避免这一不幸结局更早地到来，宇宙中发起了“回归运动”。回归，把能量都归还宇宙。你不能那么自私，每个人都为自己，而要归还宇宙，使宇宙保持一个正常的运行状态，延缓宇宙的毁灭，使宇宙能够有更长时间的运行。这样的话，宇宙中的存在物、各种天体，包括智慧生物以及人类，它才能有一个稳定的环境。所以人类必须正确地面对宇宙毁灭的挑战。

在《三体》《流浪地球》这些小说当中，刘慈欣都写到了这些。《三体》表现的就是人类文明和三体文明之间的博弈。三体文明比人类文明更先进。但是三体人类活得更艰难。刘慈欣设想的三体的运行状态处于乱纪元中。什么是乱纪元？就是不知道这个天什么时候会亮起来，什么时候会黑下去。也不知道什么时候会暖和，什么时候不暖和。今天天亮了，好不容易天亮了，但是什么时候天黑不知道，也可能马上天就黑了，也可能过了十年、二十年、五十年、八十年，天还不黑。我们可以设想，如果人类生活在这样的状态中，我们还能正常生活吗？但是人类比较幸运。人类处于刘慈欣设想的恒纪元中。它是有恒态的。它的规律我们是能把握的。一年有四季春夏秋冬，春天过去是夏天，夏天过去是秋天，秋天过去肯定是冬天。这是我们每个人都清楚的。白天过去是黑夜，太阳落下去，我们就很安然地去休息、睡觉；太阳升起来我们就充满朝气与活力，去劳动、去创造。我们中国最古老的一首诗叫《击壤歌》，是流传在尧时代今天临汾地区一带的作品。它写道：日出而作，日落而息。这我们每个人都是清楚的。但是对于三体人来说，他是不清楚的。他看到太阳落下去以后很恐怖。为什么？他不知道太阳什么时候升起来。但是太阳升起来之后他也不幸福。因为他也不知道太阳什么时候就落下去了。所以他始终处于一种紧张状态。但是人类就不一样了。人类从来不会因为太阳落下去而恐怖，从来都会知道太阳落下去之后第二天它会升起来。所以三体人很难过，希望能够找到一个处于恒纪元状态的星球来生活。这样他们就可以摆脱乱纪元的无序状态，就幸福多了。所以当三体发现了地球之后就要控制地球。但是地球上的人绝对不能让三体来控制。因为地球上的人已经七十多亿，已经满得不行了。再加上三体人，地球养活不了。如果三体人要控制了地球的话，地球上的人类肯定会被屠杀、被驱赶、被奴役。这一点在

《三体》中也有描写。三体控制了地球后把人类全部移民到澳大利亚，引发了前所未有的人道灾难。所以就开始了地球人类与三体人之间的博弈。当然，这个博弈是刘慈欣想象的，事实上并不存在。事实上存在的是，人类要面临宇宙的毁灭。就是说宇宙在运行过程中，存在一个毁灭的问题。三体人非常厉害，它派出一些叫“水滴”的探测器到地球上。这个探测器的造型完美无缺，是非常极致的艺术品。人类看到水滴探测器的时候，以为这么完美的造型，肯定是三体派来投降的。但就是这么小的一个探测器，就把人类创建的太空舰队两千多艘战舰打得稀里哗啦，我们看小说的时候，看到这个小小的探测器消灭人类庞大的太空舰队时感到特别震惊。人类必须要面对宇宙毁灭的挑战，宇宙中不同星体的相互作用，其存在与运动都存在毁灭的可能。人类违背自然规律的反宇宙行为强化了自己以及宇宙毁灭的可能。宇宙要保持正常的运行，不至于毁灭，至少有两个方面的原因：一个是人不要找事，不要做毁灭宇宙的事情。另一个是人类还要用理智和能力来战胜其他我们能够察觉知道的损坏和毁灭宇宙的行为。

其实《流浪地球》也是这样。太阳要发生氦闪聚变，要毁灭了。地球怎么办呢？人类设计了一个千年计划。在大约两千五百年长的时间之内把地球推出原有的轨道，推出太阳系，到宇宙太空中去寻找另外的栖息地，要带着地球去流浪。这就是人类面对宇宙毁灭时表现出来的勇气与智慧，是人类具有的独特品格。比如，人类具有取得胜利的力量；有自己的信念，相信自己的地球是可以推出去的，可以找到新的家园，所以用两千五百多年的时间来做这个事情。大家想想两千五百多年是什么意思呢？我们说中华文明是最悠久的文明，有五千年文明史。但是人类要把地球推出太阳系的努力要用两千五百多年。在这么长的时间内做这么一件事，需要多么坚强的信念和毅力，需要多么坚强的奉献与牺牲精神。

刘慈欣在小说中，对这些具有崇高品格的人充满了敬仰、赞美。比如《三体》中就有好多这样的人。刚才提到的《乡村教师》也是这样。还有诸如《带上她的眼睛》等。他小说里面那些最积极的、

最感人的形象都是有奉献精神的，都是富有智慧的，充满了好奇心、创造力与理性品格的。这个由于时间关系就不一一分析。除此之外，刘慈欣特别强调人类要有爱心，要爱自己、爱家人、爱身边人或者爱他人，进而扩展到爱大自然、爱宇宙。

《三体Ⅲ·死神永生》里面，有一个很重要的人物叫程心。她本来是一个天体物理学家，后来被选拔为执剑人，就是威慑三体的一个人。程心当了执剑人之后，人们以为三体与人类要和好了。但是三体人发现人类换了执剑人后，马上开始进攻地球，几乎是在瞬间就占领了地球。占领地球之后马上就开始移民，把所有的人都迁到澳大利亚。这里面发生了很多故事。但人类是有智慧的，是有奉献精神的。逃到太空中的人类，实施威慑计划，把三体和地球的坐标发射到太空当中，这样三体与地球就在宇宙中暴露了。这时，三体立即停止了对地球的控制，向宇宙深处逃离。但是三体仍然被歌者与他的同伴发现了。歌者他们的工作就是清理宇宙中的其他文明。所以首先就把三体清理了，三体对人类的威胁也就消失了。但是人类还面临着另外一个问题，就是地球也暴露了。歌者也可能把地球清理掉。他只是向太阳系扔了一个“二向箔”后，整个太阳系就开始向二维化跌落，当然地球也向二维化跌落。这期间，大家注意到，宇宙中不同天体的时间是不一样的。因为运转的速度不一样。地球时间和其他的星球时间是不一样的。当歌者在他那个星球上迟疑了一下的时候，地球已经过了若干年。在这期间人类做了大量工作。实施迁徙计划，希望迁徙到其他的星球。但是不论你怎么迁徙，都没有出了太阳系。程心就是参与其中的一个人。她有一个同学叫云天明。云天明建造了一个小宇宙送给程心。她和另外一个科学家关一帆就生活在这个小宇宙里面。但是宇宙发起了回归运动，希望大家把小宇宙还给大宇宙。程心就决定把小宇宙还给大宇宙。如果大家都不还的话，大宇宙就会毁灭。但是如果还回小宇宙的话，程心他们能不能生存下去就成了问题。但即使如此，程心仍然坚持要把小宇宙还回大宇宙。这里面表现了人类的理性和奉献精神。程心坚持这么做的原因是出于爱。这种爱不是男女之间的爱，是一种充满责任感的爱。云天明爱程心，所以他会无私地、不求回报地为程心做很多事情。程心爱人类、爱宇宙，所以在最后宁愿献出小宇宙也不愿意使大宇宙毁灭。这些品格可能是其他的智慧生命不具备的。

人类之所以能够存在，它的文明之所以能够延续，就是因为人类除了需要吃穿，需要物质需求之外，还有更重要的精神需求。这种更重要的精神需求是什么呢？是信念、奉献，是有智慧、好奇心、创造力，是理性与爱。这是人类区别于动物的根本。正是因为热爱，因为喜欢等精神方面的追求，人类才能创造艺术，与其他生物相比才有本质的不同。这个不同是什么？人类为什么叫智慧生命呢？为什么没有说蚂蚁是智慧生命呢？为什么没有说你家的宠物是智慧生命呢？因为它们都不具备这些，或者只是简单地初级地具备一点。比如说狗很忠诚，但是它的智慧是有局限性的，它对艺术的欣赏也是有局限性的，而人类恰恰不是这样的。所以人类有独特的价值，有取得胜利的力量。人类除了会追求物质的满足之外，还有更高意义的追求，甚至人类都可以放弃物质的满足来实现精神的满足。比如说很多英雄人物，为了某种理想可以放弃自己的生命。像程心这样的人，可以冒着死亡的危险来维护大宇宙的存在，这就是人类独特的品格。这种品格使人类具有了取得胜利的力量。这种胜利是什么？就是人类能够克服自身的愚昧、贪婪、私欲，使追求和价值取向更纯粹，更具生命力，更有未来。所以人类必须消除私欲，才能有美好的未来。刘慈欣的作品里面基本上都是这样写的。他通过虚构宇宙世界中不同文明之间的不同关系来告诉我们、警示人类，要反思、警醒，不要自以为是，不要做违背宇宙自然的事。

第四个问题：刘慈欣小说的思想与中国精神

刘慈欣在他的描写当中创造了一个非常博大的宇宙世界，生动地表现了人类丰富的想象力。同时对现实世界的关注也非常具有针对性。他的思想资源，第一是对世界文明的汲取，比如说人类千百年来不断努力取得的科技成果。我们可以看到刘慈欣受许多科学家的影响是比较明显的，比如说霍金。霍金就认为人类千万不要和宇宙中其他的智慧生命联系。为什么呢？因为你无法判定他对你是持一种什么态度。他对你是一种认可的、友善的态度，还是持一种敌视的、充满威胁的态度，你无法判断。而且你也同样无法判断你是比他更强还是更弱。所以你就不要和他联系。一旦发生联系了，就可能造成严重的后果。比如说你一联系就联系了一个三体那样的文明就比较麻烦了，如果他是善意的话还好说，但他很可能不是善意的。刘慈欣显然受到了霍金的影响。在他的作品中多次写到了霍金。比如《朝闻道》《中国太阳》等。

同时我们也注意到，刘慈欣的小说充分显示了中国文化的魅力。中国传统文化是他思想的重要资源。这是第二个方面。你看到他是在写一个科幻的世界，是未来的世界，但他也有非常明显的传统的东西。比如中国人的思维方式、中国人的价值观、中华文明的社会形态，等等。这些在他小说里面表现得是非常突出的。还有就是其方法论，具有鲜明的现代意义，但仍然体现出中国传统的智慧。还有如辩证法思想、天人合一思想、对农耕文明的肯定等，这些都体现在他看待事物存在、发展和变化的描写中。他在很多作品中都写到了强弱的转化。强就是厉害吗？弱就是不厉害吗？我们一般认为强肯定是厉害的，三体就比地球厉害。是不是这样呢？似乎可以这么说。但为什么三体还怕地球呢？是因为地球虽然从科技上来说不如三体先进，但是人类的智慧比三体要厉害。比如其中有一个人物叫罗辑，就对三体实施了威慑打击，使三体不敢靠近地球。再比如说，逃离“黑暗战役”的航天飞船上的人类战士，为了拯救人类公布了三体在宇宙中的位置，实际上主动承担了人类执剑人的使命。他们本来并不承担这个责任的，但为了地球与人类，义无反顾地把这个责任承担起来。这样，三体就被歌者和他的同伴给清理了。三体厉害，但是地球还好好的时候，三体已经被清理了。到底是谁厉害呢？其实也不知道谁厉害。应该是各有其强，各有其厉害的地方。刘慈欣观察世界和宇宙的方法论是辩证的、动态的。为什么他在描写当中有很多反转，刚才我们提到了宇宙的反转，其实我们既可以把反转视为他的一种描写手法，也应该注意到还是他认识世界的一种方法。那些表面看起来能够取胜的人，其实不一定能取得最后的胜利。在《白垩纪往事》中，刘慈欣描写了在现有人类文明之前，曾经有过的一个恢宏的文明，是恐龙和蚂蚁联合创造的“白垩纪文明”。我们就很难想象那么大的恐龙和那么小的蚂蚁怎么能够联合起来创造一个文明呢？刘慈欣告诉我们，恐龙有恐龙的问题，它的问题就是太大，精细的东西它就做不了，螺丝都拧不住。螺丝对于它来说太小了，但它拿不住。那么这种活靠谁干？靠蚂蚁来干。所以，当恐龙和蚂蚁达成一个和谐状态的时候，它们的文明得到了发展和进步。但是随着文明的发展进步，互相都开始看不起对方，恐龙觉得蚂蚁算什么东西，我这么强壮，这个文明主要是我创造的，我应该控制它们。蚂蚁也觉得精细的、高精尖的活儿都是我们干的，你有什么贡献？然后开始发生战争，造成了文明的毁灭。我们觉得，在这个过程中，可能是恐龙厉害。但实际上我们看他的描写，蚂蚁也非常厉害，恐龙拿它无可奈何。最后小说写到由于战争恐龙消失了，但蚂蚁还存在。只是这时的蚂蚁已经蜕化为一种低等生物。蚂蚁自己说，我们现在都不行了，记忆只有几秒钟，动手的功能也很差，但是还活着。但相对于恐龙，一个已经消失的物种来说，弱小的蚂蚁还是幸运的，至少它们还存在。我们注意到，刘慈欣观察问题的方法，不是那种简单的、机械的、形而上的，而是辩证的、运动的、相互作用相互影响的。大就是强吗？强就是大吗？强就能胜利吗？不是这样的。他能看到事物的不同方面和变化运动的过程。这与中国传统文化中的辩证思想是非常吻合的。

还有一个就是刘慈欣对幻想世界的表达，表现出强烈的现实精神。他写的这些东西仅仅是未来的事情吗？仅仅是关心未来吗？不是。他是有强烈的现实精神，有现实针对性的。从他总体的创作来看，现实精神非常突出，非常强烈。他希望今天的人能够处理好人自身的问题，处理好人和人之间的关系，处理好人和自然和宇宙之间的关系，这样人类才能够解决发展和进步中存在的很多问题。现在一个很突出的问题就是人怎么对待承载养育了自己的大自然。这是一个十分迫切的大问题。从工业革命以来，人类就开始变得日益疯狂。很多哲学家也好，历史学家也好，都非常关注这个问题。我们知道《国富论》是资本主义经济学的奠基性著作，但是亚当·斯密在写《国富论》的时候已经意识到一个有关未来的问题，就是资本主义生产方式必然会引发的问题——不可持续性。因为它的生产不是为了使用，是为了交换，为了利润。所以从理论上来说是可以无限生产的。因为对于资本来说，利润越多越好。如果生产是为了日常使用，它就是有限度的，够用就可以了。但利润是没有限度的，是越多越好的。要产生利润，必须进行生产，生产必然消耗自然资源。要消耗资源就会对人类的未来产生破坏。那么人类还有没有未来呢？当时，亚当·斯密有一个预测，说可能这种生产方式会持续两三百年。百年之后人类就面临着一个很大的困境。什么困境呢？没有资源了。比如说煤，现在我们山西就最典型了。煤还有吗？能挖多少年？如果我们的后人连煤都用不上了，那是一个什么处境呢？虽然亚当·斯密是资本主义经济学的奠基者，但他已经意识到这种生产方式是不能持续的。这种不可持续并不是从社会制度的角度来考虑的，而是从资源供给的角度来考虑的。现在我们就面临着这么一个问题。刘慈欣在他的小说当中主要表现的就是这么一个问题。他主要表现人应该如何对待自己？在确立人的主体性的时候，人应该不应该谦卑，应该不应该自省，应该不应该自律？在中国传统文化中，特别强调人要节用，要自省，要“吾日三省吾身”。就是说，每个人，每天都要“三省”，经常反省自己的“身”——外在的肉体所代表的物质行为。

另一个问题就是，人应该如何对待自然和宇宙？自然和宇宙有没有自身的运行规律？人可不可以无限制地、疯狂地、无穷尽地索取自然、破坏自然、榨取自然、违背自然？这也是我们需要思考的重要问题。在宇宙与自然面前，人类是渺小的、卑微的。即使人类可以发明非常先进的科学和技术，也改变不了人类这种渺小和卑微的状态。在《三体》当中我们看到，人类发明了非常高超的技术，比如说成立了太空国际，以防止三体的入侵。后来还建立了国际城，在火星上面完全用超现代的科技修建仿自然空间——城市。我们想想这种技术水平确实是很厉害了。人们可以自由地从地球通过太空电梯升到空间站，可以随意地从地球乘坐飞船到任何一个星球的太空城去出差、旅行。即使如此，人类也非常不幸地被歌者文明当中底层的一个人轻易地给二维化了。在这样的宇宙之中、自然面前，我们怎么能够狂妄、傲慢、无知呢？即使人类有高超的发明、先进的科技，也改变不了这种状态。我们仍然是宇宙中一个微小的存在。但是我们也要注意到人有自己的价值。并不是说因为我们微小就啥也不用干，或者就干坏事，就及时行乐，也不能这样。你及时行乐也是对自然的破坏，也是对宇宙运行规律的违背。人类还有自己的价值，自己的尊严。我们人类是有智慧与理性的，是有奉献精神和责任感的，是有爱心和能力的，这就是我们独特的价值。人类在疯狂地改变自然、榨取资源、破坏生态、进军宇宙的同时，也为自己的毁灭按下了启动键。只有人与自然达到我们古人说的“天人合一”的境界，人类与宇宙自然才能和谐相处，共存共生。整个宇宙有它运行的规律，那就是物质之间的吸引力。银河系有它自己的运行规律，太阳系在银河系中有序运行，地球在太阳系中有序运行，地球上的存在物——各种生物，包括植物、动物，以及其他物质也遵循地球的规则在运行。人类可以局部地改变自然。比如说，这个地方需要建一座桥，我们可以建座桥。但是人类不能疯狂地改变自然，使大气污染、河水断流、土地沙化、生物绝种，等等。所以说人与自然是统一的，要顺应自然的规律，要尊重自然。只有这样人类及其文明才能具有意义和未来。

我们在读刘慈欣的作品时，一方面可以享受他所想象、创造的宇宙之美，让我们叹为观止；另一方面，我们也要反思，作为智慧生物，不能只有生理需求，还要有精神的追求、价值的追求、道义的追求。虽说生存是第一需要。但是在很多情况下，我们精神的完善、情感的满足，以及创造力的表现同样重要。当然创造力也不是说是胡乱创造，也不是说我们自以为我们在创造，或者反自然的创造。《道德经》中已经说明白了：“人法地，地法天，天法道，道法

自然。”人在地球上生存，要遵循地的规则；而地要遵循天的规则。这个天，就是宇宙。天遵循的是什么规则呢？是道，也就是使宇宙人类统一起来的那种规则。而这样的规则并不是人决定的，是存在——宇宙、人类在其形成的时候已经自然而然地、先验地产生作用的规则。这种规则既体现了宇宙的本质要求，也是人的本质要求。所以从根本意义上讲，人道实际上就是天道在人的生活中的体现。我们的祖先在很久之前已经认识到了这样的问题，已经告诉了我们。遗憾的是我们被现实生活中的滚滚红尘——利益、欲望迷惑了，把基本的“道”给遮蔽了、忽略了。所以，我们应该认识到，人类怎么才能拥有未来呢？尊重自己，尊重自己的家园，尊重自己存在的宇宙自然，才能拥有未来。这是刘慈欣作品当中非常具有现实意义的启示。

关于刘慈欣的作品太多了，我们难以一个一个地分析介绍。这里我把自己的一些体会和大家交流一下。不妥之处请批评指正。

谢谢大家！

（本文根据2019年12月31日在太原小店图书馆的公益讲座整理）

附 2：现实与未来

——《中国科幻文学 40 年论坛论文集》序

2018 年，中国作家协会创研部、山西省作家协会与阳泉市委宣传部等单位在太行深处的明珠——山西省阳泉市举办了“中国科幻文学 40 年论坛”。来自全国各地的科幻文学作家、研究者等在阳泉龙柱山进行了热烈的讨论交流。阳泉市文联与作协的同志将会议交流的论文进行了收集整理，并收录了部分相关论文，汇编成册出版，也算是一个阶段性的总结。由于刘慈欣在阳泉工作，大家的讨论涉及刘慈欣的方面较多。从这一点来看，对四十年来中国科幻文学的回顾与梳理还明显不够。但这毕竟是一次有突出学术意义的讨论，其价值还是非常重要的。

伴随着中国从传统社会向现代社会的转型，中国科幻文学的发展历程也从一个侧面反映了中国的发展进步。在二十世纪与二十一世纪之交的时期，中国具有现代意义的科幻文学开始出现。这一时期的科幻文学具有强烈的现实目的。作家们更多的是在表达自己对中国社会变革进步的愿望与理想。他们希望通过科幻文学使人们对中国的现实与未来进行思考，从而寻找到中国走向未来的正确道路。这一时期的作品“科幻”色彩并不突出，但作者将故事与人物设定在一个非现实的现实之中，仍然明显地不同于一般的文学创作。基本上来看，这一时期的科幻文学植根于中国的现实，力图为中国未来的发展提供启迪。从艺术表现的角度来看，想象力得到了极大的发挥，为读者提供了非同一般的艺术世界。

中国科幻文学在不同时期仍然有积极的表现，特别是曾经有过几个短暂的集中爆发。但是没有形成被人热切关注的文化现象，也没有产生重大的国际影响。这要到改革开放四十年的中后期，中国科幻文学才显现出新的魅力。尽管从事科幻文学创作的人还比较少，但他们的执着与努力延续了中国科幻文学的血脉，使之能够为下一步的大发展聚集能量。2015 年，刘慈欣获得了世界科幻文学雨果奖，成为一个时代性的“事件”。它不仅属于中国的科幻文学，也是中国在现代化进程中出现实质性进步的表现——与百年前梁启超等人的呼唤不同。如果那时他们仍然是对中国未来的一种向往、构想的话，现在，中国已经成为人类现代化历程中不可或缺的一员。梁启超们期望的一切或者已经成为现实，或者已被现实中国所超越。刘慈欣获奖，既是中国科幻文学得到发展的证明，更是中国国家实力增强、中国社会发展的证明。

如果没有中国国力的增强，特别是在科技领域的快速发展，所谓的“科幻”就会失去现实土壤。尽管我们的科幻作家们有各种奇谲瑰异的想象，但这些想象并不会生成在科技现实与科技思想极为贫乏的土地上。同时，他们在想象中蕴含的那种自信也同样源自自己生存的时代与国度。这并不是要证明科幻文学创作与国家、民族之间难以割舍的联系，而是要说明即使是科幻也仍然有其生活的现实基础、文化血脉。这使科幻文学具有一种与生俱来的现实感。就是说，不论他们的想象是如何超越了具体的时空，也仍然是现实生活的反应。他们所要表达的思想、描写的生活、触及的问题，以及解决问题的方法均与现实密不可分。这就如同放飞的风筝一样，不论飞向多么高远的天空，仍然是从现实的大地上起飞的。但是，这并不能说明这风筝仅是现实的平面再现，而是人类仰望星空，探索更辽远广阔世界的一种表现。它关照的不再仅仅是脚下的花草树木、来往的行人与流水，而是有了更高、更远、更为浩瀚苍茫的视野，它们更接近那些可望而不可即的星系与天体，更能深入宇宙存在的奥秘，也因而更有可能把握自然运行之道。

观察世界的方式发生改变后，我们所看到的一切也发生了巨大的变化。当人们的思维不再匍匐于土地，而是站立于土地之上眺望遥远的不可知时，人类的心胸与情怀在瞬间放大。道生德畜，物形势成；负阴抱阳，冲气为和。那些属于人的地域、种族的区别、矛盾在宇宙之中被自然运行之道所包容。人们更应该关注的是，自己的行为是否更符合、更适应这种“道”。所谓“天人合一”“道法自然”，即是我们的先人在感受体验这种宇宙大道时形成的行为戒律——超越了时空的心灵认知。因而，科幻拓展了人们的想象力，这是毫无疑问的。科幻也在想象中关注着人，以及人存在的宇宙世界，拷问其是否符合这样的存在与运行之“道”。这种文学也就成为人类关注未来世界的一种重要手段。人们从另一种角度，也许是非现实的，但却极具现实精神来观照审视人类及其存在的宇宙变化。但一个根本的问题是，人类必须坚守自己的理性自觉，以保证自己能够拥有未来。而这种理性自觉也在很大的程度上包括科幻文学的想象与呈现。

据说著名的科幻小说家威廉·吉布森说过这样一句话：未来早已到来，只是尚未普及。这里的“未来”，我以为至少有以下两重含义。一是真实的未来，也就是虽然目前我们还没有在日常生活中更多地感受到这种已经到来的“未来”所形成的影响，但它却是真实存在的。如在十年前或者五年前，我们并不会想象通过电子手段的手机支付会成为普遍现象，成为日常生活。但是我们并不能否认那时实际上人类已经拥有了相应的技术手段。而现在，人工智能已然存在，并进入某些特殊的领域。毫无疑问的是，它将在不久的将来进入我们的日常生活，成为与手机支付一样最普遍、最普通的生活现象。另一种是相关的技术手段、社会现象可能还没有实实在在地形成，但现实的诸种存在条件已经为未来某种技术或现象的出现创造了前提。在很多情况下，这种前提是不可逆转的。如人类对资源的消耗已经决定，诸如煤炭、石油这样的资源将会消耗完，且不可能在人类可预期的短时间内再生。虽然人类还没有找到可替代的资源，但其消耗的趋向却是现实的，对未来的影响也是一定的。这种现实一旦被“普及”，其后果将无可改变。基于这样的分析，我们会发现，科幻文学将承担起对于人类而言更重大的责任。那就是通过放飞人类的想象力来描绘未来的可能性，并警示人类不要被利益、欲望、短视蒙蔽。

目前中国的科幻文学正呈现出新的强劲的发展势头。从作家的构成来看，不仅有如王晋康这样的年龄稍长、创作时间较长的领军人物，亦有与刘慈欣年龄相近的一批相对年轻的作家。更可喜的是涌现出许多更年轻的无可限量的作家。他们构成了中国科幻文学的大军，正浩浩荡荡地行进在科幻文学的巨阵之中。此外，整个社会形态也发生了积极的变化。这就是人们对科幻及其文学的关注非前所比，对科学技术的发展进步、探讨研究的热情亦空前高涨。这并不仅仅是科幻文学的幸事，更是中国发展进步的印证。对于未来，我们总是充满了信心。

后　记

关于刘慈欣及其创作，可以讨论的问题还有很多。比如，我们还可以从政治学、社会学，乃至于生物学、天体物理学、材料学等诸多方面进行深入探讨。当然，我们也可以从世界科幻文学的发展历程、刘慈欣的科幻文学与其他不同地域、不同时期科幻文学作品的比较研究等方面来展开。但是，就我个人而言，却难以投入更多的精力来做这些研究。能够与读者交流的话题，目前就只能如此了。这显然是非常遗憾的。不过，我还是希望有更多的人们进行讨论。这并不是一个关于刘慈欣的话题，更是一个关于我们的想象力、未来希望与人之本质、宇宙意义的话题。

刘慈欣并不是突然之间来到我们面前的。他对科幻文学的努力经历了一个较长时期的积累探索。他是不是对从事科幻文学的创作充满了自信，我很难说清楚。但他心无旁骛、坚忍而执着却是有目共睹的。在中国科幻文学界，他早已是极为成熟的作家。但对于社会大众而言，却有点“从天而降”的感觉。特别是他获得了雨果奖之后，似乎打开了人们的另一只眼——人们不仅有观察现实世界之眼，还有仰望星空、关注宇宙未来之眼。人们在突然之间非常具体又非常生动地发现，人类的世界是如此之广阔，而人类却又如此之渺小。人们需要从习惯了的视野中出走，看一看宇宙是怎么回事，宇宙之中的人类是怎么回事。

刘慈欣的创作首先是科幻文学。人们的讨论多也从这样的角度展开。但他的创作当然也是文学。他为科幻文学提供了许多新的贡献，也毫无疑问地拓展了中国文学的表现力、想象力与创造力。中国文学如果没有刘慈欣，将会是一件十分遗憾的事情。他不仅丰富了中国文学，而且也证明了中国文学。从一开始，中国文学就是一种把天、地、人融为一体的文化现象，极为生动地表现出中国人的思维方式、价值观与方法论。在中国文学中，一个极为突出的现象就是把人事与天事统一起来。如果《击壤歌》可以作为中国文字记载的第一首诗歌的话，它在距今大约五千年之前表达的“日出而作，日落而息”的生命状态完全是人适应宇宙自然存在法则的哲理体现。这种品格一直延续下来，也成为中华文化在文学中的一种典型体现。伟大的司马迁在谈到他撰写《史记》的相关思考时说，要“究天人之际，通古今之变，成一家之言”。《史记》是一部史学著作，但并不仅仅是史学著作，它同时也是一部文学著作，一部哲学著作。天与人的关系、古与今的关系是这部不朽之作的首要主题。这种追求已经潜移默化为一种无意识现象，在中国作家的思想与行为中不自觉地表现出来。这当然也包括刘慈欣。

随着刘慈欣热的持续蔓延，刘慈欣及其科幻文学创作已经不仅仅是一种文学现象，而且是一种文化现象。他的作品被各种艺术体裁改编，如话剧、动漫、绘本等。最引人关注的当然是影视作品。随着电影《流浪地球》第一部与第二部的先后上映，在海内外均产生了极为广泛的影响。电视剧《三体》也已经与观众见面。由其小说而生成的衍生产品也成为人们讨论的话题。其中最为集中的一点是刘慈欣科幻小说表达出来的价值观。这是一种充分体现了中华智慧的价值表达，也可能是人类能够走向未来的价值选择。这一现象的出现当然是因为刘慈欣生活在东方中国，对中华文化有不自觉的热爱与尊重。但应该也不止于此。我更想强调的是这种价值选择是基于刘慈欣对人类命运、宇宙法则、未来世界的长期观察、研究、体认基础上做出的文学表达。虽然我们很难断定他受到了哪位或哪些思想家的影响，但我们可以说他的认知与世界上那些极具智慧、对人类未来充满担忧的思想家们有着同样的价值倾向——基于中华传统文化思想体现出的某种具有普遍意义的价值形态。或许在这样的表达中，体现了人类的集体意志，他的作品具有了最广泛的世界性关注。因此，这些作品所呈现出来的思想就不再是具体的、细节的，而是具有规律性与必然性的。也就是说，刘慈欣的作品具有某种极为深刻的哲学意味。这使人们在欣赏作品的时候会生发出更多的思考，从而感受到不一样的生命意义，对社会现实与人类未来产生更深刻的体悟。

关于刘慈欣及其作品的研究当然是一个热点。这些研究有很多是从文学的层面来探讨的，包括对某一具体的作品如《三体》的研究。这当然是很好的。但也有很多从某一学科的角度来研究的。这种研究已经超出了文学的范畴，如从物理学的角度、哲学与社会学的角度，乃至于政治学的角度，等等。这些研究反映出刘慈欣作品所蕴含内容的丰富性。因此，我以为还有很多话题是可以讨论的。就是说，对刘慈欣这样的产生极为重要影响、真正体现出中国文学国际性的作家及其作品的研究还有很大的可能性，有巨大的空间存在。这并不是一种即时性的研究能够完成的，更应该是一种具有时间意义与空间意义的研究话题。

收录在这本书中的文稿陆续在一些刊物发表。如《中国文学批评》《中国艺术评论》《小说评论》《天涯》《中国图书评论》《粤港澳大湾区文学评论》《湘江文艺论坛》《黄河》《名作欣赏》《火花》等，在此我向这些刊物与它们的编者表示诚挚的感谢。书稿交作家出版社之后，受到了出版社各个环节的重视、支持。作家出版社的严谨认真、职业素养都令我感到十分敬佩。不论是决策层，还是负责具体编辑的同志都表现出优秀的敬业精神、出色的业务素养。在此我也向他们表示真诚的感谢。书中存在的不妥、欠缺，均因我个人的学养不足所致，亦希望读者提出宝贵的批评意见。

杜学文

2023 年 7 月 1 日

图书在版编目（CIP）数据

我们看到了宇宙的光亮与秩序：刘慈欣科幻小说论 / 杜学文著 . —北京：作家出版社，2023.9

（中国当代文学研究与批评书系）

ISBN 978-7-5212-2426-9

Ⅰ. ①我… Ⅱ. ①杜… Ⅲ. ①幻想小说—小说评论—中国—当代—文集 Ⅳ. ① I207.42-53

中国国家版本馆 CIP 数据核字（2023）第 154603 号

我们看到了宇宙的光亮与秩序：刘慈欣科幻小说论

作　　者：杜学文
责任编辑：朱莲莲
封面设计：周思陶
出版发行：作家出版社有限公司
社　　址：北京农展馆南里 10 号　　**邮　　编**：100125
电话传真：86-10-65067186（发行中心及邮购部）
86-10-65004079（总编室）
E-mail:zuojia @ zuojia.net.cn
http://www.zuojiachubanshe.com
印　　刷：三河市北燕印装有限公司
成品尺寸：152 × 230
字　　数：218 千
印　　张：15.75
版　　次：2023 年 9 月第 1 版
印　　次：2023 年 9 月第 1 次印刷
ISBN 978-7-5212-2426-9
定　　价：48.00 元

作家版图书，版权所有，侵权必究。
作家版图书，印装错误可随时退换。